Einsame Wahrheit

Das Buch:

In der beschaulichen Stadt Hürth häufen sich die Ereignisse: Zunächst verschwindet ein kleiner Junge spurlos. Dann wird die brutal zugerichtete Leiche einer jungen Frau im Wald nahe des Otto-Maigler-Sees aufgefunden. Alles dreht sich nur noch um die eine Frage: Wer ist der Täter? – Mit diesen grausamen Bildern im Kopf versucht Roman Konkork krampfhaft seine kleine Tochter vor dem frei herumlaufenden Mörder zu beschützen. Und plötzlich wird er ungewollt ein viel größerer Teil der Tragödie …

Der Autor:

Manuel Konsik, 1979 in Herten/NRW geboren, lebt seit 2005 in seiner Wahlheimat Hürth bei Köln.

Seine Freizeit verbringt er am liebsten auf dem Golfplatz und in den Wäldern in der Umgebung, die ihn zum Schreiben inspirieren. So spielt dort sein Debütroman »Einsame Wahrheit«.

Momentan arbeitet er an einem weiteren Thriller, der im Herzen Kölns spielt.

Sie finden den Autor auf Instagram (Manuel.Konsik. Autor), auf Facebook (Manuel Konsik) und auf seiner Website (www.Manuel-Konsik.de).

Manuel Konsik

Einsame Wahrheit

Thriller

1. Edition, 2021 Manuel Konsik

Lektorat & Korrektorat: Teresa Vormberg

Bildnachweise:
(c) Demian / Depositphotos.com
(c) serezniy / Depositphotos.com
(c) DifferR / Shutterstock.com
(c) Milano Art / Shutterstock.com
(c) daniilphotos / Shutterstock.com

Covergestaltung: TomJay bookcover4everyone www.tomjay.de
Herstellung und Verlag: BoD – Books on Demand, Norderstedt
ISBN: 978-3-7534-3557-2
konsik@manuel-konsik.de

Für Josephine und Samuel

Winter

Blut strömte aus der klaffenden Wunde auf ihrer Stirn. Färbte ihre blonden Haare purpurrot und rann über ihr Gesicht. Floss unaufhörlich in den blutigen Teich, der sich in ihrem linken Auge gesammelt hatte. Die Nase entlang, über den Nasenflügel, den Mundwinkel hinunter. Tropfte vom Hals weiter auf den kalten Küchenboden und bedeckte die weißen Kacheln mit dickflüssiger Lache.

Noch immer hallte der Aufschlag in mir nach und überzog meinen gesamten Körper mit Gänsehaut.

Zuerst waren die Beine unter ihrem Gewicht weggeknickt. Dann schlug ihre Hüfte auf und ihr Oberkörper verdrehte sich. Der rechte Arm in unnatürlicher Haltung weit nach hinten abgespreizt. Zuletzt knallte ihr Kopf auf. Ein Knacken, als werfe man eine Melone vom Balkon auf hartes Pflaster. *Nie werde ich dieses Geräusch vergessen.*

Es überlief mich eiskalt, und ich begann am ganzen Körper zu zittern.

Mein Herz raste.

Erst jetzt, nach all der Grausamkeit, wich sämtliche Kraft aus meinem Körper. Meine Hand entkrampfte. Alle Muskeln lösten sich, und der Golfschläger glitt mir aus den Fingern.

Ich hörte, wie zunächst der Schlägerkopf zu Boden fiel. Ein kaltes Klirren auf den Fliesen. Es folgte der dumpfe Schlag der Gummilegierung der Griffhalterung. Das 7er-Eisen kam zum Liegen.

Der Raum um mich herum fiel in tote Stille. Alles schien sich von mir zu entfernen.

Ich war in einem Film gefangen, der in Zeitlupe lief. Mein Blick auf Zoom gestellt sah ich sie. Wie sie vor mir lag. Von oben bis unten blutverschmiert in einer dunkelroten, immer größer werdenden Pfütze. Völlig regungslos. Sämtliches Leben wich aus ihrem Körper.

Was habe ich getan?

Noch bevor ich begriff, legte sich Nebel – wie ein Schleier – über meine Netzhaut und füllte sich mit Dunkelheit. Ich merkte, wie ich mein Bewusstsein verlor. Und gerade an der Grenze zum Übergang zur Bewusstlosigkeit sah ich mit einem Mal ganz deutlich. Ein Blitz schoss durch mich hindurch und die Erinnerungen waren zurück. Für diesen kurzen Augenblick sah ich ganz klar. In dem Moment, als ich dachte, das Schlimmste wäre überstanden, zog sich die Schlinge um mein Herz wie ein Kabelbinder ganz fest zu.

Ein brutaler Schmerz, dessen Kraft ich mir in meinen schlimmsten Albträumen nicht vorzustellen vermochte, schnürte mir die Luft zum Atmen ab.

Dieses eine Wort. So zart und unschuldig. Flehend und wimmernd zugleich. Es zerstörte alles, woran ich jemals geglaubt hatte und brach meine Seele. Ich wollte nach Erlösung schreien, doch dieses einzige Wort, das durch den Raum schallte, kam nicht aus *meinem* Mund.

Ich verlor den Verstand. Doch bevor ich mein Bewusstsein verlor, hörte ich noch ein letztes Mal diese sanfte, zerbrechliche Stimme:

»Mami!«

Sommer, einige Monate zuvor

Jede einzelne Entscheidung, nicht nur die eigene, bestimmt meine Zukunft. Das Leben ist nicht einsehbar. Viel zu komplex es zu begreifen.

Gibt es niemanden, der auf mich aufpasst, wenn ich an der Gabelung stehe und den falschen Weg einschlage? Und was, wenn ich die Auswirkungen zu spät begreife? Kann ich meine zum Scheitern verurteilte Zukunft dann noch positiv beeinflussen?

Fragen, die ich nicht beantworten kann. Nur eins weiß ich:

Hätte ich gewusst, dass ich dadurch das Leben meiner Familie aufs Spiel setze, hätte ich nie mit dem Joggen angefangen.

I

Mein Rücken schmerzte. Damit begann der Anfang vom Ende.

Ich wusste, ich hatte meinem Körper lange Zeit verwehrt, wonach er nicht mehr nur lechzte, sondern mittlerweile lauthals schrie. Und ich begriff, dass ich reagieren musste. Seit meinem achtzehnten Lebensjahr hatte ich nicht mehr regelmäßig Sport getrieben.

In meiner Kindheit hatte ich geturnt. Später versuchte ich mich an Basketball. Ich spielte Volleyball und blieb lange Zeit beim Tennis hängen. Mit sechzehn ging es in die Tanzschule, nachdem ich *Dirty Dancing* mindestens dreißigmal rauf und runter gesehen hatte.

Mit dem Tanzen kamen die Mädchen in mein Leben, und die Interessen wurden innerhalb der folgenden Jahre neu ausgelotet.

Wir bildeten eine Clique, die mal größer, mal kleiner war, doch der Kern blieb stets zusammen.

Es war die bis dahin interessanteste Zeit meines Lebens. Die Zeit des Suchens und Findens, in der aus Teenagern Möchtegern-Erwachsene wurden und in der das Tanzen nach und nach in den Hintergrund rückte.

Man liebte sich. Verliebte sich neu.

Wir lebten unsere Jugend und tanzten in den Tag hinein. Wir hielten uns für Halbstarke, Rebellen. Träumer und Idealisten. Letztlich schlugen wir alle – jeder für sich – eigene Wege ein.

Während die einen ins Studium einstiegen, begannen

die anderen ihre Ausbildung. So verloren wir uns schleichend; letztlich wortlos.

Mich spülte die Ausbildung in neue Dimensionen. Direkt in die Welt des Erwachsenenseins, in der ich versuchte mich zu orientieren und meinen Weg zu finden. Dabei vergaß ich die Wichtigkeit des körperlichen Ausgleichs.

Ich war doch jung, kräftig und zäh und konnte die Alten nicht verstehen, wenn sie ständig klagten, es zwicke hier und drücke dort.

Ich würde nicht so sein mit vierzig, fünfzig.

Ich war vierunddreißig und mittlerweile seit neun Jahren im Außendienst. Meine Augen flackerten und mein Rücken brachte mich noch um.

Beruflich hatte ich mein Ziel erreicht und keine Sekunde gezögert, als ich das Angebot bekam, firmenintern zu wechseln. Vom gelernten Industriekaufmann raus aus der Finanzbuchhaltung, als Bezirksleiter rein in den Vertrieb.

Auch der damit verbundene Umzug aus dem tiefsten Ruhrgebiet in die Rheinmetropole Köln klang sehr verlockend.

Meine Frau und ich ließen uns in Hürth nieder. Ein kleiner, beschaulicher Ort. Nach Auslauf des Kohleabbaus heute vorwiegend durch Massenmedien bekannt.

Wir hatten uns gleich in die umliegende Natur verliebt, mit gleichzeitiger Nähe zum Kölner Dom und den knapp zwanzig Minuten mit dem Auto in die Stadt am Rhein.

Schnell lebten wir uns ein und wurden kurz darauf Eltern einer bezaubernden Tochter. Der Liebe unseres Lebens. Und bei all dem Glück nahm ich gerne in Kauf, Tag für Tag hinter dem Lenkrad zu sitzen und im Monat um die fünftausend Kilometer abzuspulen. Mir machte das Fahren nichts aus. Zudem lernte ich schnell die Freiheiten meiner neuen Tätigkeit zu schätzen, und plante eigenständig meine Touren und Tage. Ebenso genoss ich die frische Luft, die ich gegen den Büromief eingetauscht hatte.

Ich war rundum glücklich und zufrieden und lebte meinen Traum. Doch ich wusste, dass ich dieses Pensum körperlich auf Dauer nicht durchhalten würde, sollte ich meinem Körper keinen regelmäßigen Ausgleich zustehen.

Jemand hatte mir mal gesagt, man solle beim Joggen keine Musik hören. Sich stattdessen vielmehr auf die Natur konzentrieren und sich auf sie einlassen. Die frische Luft einatmen. Riechen. Schmecken. Fühlen. Leben.

Das funktionierte für mich nicht.

Joggen gehörte nicht zu den Sportarten, für die ich Luftsprünge machte.

So manchen Frühling grub ich die Laufschuhe aus und machte mich auf den Weg. Noch schneller jedoch verschwanden die Treter nach wenigen Pseudometern wieder in der Versenkung.

Allein zu joggen war stets eine Herausforderung, an der ich jedes Mal kläglich scheiterte. Zu zweit oder gar in Gruppen kam nicht infrage. Wer würde sich mir und meiner Kondition schon freiwillig anschließen?

Mir fehlte schlicht die Motivation. Die Mahnungen meines Rückens waren nicht Ansporn genug. Der Einklang mit der Natur nicht einmal im Ansatz ausreichend. Auch hörte ich immer wieder von diesem Flow, in den man irgendwann fand.

Blödsinn! Und doch fühlte ich nach jeder Runde, wie gut es mir tat.

Mir musste es gelingen, mich selbst auszutricksen. Den inneren Schweinehund zu überwinden. Aber eines war klar: Ohne ein Ziel wäre jeder weitere Versuch dazu verurteilt, mit Pauken und Trompeten unterzugehen und die Joggingschuhe endgültig an den Nagel zu hängen.

Ich las gerne und, wenn es die Zeit erlaubte, auch viel. So brachte ich es im Jahr auf gut dreißig Bücher. Ordentlich, aber mir selbst nicht genug.

Im Kreislauf zwischen Außendienst, Frau, Kind, Haus und Garten war Zeit ein dehnbarer Begriff. Die Zeit zum Lesen blieb oft nur am Wochenende und gelegentlich unter der Woche, wenn im Home-Office der Stecker gezogen war, unsere Kleine im Hochbett – bis zum Kinn im Bettlaken eingekuschelt – friedlich schlummerte und meine Frau vor dem Fernseher saß und *Germanys Next Topmodel*, The *Voice of Germany* oder *Deutschland sucht den Superstar* schaute. Dann schleppte ich mich ins Bett und versank in Büchern.

Eines Abends, als ich unsere Tochter zu Bett brachte und ihr nach der Gutenachtgeschichte ein Hörspiel anmachte und ihr eine Strähne der dichten dunkelbraunen Haare aus der Stirn wischte und ihr einen Kuss auf den Mund drückte, kam mir die Erkenntnis.

Noch in derselben Nacht lud ich mir ein Hörbuch runter und schon am nächsten Morgen legte ich los. So gelang es mir, das Angenehme – Bücher zu hören – mit dem Nützlichen – Joggen – zu verbinden. Und, welch ein Wunder, ich blieb dran.

Im ersten Monat lief ich einmal die Woche und steigerte mich im Verlauf von zunächst fünfzehn Minuten auf eine Dreiviertelstunde. Ich machte schnell Fortschritte und fand mein persönliches Pensum, das ich mit meinen Verpflichtungen vereinbaren konnte.

Seitdem war ich zweimal die Woche für je eine Stunde unterwegs. Nicht einmal Regen und Schnee konnten mich davon abhalten.

Alles in allem war es mir gelungen, mich selbst zu überlisten, und meine Rückenschmerzen gehörten schon bald der Vergangenheit an.

2

»Sieh nur!«, rief Jenny durch die geschlossene Tür aus dem Badezimmer heraus. »Wir haben sogar einen Whirlpool.«

Im Nebenzimmer warf Eva ihre Tasche aufs Bett. »Hast du was dagegen, wenn ich am Fenster schlafe?«, fragte sie.

»Was?« Vor lauter Euphorie hatte Jenny vergessen wie sehr ihre Blase zuvor gedrückt hatte. Sie klappte den Toilettendeckel hoch. Keine Sekunde zu früh. Denn gerade als sie saß, lief der erlösende Strahl unaufhaltsam. Jenny atmete tief aus. »Nein«, sagte sie erleichtert. »Mach ruhig.«

Als sie aus dem Bad trat, sah sie, wie ihre Freundin bereits ihre Klamotten in dem Schrank verstaute.

Typisch Eva, schmunzelte Jenny und staunte über die vollgepackte Reisetasche ihrer Freundin.

Eine Auswahl von Kaschmirpullovern in gedeckten Farben landete genauso im Kleiderschrank wie die eleganten, farblich abgestimmten Chinos. Dazu die passenden High Heels.

Wir sind doch nur zwei Nächte hier, dachte Jenny. *Dazu die meiste Zeit im Bademantel. Sonst macht ein Wellness-Wochenende doch wenig Sinn.* Sie lächelte in sich hinein und ihre Blicke glitten verschämt über Evas Körper. Sie bewunderte deren langes blondes Haar. Verführerisch wild fielen sie ihr über die definierten Schultern.

Evas gesamte Figur war sehr sportlich und durchtrainiert. Kaum unterschieden sich Schultern, Brust und Taille in ihrem Umfang voneinander.

Der Traum aller Männer, dachte Jenny, drehte sich ab, um sich selbst im Spiegel zu betrachten.

Mit ihren 1,63 Metern war sie fünfzehn Zentimeter kleiner als Eva und war schon früher nie die Schlankste gewesen. Doch nach der Geburt ihrer Tochter wurde sie ihre Problemzonen gar nicht mehr los.

Ihre kurzen dunkelbraunen Haare waren frisch getönt und überdeckten den ersten Ansatz von grau, der bereits vor sechs Jahren mit der Geburt ihrer Tochter eingesetzt hatte.

Jenny fuhr mit ihren Händen über den bequem-legeren Nicki-Jumpsuit. Wischte sich über ihren Bauch, den sie schon automatisch einzog.

Fünf Kilo weniger wären schon schön, dachte sie und streifte weiter über ihren runden Po. *Etwas straffer könntest auch du sein.*

Strich über ihre weiblichen Hüften, die deutlich breiter waren als ihre Schultern und der Rest des Köpers. Dann gelangten ihre Hände an ihre üppigen Brüste. Umfassten sie und pressten sie prall nach oben.

Roman liebt deine Rundungen, rief sie sich selbst in Gedanken zu und ergänzte: *Sagt er.*

Sie blickte zurück zu Eva, die immer noch auspackte, und wieder sah Jenny diese perfekte Figur ihr gegenüber. Im Gegensatz zu der ihren völlig makellos.

Jenny holte tief Luft und versuchte ihre Gedanken zur Seite zu schieben.

»Lässt du mir auch noch etwas Platz übrig?«, fragte sie und warf sich aufs Bett. Die weiche Matratze unter sich spürend reckte sie sich unter leisem Stöhnen. »Die Fahrt hat ganz schön geschlaucht, hm?«, schob sie nach.

Da Eva keinen Führerschein besaß, war es Jenny, die die weite Strecke als einzige hinter dem Lenkrad gesessen hatte und bis auf eine kurze Pause durchgefahren war. Nach gut fünf Stunden waren die zwei endlich am Wellnesshotel angekommen.

Eva bückte sich und hievte die leere Tasche auf den obersten Schrankboden. Hierzu streckte sie sich, wodurch ihr knackiger Po noch deutlicher zur Geltung kam. Dann schloss sie die Kleiderschranktür und drehte sich zu Jenny um.

»Was wollen wir als Erstes machen?«, fragte sie und schob die Antwort direkt hinterher: »Am liebsten würde ich gleich in die Sauna.«

»Da bin ich dabei«, freute sich Jenny. »Meine Sachen kann ich auch später auspacken.«

»Okay«, sagte Eva. »Ich rufe nur noch schnell Rolf in der Praxis an und sag ihm, dass wir angekommen sind. – Geh ruhig schon mal vor.«

3

An jenem Freitag hatte ich mein Wochenende etwas früher eingeläutet. Bereits am Vormittag war Jenny mit ihrer Freundin zum Wellness-Wochenende aufgebrochen.

Im Vorfeld hatte ich Eva zu Rate gezogen und das Hotel samt Erholungspaket gebucht.

Jennys Freude über ihr diesjähriges Geburtstagsgeschenk war riesig und steigerte sich noch, als sie hörte, dass ihre beste Freundin sie begleiten würde.

An ihrem kinderfreien Wochenende erwartete ich sie nicht vor Sonntagabend zurück, und ich freute mich auf die gemeinsame Vater-Tochter-Zeit. Nur Emma und ich, das hatten wir lange nicht mehr gehabt, und ich hatte viel für uns zwei geplant. Das bedeutete aber auch, dass ich am Sonntag nicht zum Joggen kommen würde. So zog ich meine Laufschuhe an jenem Freitagmittag an und griff nach den Kopfhörern.

Hätte ich mir tags zuvor nicht einen neuen Krimi heruntergeladen, hätte ich vermutlich auf die Runde verzichtet und Emma früher vom Kindergarten abgeholt.

Sicher hätte dies nichts an der Zukunft geändert. Doch hätte ich gewusst, dass ich einen Monat später an derselben Stelle auf dem Spielplatz stehen würde und über den Gartenzaun dem Horror in seine finsterste Fratze blicken sollte, wäre ich möglicherweise umgekehrt und um mein Leben gerannt.

Ich startete das Hörbuch und passierte den Spielplatz, vorbei am Haus von Eva und Rolf, und wunderte mich nicht einmal, dass Rolfs Wagen um diese Zeit in der Einfahrt stand.

Ich lief weiter ... und so nahmen die Dinge ihren Lauf.

4

Zur selben Zeit blickte Rolf aus dem Küchenfenster über den Garten hinweg. Er sah, wie Roman Richtung Wald joggte.

Mr. Iron-Man himself, dachte Rolf und verfolgte ihn mit seinen Blicken. Die schwarzen Haare wippten mit jedem Laufschritt auf und ab. Rolf fasste sich wehmütig an seinen kahlen Schädel und sah zu, wie Roman um die Ecke bog. Ein letzter Blick auf dessen strammen Waden. Dann war die große, drahtige Gestalt aus Rolfs Gesichtsfeld verschwunden.

Groß war Rolf auch. Er fuhr sich mit der Hand über die von Fastfood und Kölsch geformte Wampe.

Dieses Joggen, dachte er. *Ungesund für die Gelenke.*

Er selbst war sichtlich kein Paradebeispiel. Auch wenn ihm mehr Bewegung deutlich gutgetan hätte. Vielleicht hätte er dann auf die Medikamente verzichten können.

Diese verfluchten Angststörungen.

Für die Diagnose brauchte er keinen Facharzt. Als Gynäkologe wusste er seit seinem Medizinstudium selbst, dass seine Angst in keinem angemessenen Verhältnis zur tatsächlichen Bedrohung stand.

Die Struktur der Krankheit kannte er aus Sachbüchern und hatte diese bereits während seines Studiums klar verstanden. Doch nun selbst mit der Erkrankung zu kämpfen, war nicht so leicht. Wie meist, wenn Theorie und Praxis aufeinanderprallen. Als Betroffener erlebte er die

Angst – physisch und psychisch – gleichwohl intensiver, als er es sich hätte vorstellen können.

Auch wenn er zwar erkannte, dass seine Angst unangemessen und unbegründet war, konnte er sie nicht kontrollieren und schon gar nicht ausschalten. Nein. Er selbst konnte sich nicht davon lösen und befreien. Die Angsterlebnisse traten immer wieder auf.

Was er jedoch konnte, war sich die Medikation selbst zu verordnen, die ihm über den Augenblick hinweghalf.

Rolf legte die Tablette auf seine Zunge und ließ sie zergehen. Er kippte einen großen Schluck Cola nach und beendete sein Mittagessen.

Er steckte die Blisterpackung in die Hosentasche und verließ die Küche, wobei er die leere Currywurstschale von Bärbels Imbiss stehenließ.

Gähnend griff er sich an die Stirn, kniff die Augen zusammen und versuchte sich zu konzentrieren.

Denk nach.

Doch die Kopfschmerzen – immer heftiger – ließen es kaum mehr zu. Es dröhnte zwischen seinen Ohren. Dazu die innere Stimme, die immer lauter wurde und in Dauerschleife fragte: *Wo, wo, wooo ...?*

Bei dem ganzen Chaos in seinem Kopf hörte er zunächst nicht das Handyklingeln. Doch schließlich drang der monotone, eindringliche Klang zu ihm durch.

Lichtblitze schossen vor seinem inneren Auge umher. Durch ständiges Reiben der Lider schmerzten seine Augen noch mehr und brannten. Tränen liefen.

Dazu dieser nun deutliche, penetrant-nervende Ton, der keine Ruhe gab.

Zu viel. Von allem zu viel!

Rolf griff sich an die Schläfe. Er massierte sie in kreisenden Bewegungen und erhöhte den Druck, dass das Augenflimmern schwächer wurde.

Dann verstummte das Telefon. Endlich.

Rolf öffnete die Augen und das viel zu grelle Licht blendete ihn.

Leicht schwankend fand er sein Gleichgewicht wieder und ging langsam auf die Schlafzimmertür zu. Er stützte sich einen Moment an der Klinke ab. Drückte sie runter und betrat den Raum.

Es war seine letzte Chance, nachdem er den Vormittag über bereits das ganze Haus auf links gezogen hatte.

Einen Moment lang verharrte er vor dem geschlossenen Kleiderschrank. Schließlich öffnete er entschlossen die Tür und durchwühlte sämtliche Klamotten. Er prüfte die Hosentaschen, fand nicht das, wonach er suchte. Dann griff er nach dem Bastkorb, in dem Eva ihre Schals und Tücher aufbewahrte.

Nach kurzem Stöbern traf ihn die Erkenntnis, dass er nicht finden würde, wonach er suchte.

Wieder vibrierte das Handy in seiner Jeans. Mit Daumen und Zeigefinger fischte er es gekonnt aus der Tasche. Darauf bedacht, nicht aus Versehen das Gespräch anzunehmen. Dann warf er es auf das trostlose Ehebett. Nahm sich den zweiten Korb vor. Wühlte sich durch Evas Unterwäsche und tastete einen harten Gegenstand. Packte zu und zog einen Vibrator heraus. Stutzte irritiert. Sah angewidert darüber hinweg und kramte weiter. Gerade als er auch diesen Korb zurückstellen wollte, stieß er auf ein kleines, festes Teil. Keine fünf Zentimeter groß und scheinbar oval. Doch bevor er es richtig zu fassen bekam, verlor er es gleich wieder.

Hitzig begann sein Herz zu pochen.

Aufgeregt kippte er den gesamten Inhalt auf das Ehebett. Slips und BHs fielen heraus und vergruben das noch immer blinkende Handy, auf dessen Display er noch kurz den Namen seiner Frau lesen konnte.

Eva hatte viele Satinslips in den unterschiedlichsten Farben mit wenig bis kaum Stoff. Diese schien sie allerdings nur zu tragen, wenn sie das Haus verließ. Vor allem abends, wenn Rolf neben ihr im Bett lag, hatte sie immer einen dieser fleischfarbenen Baumwollschlüpfer an, die nun die Spitze der Wäschepyramide bildeten. Doch sein Blick klebte auf dem kleinen, silbernen Gegenstand, der auf dem obersten Schlüpfer liegengeblieben war.

Mit seinen riesigen Pranken griff er danach und betrachtete den USB-Stick.

Hab ich dich?, fragte er sich.

Gleich sollte er es wissen. Er ging ins Wohnzimmer und fuhr sein Notebook hoch.

5

Es duftete nach Eukalyptus. Gemischt mit fruchtigen Aromen von Zitrone und Orange.

Jenny nahm einen letzten, tiefen Zug. Dann stand sie auf. Ging und schloss die Glastür hinter sich. Fühlte sich leicht ermattet und spürte die Schweißperlen auf ihrer nackten Haut. Die Erfrischung unter der Erlebnisdusche hauchte ihr neues Leben ein. Da erblickte sie Eva und bemerkte gleich, dass etwas nicht stimmte.

Sie trat aus der Dusche hervor und wickelte sich in das Handtuch. »Alles okay?«, fragte sie.

Eva schien blass. »Ich kann Rolf nicht erreichen«, sagte sie.

»Das ist doch nichts Ungewöhnliches, oder? Bestimmt hat er gerade eine Patientin in Behandlung.«

»Ich habe seine Sprechstundenhilfe gesprochen. Rolf war heute gar nicht in der Praxis.« Eva hielt inne. »Das verstehe ich nicht. Heute früh hat er wie immer pünktlich das Haus verlassen und nichts gesagt.«

»Hast du es schon zu Hause probiert?«

»Sicher.« Evas Stimme wirkte unruhig. »Und an sein Handy geht er auch nicht.«

»Mach dir keine Gedanken. Bestimmt gibt es eine ganz simple Erklärung.«

»Und welche?«

»Vielleicht ist er mit Toni unterwegs«, sagte Jenny.

6

Ich fragte mich, ob Rolf sich den Tag frei genommen hatte, um Zeit mit seinem Sohn zu verbringen, und verwarf den Gedanken direkt wieder.

Von Jenny wusste ich, dass Rolf kein Vater war, der viel mit seinem Kind unternahm. Jedenfalls war es das, was Eva meiner Frau ständig klagte. Sie wünschte sich mehr Vater-Sohn-Beziehung zwischen ihren beiden Männern. Stattdessen mutierte Rolf immer mehr zum Eigenbrötler, der die meiste Zeit vor dem Fernseher hockte. Und seit er das Sport-Abo abgeschlossen hatte, war es noch schlimmer.

»Wenn du ständig vor der Kiste sitzen würdest«, hatte mir Jenny damals gedroht, »ließe ich mich scheiden.« Nicht ohne noch ein Augenzwinkern hinterherzuschieben.

Bei unseren wenigen gemeinsamen Familienausflügen hatte auch ich einen sehr lustlosen, fast schon gleichgültigen Vater kennengelernt, der mit seinem Sohn nicht viel anzufangen wusste.

Über Rolf wusste ich, dass er gerne Golf spielte. *Ein Hobby, das du mit einem fast Dreijährigen sicherlich noch nicht teilen kannst*, dachte ich mir oft. Ganz zu schweigen davon, ob Rolf es wollte?

Andererseits stand es mir auch nicht zu, darüber zu urteilen. Meine Tochter, im letzten Kindergartenjahr, war mit ihren sechs Jahren fast zwei Köpfe größer. Was den beiden Kindern jedoch nichts ausmachte. Sie spielten gerne zusammen, und Emma genoss es, die Große zu sein und kümmerte sich liebevoll um Toni. Sie hatten viel Spaß zusammen, und wenn wir alle gemeinsam im Kölner Zoo, auf dem Spielplatz oder auf dem Bauernhof waren, nahm ich die Kinder und wir tobten und spielten und lachten, während die Frauen sich meist zurückzogen, um sich in Ruhe zu unterhalten. Rolf wirkte dann wie das fünfte Rad am Wagen.

So war ich mir sicher, dass er die letzten freien Stunden des Wochenendes eher damit verbrachte, auf dem Sofa zu liegen, um irgendeinen Blockbuster-Ballerfilm zu sehen, und die Ruhe vor dem Sturm genoss.

7

Zum zweiten Saunagang hatte Eva Jenny begleitet. Jenny bemerkte, wie Eva langsam anfing sich zu entspannen. Die Hitze schien sie vergessen zu lassen und Eva hatte sich zurückgelehnt und die Augen geschlossen.

Dies hatte Jenny Gelegenheit gegeben, Evas nackten Körper zu betrachten. Der flache Bauch, sogar mit einem leichten Ansatz eines Sixpacks, dem man nicht anmerkte, dass jemals ein Baby darin herangewachsen war. Im Vergleich hierzu Jennys ausgeleierter Bauch, dem man nur zu gut die vergangene Schwangerschaft mit ihrer Tochter ansah. Ebenso ihre Brüste. Vom Stillen völlig ausgesaugt. Passte früher ein Bleistift drunter, war es heute eine Schreibmaschine. Zwar erregte es Roman, wie ihr üppiger Busen beim Sex, wenn sie auf ihm saß, gegeneinander wippte. Und doch zweifelte sie, ob er sie mit ihren Dingern, die wie leere Fahrradschläuche an ihr herunterhingen, noch attraktiv fand.

Evas Brüste hingegen waren zwar klein, doch standen sie noch immer prall aufrecht.

»Natürlich stille ich nicht«, hatte Eva ihr bei einer ihrer ersten Begegnungen auf dem Spielplatz erzählt, als sie sich gerade kennenlernten. »Ich will doch keinen Hängebusen.«

Nach dem Wechselspiel zum kalten Wasserbad lagen die beiden Freundinnen im Anschluss auf den Liegen im Ruheraum. Zugedeckt unter weichen, kuscheligen Decken entspannten sie vor dem prasselnden Kaminfeuer.

Gelöste, melodische Klänge mit Meeresrauschen füllten den Raum aus, der mit Bambus und Klangschalen asiatisch ausgestattet war.

Jenny sah, wie Eva einen Schluck stilles Wasser trank und die Atmosphäre aufsog, und fragte sich, ob es Eva an ihren Yoga-Kurs erinnerte, von dem sie so oft schwärmte.

»So schade, dass ich Roman einfach nicht für die Sauna begeistern kann. Er weiß nicht, was er verpasst.« Jenny griff nach einer der Zeitschriften, die auf dem Beistelltisch auslagen.

»Rolf kommt nur zu gerne mit«, sagte Eva. »Allerdings nur, um die Frauen anzustarren.«

»Ach, Quatsch«, lächelte Jenny, doch sah sie in Evas Mimik, dass es ihrer Freundin ernst war.

»Das ist so!«, verlieh Eva ihren Worten Nachdruck. »Vor allem die mit den dicken Titten. Sein Handtuch hebt sich dann ständig. Und wenn ich gehen will, kann er nicht gleich mit. Es ist einfach widerlich. Ich frage mich, ob er bei seinen Patientinnen auch ständig einen Steifen bekommt, wenn er sie untersucht und betatscht.« Eva schüttelte sich und wandte sich angewidert ab.

8

Ein breites Lächeln zog sich über Rolfs Gesicht. Er hatte gefunden, wonach er gesucht hatte. Beendete den Videofile und fuhr den Rechner herunter. Dann zog er den USB-Stick heraus und ging in die Garage. Dort nahm er den Hammer aus dem Werkzeugkasten und hämmerte auf den Datenträger ein. Wieder und wieder. Dabei bekam er das erleichterte Grinsen nicht mehr aus dem Gesicht.

Rolf fragte sich, ob Eva eine Kopie gemacht haben könnte. Zwar hielt er es für relativ unwahrscheinlich. Doch das Risiko musste er eingehen. Er würde es ohnehin bald wissen. Seine Tat war vollbracht. Jetzt konnte er frei durchatmen und endlich planen, wie es weitergehen sollte. Jetzt, wo er frei war.

9

Es war windstill und die Luft war feucht.

Als ich den Wald erreichte, wo dichte Baumwipfel die Sonnenstrahlen nur noch gefiltert hindurchließen, spürte ich direkt den Temperaturumschwung. Gleich wurde es angenehmer und das Laufen fiel leichter. Doch wollte ich keinen Funken von Jammern und Stöhnen über die langersehnte Wärme zulassen.

In diesem Jahr hatten wir laut Wetterdienst den düstersten Winter seit Beginn der Wetteraufzeichnung gehabt und mit Minusgraden und Schneetreiben bis weit nach Ostern zu kämpfen gehabt. Ein wahres Schlaraffenland für Depressionen. Und auch wenn ich es nicht beurteilen konnte, war mir die letzten Jahre nicht entgangen, dass mein Gemütszustand anfing sich zu verdunkeln, wenn es draußen trist und trüb wurde. Umso erquickender und intensiver war ich den Frühling durchlaufen, als die Natur endlich erwacht war. Ich hatte einige Laufrunden mehr eingelegt und genoss das Zwitschern der Vögel, die mich morgens aus dem Schlaf in die Realität holten. Der frische Duft von Gras und Blättern. Das Kribbeln der Wärme auf der Haut.

Meine körperliche und geistige Schwere hatte ich mir somit schon von der Seele gelaufen und nun war er da, der langersehnte Sommer. Und laut Wetterbericht sollte es die nächsten Tage noch drückender werden. Laut Vorhersage stand uns das heißeste Wochenende des Jahres bevor.

Grillwurst nicht vergessen, schoss es mir in Erinnerung. *Und eine Tüte Marshmallows.* Damit würde ich meine Tochter überraschen. Emma liebte diese Dinger. Über offenem Feuer geröstet oder auch gleich aus der Tüte.

Meine Gedanken kreisten um die bevorstehende Vater-Tochter-Zeit und ich bemerkte, wie ich abschweifte. Schließlich musste ich das letzte Kapitel des Hörbuchs noch einmal von neuem starten.

IO

Am Rande des *Otto-Maigler-Sees* gab es eine kleine Bucht, umgeben von dichtbewachsenen Sträuchern und Bäumen, mit einer engen Zufahrt, gerade breit genug, um mit dem Wagen unbemerkt zu bleiben. Gleichwohl waren Autos hier nicht erlaubt.

Rolf hatte diesen Ort vor wenigen Wochen per Zufall entdeckt. Nun manövrierte er die Limousine gekonnt hindurch und brachte den Wagen zum Stehen.

Durch das dichte Gebüsch führte die steile Böschung direkt runter zum See. An die Stelle, an der die Schwäne und Enten meist anzutreffen waren. So auch an diesem Tag.

Rolf öffnete die hintere Tür. Selbst wenn Toni etwas kräftiger wäre, würde er sie nicht aufbekommen. Noch schaffte er es nicht einmal, den Anschnallgurt zu lösen. Doch man konnte nie vorsichtig genug sein, war Rolfs Devise. Schon bald würde sein Sohn groß und stark genug sein. Und eine geöffnete Tür auf der Autobahn bei vollem Tempo wäre nicht sonderlich spaßig. So hatte er noch vor der ersten Fahrt mit seinem Sohn, als er Eva und ihn aus dem Krankenhaus nach Hause brachte, die Kindersicherung scharf gestellt.

Vom Anschnallgurt befreit – Toni hasste es, gefesselt zu sein – sprang der kleine Junge aus dem Wagen und lief, seinen Papa an der Hand haltend, durch das wildwuchernde Gestrüpp die steile Böschung hinunter. Mit dem freien Arm drückte er sein Lieblingsstofftier an sich.

Jumbo, den grünen Elefanten, hatte er im Kölner Zoo bekommen und direkt liebgewonnen. Seither nahm er ihn überall mithin.

Auch den Abhang hinunter, wo seine kurzen Beine abrupt Fahrt aufnahmen. Allein wäre er bereits nach zwei Schritten gestürzt und hinuntergerollt. Doch Rolf hatte ihn fest im Griff. Gleichwohl konnte er nicht verhindern, dass Toni sich mit seinem kleinen Fuß in einer Astgabel verheddete. Der Junge kam ins Straucheln, ließ reflexartig sein Kuscheltier los, und Jumbo kullerte ein Stück weit den Hügel hinunter.

Rolf gelang es, seinen Sohn aufzufangen. Dazu musste er sich an einem Baumstamm festkrallen, um nicht selbst zu stürzen. Er befürchtete im Hangeln, dass Toni anfangen würde zu weinen. Schnell schickte Rolf ein Stoßgebet nach oben – das würde er mit seinen Kopfschmerzen nicht ertragen – und wurde erhört. Sein Sohn hatte bereits den See entdeckt. Riss sich aus der Hand seines Vaters und rutschte das restliche Stück auf dem Popo herunter.

»Langsam«, rief Rolf ihm noch sinnloserweise hinterher, doch der kleine Junge hörte schon nicht mehr.

»Hallo, Swäne«, rief er begeistert und bekam von seinem Papa, als dieser auch endlich unten angekommen war, ein Stück trockenes Brot in die Hand gedrückt. Seinen Elefanten hatte er da längst vergessen, der – einen Baumstamm umklammernd – im Dreck lag.

II

In meinem Pensum umrundete ich für gewöhnlich den See. Hätte ich mir an jenem Tag die Zeit für die komplette Runde genommen, wäre ich Rolf und seinem Sohn begegnet. Und Toni ... – er wäre diesem grausamen Schicksal nicht zum Opfer gefallen.

Da der Kindergarten jedoch in einer halben Stunde das Wochenende einläutete, kürzte ich die Runde ab und passierte den heruntergekommenen, vergilbten Wohnwagen, der seit kurzem am Waldrand stand.

Vor den zugezogenen Gardinen leuchtete ein rotes Neonherz und die Tür stand offen. Aus den Augenwinkeln sah ich sie, wie sie in der offenen Tür stand. In provokantknappem Slip und einem Spitzen-BH, der mindestens eine Nummer zu klein schien und ihre Brüste herauspresste.

Seitdem der Caravan aufgestellt war, berichtete der Stadtanzeiger regelmäßig. Besonders über massenhafte Beschwerdebriefe. Die Stadt, so der Bürgermeister in einem offenen Brief, kontrolliere die Situation vor Ort im Rahmen ihrer Möglichkeiten. Man verstehe die Sorgen und den Standpunkt der Bürgerinnen und Bürger – insbesondere mit Blick auf die Kinder – und nehme diese ernst. Darüber hinaus prüfe man die Einrichtung eines Sperrbezirks durch die Bezirksregierung. Betone jedoch, dass Prostitution legal sei.

Für mich war die Lösung das Meiden des Wegstückes, was ich an diesem Tag versäumt hatte.

»Ich fühle mich wie neugeboren.« Jenny reckte sich in ihrem Bademantel. Dann machte sie sich weiter über ihren Salat mit Putenbrust her und ließ ihren Blick schweifen.

Das zur Wellnessanlage dazugehörige Bistro war zur Mittagszeit gut gefüllt.

»Sauna macht ganz schön hungrig«, sagte sie. »Wie ist dein Essen?«

»Ganz okay«, antwortete Eva wortkarg.

»Das sollten wir häufiger machen«, schlug Jenny vor. »Worauf hast du als Nächstes Lust?«

»Am liebsten würde ich nach Hause fahren«, sagte Eva.

»Du machst dir noch immer Sorgen, hm? Versuch etwas abzuschalten und das Wochenende zu genießen.«

»Das kann ich nicht. Ich gehe besser aufs Zimmer. Sonst verderbe ich dir noch den ganzen Spaß.«

»Nichts da. Das ist doch Quatsch. Vielleicht ist es ja auch genau das, was Rolf damit bezwecken möchte. Möglicherweise gönnt er dir das Wochenende nicht und versucht es dir zu vermiesen. Willst du ihm diese Genugtuung geben?«

Eva schüttelte den Kopf.

»Na siehst du. Wir machen mal richtig einen drauf«, riss Jenny sie mit.

»Du hast Recht. Also okay. Was hältst du von einer Massage?«

»Na, da bin ich dabei. Schließlich sind wir nicht zum Spaß hier«, lachte Jenny, und zum ersten Mal seit ihrer

Ankunft sah sie auch ein Lächeln im Gesicht ihrer Freundin.

»Also los«, sagte diese. »Ich versuche nur noch vorher einmal Rolf zu erreichen.« Und noch bevor Jenny widersprechen konnte: »Nur noch ein letzter Versuch. Versprochen. Und danach kann er mich mal gerne haben und wir genießen unser Wochenende. Ladys-Time. Abgemacht?«

»Abgemacht!«

13

»Papa, Papa«, kam mir Emma entgegen und sprang mir in die Arme, als sie mich im Türrahmen entdeckte. Dann löste sie sich aus meiner Umarmung und rannte zurück in die Wolkengruppe. »Mein Papa holt mich heute ab«, rief sie in den großen Raum hinein.

»Das erzählt sie schon den ganzen Tag«, begrüßte mich die Erzieherin und trat auf mich zu.

»Sie ist wohl etwas aufgeregt«, schmunzelte ich.

»Ein bisschen ist gut. Sie ist den ganzen Tag schon hibbelig. Wie ich höre, haben Sie beide heute sturmfrei. Ihre Frau ist im Wellnessurlaub?«

»Bis Sonntagabend«, nickte ich.

»Ach«, seufzte sie. »Das würde mir auch mal guttun.« Wie zum Beweis hingen plötzlich drei Kinderhände an ihrem Pullover.

Ich blickte mich im Raum um. Die meisten Kinder spielten wohl draußen. Doch einige waren trotz des schönen Wetters drinnen geblieben und tobten in der Kissenecke, untermalt durch eine starke Lärmkulisse.

»Ist Toni schon abgeholt?«

»Schon vor einer ganzen Weile«, antworte die Erzieherin. »Herr Winter hat Toni bereits direkt nach dem Mittagessen abgeholt. – Vergiss deine Bilder nicht«, rief sie meiner Tochter zu, die gerade zwischen uns hindurch huschte und in den Flur wollte.

Emma machte auf den Absatz halt und kehrte geschwind zurück. Rannte auf den Schrank zu, öffnete eine

Schublade und entnahm einen ganzen Stapel buntbemalter Blätter.

»Lukas, leg das sofort zurück«, rief die Erzieherin und zu mir gewandt: »Entschuldigen Sie bitte. Ich wünsche Ihnen und Emma ein schönes Wochenende.« Dann lief sie auf den Ermahnten zu.

»Ihnen auch«, sagte ich und fing meinen kleinen Wirbelwind ein, der erneut an mir vorbeirasen wollte.

Emma lachte, als ich sie in der Luft drehte.

»Hast du das alles gemalt?«, fragte ich.

Ein stolzes Nicken.

Wir traten aus dem Gebäude und bogen um die Ecke.

»Na dann zeig mal her.«

»Hier«, sagte meine Tochter, löste sich aus meinem Griff und hielt mir ihr erstes Kunstwerk hin.

Ich nahm das Bild und fasste gleich wieder nach Emmas Hand.

»Das ist ...«, fing sie an und mehr hörte ich nicht.

Aus den Augenwinkeln sah ich einen älteren Mann mit grauen Haaren, der ein kleines Kind in einen dunklen Van mit getönten Scheiben steckte. Ich fragte mich, ob die zwei zusammengehörten, oder ... »Kennst du den Jungen?«, fragte ich schnell.

»Wen?« Emma blickte auf.

»Dort drüben«, sagte ich laut und deutete nickend zu dem Wagen.

Emma sah in dieselbe Richtung und sagte: »Na klar, Papa. Das ist doch Ole. Der ist in der Regenbogengruppe.«

»Und der Mann?«, schob ich schnell hintendran.

»Das ist sein Opa.«

14

»Wo bist du?«, rief sie besorgt und zugleich wütend in den Hörer.

Das Handy hatte fünf Mal geklingelt, bis Rolf endlich rangegangen war. »Ich bin mit Toni unterwegs.«

»Warum warst du nicht arbeiten?«

Rolf verstummte.

Das hätte ich mir ja denken können, dass du mir hinterherschnüffelst, dachte er und schon waren sie wieder da. Diese verdammten Schmerzen. Bis gerade noch erträglich begann sein Kopf nun wieder zu pochen. Rolf presste seine Hand, in der das Telefon steckte, so fest zu, dass sich die Knöchel weiß verfärbten. Kniff die Augen zusammen. Drückte mit den Fingern der freien Hand seine Schläfe. Fuhr runter zu den Augenbrauen und strich sich über seine Lider.

Natürlich hast du mir hinterhergeschnüffelt.

Er klopfte seine Hosentasche ab und fingerte den Blister gekonnt aus der Verpackung heraus. Drückte geübt mit dem Daumen die weiße Pille durch die Rückwand; dachte: *Ist jetzt auch egal,* und sagte: »Ich hab ihn gefunden!«, und warf die Tablette ein.

»Was hast du gefunden?«, fragte Eva, und ihre zittrige Stimme verriet Rolf, dass sie fürchtete die Antwort zu kennen.

Rolf meinte ihr stummes *Verdammt!* zu hören. *Ja,* dachte er, *du warst dir zu sicher und nicht vorsichtig genug. Jetzt habe ich dich!*

»Das kannst du dir doch denken«, sagte er siegessicher.

Er trieb sein dämonisches Lachen durch den Hörer, das seine Frau sicher zum Frösteln brachte. Allein bei dem Gedanken, wie ihr ein Schauer durch sämtliche Glieder fuhr, ging ihm einer ab.

»Zugegeben«, sagte er. »Dein Versteck war gut. Dort habe ich als letztes gesucht.« Er grinste weiter und wollte hinzufügen: *Im verfickten Korb, bei deinem Schwanzersatz!* Und wollte sie am liebsten noch süffisant fragen, wozu sie diesen überhaupt brauchte.

Doch da war Toni. Und auch wenn Rolf – von Schmerzen gepeinigt – seine Augen nicht ganz öffnen konnte, sah er durch die kleinen Schlitze seinen Sohn, wie dieser nah ans Wasser trat.

Viel zu nah.

»VORSICHT!«, schrie er so laut auf, dass sein Sohn zusammenzuckte. Nicht nur sein Sohn. Sicher auch seine Frau. Über hundert Kilometer von ihm entfernt.

Wie zur Bestätigung schrie Eva panisch »WAS?« durch den Hörer.

Toni war immer näher ans Wasser getreten, nicht aufhörend die Brotstücke zu den Schwänen zu werfen. Dabei hatte er mit einem etwas größeren Klumpen einen der Schwäne am Kopf getroffen. Dem Getroffenen schien dies gar nicht zu gefallen. Dieser öffnete seinen Schnabel und presste ein aggressives Fauchen heraus. Dann schoss er dem kleinen Jungen entgegen und stürzte sich auf ihn. Rolf rannte auf die beiden zu.

Gerade noch rechtzeitig packte er seinen Sohn und schaffte ihn aus der Gefahrenlage. Gleichzeitig wurde nun auch er zum Opfer. Der Schwan hatte bereits ausgeholt und schnappte nach Rolfs Bein. Rolf, erschrocken, schrie kurz aber laut auf. Der Schwan hatte ihn erwischt und gebissen. Nicht sonderlich fest, doch war Rolf nicht drauf vorbereitet gewesen.

Und der Schwan machte keine Anstalten abzuwenden.

Toni noch immer fest in seinen Armen haltend drehte Rolf sich um die eigene Achse. Er brachte seinen Sohn in Sicherheit und trat seinerseits rücklings und blind mit seinem Fuß auf den Schwan ein. Dieser – nun noch mehr angestachelt – wehrte sich zunächst. Doch als er einige ungezielte Tritte gegen Kopf, Hals und Brust hatte einstecken müssen, witterte er keine Chance mehr zu haben und zog ab.

Toni, der den Angriff des Schwans und die Abwehrreaktion seines Vaters nicht so schnell verarbeiten konnte, begann hemmungslos zu weinen.

»Was ist da los?«, fragte Eva und brüllte aufgrund fehlender Antwort besorgt in das Handy: »Was passiert da? WAS MACHST DU MIT MEINEM SOHN?«

Doch all das hatte Rolf nicht mehr gehört.

Er hob das Smartphone, das er bei der Aktion verloren hatte, vom Boden auf und kappte das Gespräch.

15

»Uhh«, stöhnte Jenny auf und wand sich auf der Liege, während die geübten Hände ihre Muskeln entlang der Wirbelsäule zur Seite drückten und die Verspannung nach und nach lösten.

»Als der Thai-Massagesalon bei uns letztes Jahr aufgemacht hat, haben Roman und ich uns zu Weihnachten eine Paarmassage geschenkt. Du hättest hören sollen, wie sein Rücken geknackt hat. Da bekomme ich jetzt noch Gänsehaut. Kein Wunder. So lange wie er täglich hinter dem Lenkrad sitzt. Für mich wäre das nichts. Mir hat die Fahrt hierher schon gereicht.«

Als sie keine Reaktion bekam, sah Jenny von der Liege auf und sah Eva, die noch immer in der Tür stand, den Blick auf den Boden gesenkt.

»Kommst du nicht?«, fragte Jenny und sah erst jetzt Evas Gesicht. Kreideweiß, als hätte diese einen Geist gesehen und die Antwort, die ihr entgegenkam, verunsicherte sie noch mehr.

»Rolf«, sagte Eva mit bebender Stimme. »Er will mir Toni wegnehmen.«

16

Emmas Augen hatten von Geburt an diese unglaublich starke Überzeugungskraft. Sicherlich lag es auch an mir, dass sie mich viel zu leicht weichklopfen konnte, allein wenn sie mich mit ihren großen Kulleraugen ansah und dabei lächelte.

So gab es die ersten Marshmallows bereits direkt aus der Packung.

»Aber nur ein paar«, ermahnte ich sie. »Die restlichen sind für morgen am Lagerfeuer.«

»Mmhhh«, bestätigte sie mampfend, während ich das Grillfleisch in der Kühltasche verstaute.

Mit Glück hatte ich die letzte Packung Bratwurst und etwas Bauchfleisch in *Renés Frischemarkt* abgegriffen. Bei dem Wetter würde ganz Hürth am Wochenende grillen.

Ich schnallte Emma an, setzte mich hinters Lenkrad und sah in den Rückspiegel.

Meine Süße, dachte ich und startete den Wagen.

Das Radio sprang an: »... morgen wird es sogar noch wärmer. Wenn wir den Meteorologen glauben dürfen, erwartet uns der heißeste Tag des Jahres. Ich bin Claudia Bonbasus und sie hören Radio Köln 107,1 und das sind Monrose mit *Hot Summer.*«

Ich drehte die Musik laut auf und fuhr nach Hause.

17

»Wie kommst du denn darauf, Süße?« Jenny hatte die Massage direkt abgebrochen und saß nun im Hotelzimmer auf Evas Bett und hielt ihre Freundin in den Armen.

»Wenn du nur wüsstest«, nuschelte Eva und vergrub den Kopf zwischen ihren Händen. Dann konnte sie nicht länger an sich halten.

Jenny drückte sie noch fester an sich und Eva schluchzte.

Erst mit der Zeit fing sie sich und schluckte die letzten Tränen herunter. »Er hat's gesagt. Er hat mir schon oft damit gedroht, dass er mich eines Tages verlassen wird. Und dass er mir Toni wegnimmt. Mein Kind.« Erneut brach Eva weinend zusammen.

Jenny wusste, dass es nicht gut um Eva und Rolf bestellt war. Doch dass es so schlimm war, hatte sie nicht geahnt.

»Ich glaube«, sagte Eva noch immer mit brüchiger Stimme, »er betrügt mich.« Die Worte kamen nur schwach und leise über ihre Lippen. Langsam richtete sie sich etwas auf. »Seit fast drei Jahren schlafen wir nicht mehr miteinander. Von dem Moment, als ich schwanger war, lief nichts mehr im Bett zwischen uns. Nicht einmal mehr Umarmungen. Keine Berührungen. Keine Küsse. Gar nichts. Ich kann das nicht mehr. Bis mitten in der Nacht liegt er auf dem Sofa. Glotzt in den Fernseher. Säuft Bier und kommt dann sturzbesoffen ins Bett. Und wenn ich morgens den Fernseher einschalte, um Frühstücksfernsehen zu sehen, ist der Pornokanal eingestellt und neben den Bierflaschen liegen ...« Eva stockte. »Taschentücher. Vollge...« Tränen rannen über ihre Wangen. »Von unserem Konto hebt er mehrmals im Monat hohe Geldsummen ab. Und wenn ich ihn frage, was er mit dem Geld macht, brüllt er rum, das gehe mich nichts an.«

»Und was glaubst du, wofür das Geld ist?«, fragte Jenny und schien die Antwort zu kennen.

»Wofür braucht ein Mann, der seit Jahren nicht mit seiner Frau schläft, so viel Geld?«

»Meinst du ...«

»Nutten. Was sonst!«

»Hast du ihn darauf angesprochen?«

Eva brach in sich zusammen. Dann flüsterte sie: »Als ich ihn darauf angesprochen habe, hat er mich verprügelt.«

18

Die Schwäne waren schon lange weitergezogen.

Toni schlief auf dem Schoß seines Vaters. Rolf streichelte das dünne, helle Haar seines Sohnes und schaute weit hinaus auf den See und beobachtete, wie das Wasser langsam, fast regungslos floss und vor seinen Augen verschwamm.

Wie geht es jetzt weiter?, wollte er die nächsten Schritte planen.

Darüber hatte er sich im Vorfeld keine Gedanken gemacht. Und auch jetzt zeichnete sich keine Eingebung ab. Zu sehr hämmerten die unerträglichen Schmerzen zwischen Stirn und Augen.

Mit voller Kraft knallte er seinen Hinterkopf gegen den Baumstamm, an dem er lehnte. Schmerzen mit Schmerzen bekämpfen. Doch der abrupt auftretende Schmerz an der Schädeldecke war ein Witz im Vergleich zu dem Feuerwerk, das darunter noch immer explodierte.

Rolf drückte drei Tabletten in die Handfläche. Legte sie auf die Zunge. Spürte, wie sie begannen sich aufzulösen und schluckte den Rest die trockene Kehle hinunter.

Dann döste er ein.

»Er hat dich geschlagen?« Jenny war fassungslos.

Eva wandte sich beschämt mit verquollenen Augen ab.

»Okay. Pass auf. Ich rufe Roman an. Er soll mal nachsehen, ob die beiden zu Hause sind. Und morgen früh fahren wir direkt nach dem Frühstück nach Hause, und dann ...«

Jenny wusste nicht, wie es dann weitergehen sollte.

So viele Bilder vor ihren Augen. Wie im Zeitraffer lief der Spielfilm in ihrem Kopf ab.

Der stämmige Mann machte sich über ihre beste Freundin her. Immer und immer wieder schlugen seine großen Pranken, zu Fäusten geballt, auf die hilflose Frau ein. Schlugen sie zu Boden. Als sie schon vor seinen Füßen lag, trat er noch einmal mit seinen Schuhen zu. Feste Tritte, und er hörte nicht auf.

Warum habe ich nie etwas bemerkt? Wie konnte ich nur so blind sein? Ja. Ich habe etwas geahnt. Ich wusste, dass irgendetwas nicht stimmt. Warum habe ich nie gefragt? Warum hast du mir nie etwas gesagt? Was bin ich für eine Freundin ...

Jenny machte sich große Vorwürfe, bis die Bilder nach und nach verschwammen. Auch auf ihre Augen legte sich ein Dunst aus Tränen. Sie presste ihre Freundin noch fester an sich.

Und dann ..., wiederholte sie in Gedanken.

... und dann nimmst du Toni und kommst erst einmal zu uns.

... und dann suchen wir dir einen Anwalt.

... und dann machen wir diesen Dreckskerl fertig.
... und dann wird alles gut.
Das verspreche ich dir.

20

Seine Augen gewöhnten sich nur langsam an die Helligkeit.

Rolf wusste nicht, wie lange er geschlafen hatte. Er nahm sein Handy und schaltete es wieder ein. Elf Anrufe in Abwesenheit. Ohne nachzusehen – er wusste, wer versucht hatte, ihn zu erreichen – löschte er den Speicher.

Die Hitze nun etwas milder zog der Himmel sich stetig zu. Erste Regentropfen fielen auf seine kahle Kopfhaut.

»Toni!« Er rüttelte an dessen Schulter. »Toni. Komm. Es fängt an zu regnen.«

Rolf packte energisch seinen Sohn. Holte Schwung und kam zu schnell auf die Beine, dass ihm schwindelig wurde.

Der Boden unter ihm wurde zu Wackelpudding.

Zu lange hatte er in der Position gesessen, dass seine Füße eingeschlafen waren. So verharrte er einen Augenblick. Dann lief er der Böschung entgegen. Seinen Sohn fest schützend im Arm.

Der holprige Weg zum Auto, auf dem Rolf mehrmals ins Schwanken kam, genügte, um Toni zu wecken.

»Durst«, sagte dieser, als sein Vater gerade nach dem Autoschlüssel suchte.

»Wir sind gleich zu Hause,« antwortete Rolf selbst aus trockenem Mund und dachte: *Was gäbe ich für ein eiskaltes Bier und dann einfach schlafen.*

Ihm wurde so heiß, dass sich Schweiß auf seiner Stirn sammelte. Sein Nacken verspannte. Die Schultern, der Rücken. Das erneute Aufflackern der Kopfschmerzen, die schon gleich, das kannte er, ins Unermessliche steigen würden.

Ja. Ein eiskaltes Bier. Er fuhr sich mit der Zunge über die spröden Lippen.

Rolf drückte seinen Sohn mit dem einen Arm fest an seine Brust. Mit der anderen Hand schützte er den Kopf seines Kleinen, während er durch das Dickicht drang.

Dann öffnete er die Wagentür und ließ Toni auf den Kindersitz fallen. Dabei dachte er an den ersten Schluck aus der gekühlten Flasche. Er stellte sich vor, wie seine Unterlippe bei dem ersten großen Schluck zittern würde.

»Eis essen«, sagte Toni, dem es plötzlich wieder einfiel.

»Morgen«, vertröstete ihn sein Vater.

»Eis essen«, beharrte das Kind.

»Ich weiß, dass ich dir ein Eis versprochen habe. Aber es fängt an zu regnen und wir sind gleich zu Hause.« *Wo wir kein Eis haben.*

»Aua!« Rolf drückte seinen Sohn, der sich auflehnte und wehrte, in den Kindersitz. Schnallte das Bauchkissen vor und ließ den Sicherheitsgurt einrasten.

»Eis essen!«, jaulte Toni.

Der Regen wurde kräftiger und prasselte auf das blecherne Autodach. Dieser Lärm. Als würde ein Drucklufthammer Rolfs Schädeldecke aufhämmern.

Wasser – nicht nur Tropfen, ganze Bäche liefen hinter seinem Kragen den Rücken runter. Klitschnass. Die Hosenbeine klebten an seiner Haut. Dazu dieses nervige, sich ständig wiederholende: »Eis essen!«

Es machte Rolf wahnsinnig.

Der Regen. Das Gejammer. All dieser grässliche Lärm. *DAS! MUSS! AUFHÖREN! SOFORT!*

»Eis jetzt essen!« schrie Toni, und Rolf wurde schwarz vor Augen.

Er taumelte und fiel gegen die offenstehende Tür. Dabei verstauchte er sich den Arm und schrie: »JAAA! OKAY! ICH HOL DIR DEIN BESCHISSENES EIS!«

Erschrocken fuhr Toni zusammen und konnte so lange die Tränen unterdrücken, bis die Tür zuflog. Dann brach es aus ihm heraus.

Rolf hörte das gedämpfte Flennen. Verharrte im Regen und versuchte sich zu sammeln. Konzentrierte sich und atmete tief durch. Dann griff er in seine Gesäßtasche. Doch das Portemonnaie war nicht da.

Verloren?, schoss es ihm panisch durch den Kopf. *Oder habe ich es gar nicht mitgenommen?*

Er öffnete die Fahrertür und klemmte sich hinter das Lenkrad. Ignorierte das Geheule seines Sohnes, beugte sich über den Beifahrersitz und öffnete das Handschuhfach. Dabei fiel ihm sein Handy aus der Hosentasche und rutschte zwischen Fahrersitz und Mittelkonsole.

»SCHEISSE!«

Kein Portemonnaie. Rolf knallte das Handschuhfach wieder zu und versuchte das Gejaule von hinten zu ignorieren – was so wenig gelang wie die Versuche, das verdammte Handy mit seinen Pranken herauszufischen.

Seine Fingerspitzen berührten das Scheißding, doch bekam er es nicht zu packen. Und zu allem Überfluss blieb auch noch seine Hand in dem dünnen Spalt stecken. Mit Gewalt riss er sich frei und schürfte sich die Haut auf.

»FUCK!«

In Toni stieg immer stärkere Angst auf und sein Weinen

wechselte zu einem Kreischen. Tränenbäche schossen aus seinen großen Kulleraugen.

Rolfs Kopf explodierte. »HALT ENDLICH DIE KLAPPE!«, brüllte er, was alles nur noch schlimmer machte.

Rolf ballte die Faust der aufgeschürften Hand und haute sie mit voller Kraft auf das Lenkrad. Einmal. Zweimal. Dreimal. Dann fuhr er sich mit Daumen und Mittelfinger über die Lider, und als er die Augen wieder öffnete, sah er verschwommen herunter in die Zwischenablage.

Langsam klärte sich sein Blick und er sah neben Bonbons und Kaugummi etwas Kleingeld. Er langte nach den Münzen und überschlug zwei Euro siebzehn.

Das sollte genügen, um die Heulsirene zum Schweigen zu bringen.

»Okay«, sagte er jetzt etwas ruhiger, mehr zu sich selbst.

Holte tief Luft und sah in den Rückspiegel.

Als er seinen Sohn erblickte, völlig aufgelöst, schmerzte sein Herz. Es tat ihm leid, dass er so ausgerastet war, doch konnte er es nicht mehr rückgängig machen.

»Wenn du versprichst nicht mehr zu weinen, hole ich dir jetzt ein Eis. Okay?«

Die Tränen versiegten langsam und gingen in ein Schluchzen über. Toni rang schwer nach Luft. Der kleine Brustkorb hob und senkte sich unregelmäßig in zittriger Atmung. Das kleine Gesicht noch immer von Schreck und Panik gezeichnet. Die nach Luft japsende Stimme drückte ein leises, fast unhörbar zartes »Ja« hervor.

21

Dann sah Toni noch, wie sich sein Vater mit dem dicken Bauch aus dem Auto zwang, die Tür hinter sich zuknallte, dass der ganze Wagen wackelte und durch die dichte Böschung verschwand.

Doch obwohl sein Vater so laut und wütend gewesen war, vermisste der Junge ihn im selben Moment, als er aus seinem Blickfeld verschwand.

Tonis Atmung wurde leichter. Das Böse in Gestalt seines Papas war weg. Gleich würde er ein Eis bekommen. Und sein Papa würde ihn wieder liebhaben. Ganz bestimmt. Das hoffte er jedenfalls sehr.

Toni sah nach draußen. Ganz gebannt auf die Stelle, wo sein Vater gerade noch verschwunden war, und stellte sich vor, wie Papa gleich wieder durch die wildwuchernde Schleuse zu ihm kam. Ein riesen Eis in der Hand.

Der Junge dachte daran, dass sein Papa ihn dann nicht sehen konnte. Nur der Junge konnte ihn sehen. Das hatte ihm seine Mama erklärt.

Manchmal, wenn das Auto in die Straße bog, sah er von seinem hohen Kindersitz aus dem Fenster. Dann entdeckte er seine Freunde auf der Straße. Er winkte ihnen zu. Doch sie winkten nicht zurück.

»Die können dich nicht sehen, weil ...« Das hatte er nicht verstanden. Irgendetwas mit Ton aus der Scheibe.

Komisch, wunderte er sich noch immer. *Ich kann sie doch sehen.* So wie er jetzt die Äste sah, durch die sein Vater eben noch verschwunden war. Buschige, dichtbewachsene grüne Äste, die – nachdem sein Papa hindurch war – zurückschnellten und hart gegeneinanderschlugen und sich wieder ineinander verkeilt hatten.

Für ihn war es eine Geheimtür und der Gedanke gefiel ihm.

Die meisten Kinder im Kindergarten waren viel größer als er. Und sie ließen ihn oft nicht mitspielen. Das war gemein! Denn sie spielten immer so coole Sachen. Nicht mit den doofen Bauklötzen. Oder mit den Autos, die immer nur in das Parkhaus rein- und wieder rausfuhren. Wobei er gerne mit den Bauklötzen und den Autos spielte. Aber die großen Kinder sagten, das spielen nur Babys. Und er wollte kein Baby sein. Er war zwar nicht so groß und kräftig wie die anderen, doch er war kein Baby mehr und wollte mit den Großen spielen.

Die großen Kinder, die richtig großen Kinder, spielten immer etwas mit Geheimnis. Sie hatten einen geheimen Schatz. Eine geheime Kiste. Und ein Geheimversteck. Und dann hatten sie untereinander immer Geheimnisse, die sie den Kleinen wie ihm nie verrieten.

Das ist geheim, sagten sie dann immer, und das ärgerte Toni sehr. Doch jetzt hatte auch er ein Geheimnis, von dem niemand etwas wusste.

Eine Geheimtür, und bei dem Gedanken lachte er laut auf und hatte Spaß, und seine Angst war verschwunden. Doch dann hielt er sich die Hand vor den Mund und besann sich, wie er es von den großen Kindern gelernt hatte. Ein Geheimnis darf man niemandem verraten.

Wirklich niemandem?

Bestimmt durfte er es seinem Elefanten verraten. Ihm erzählte er alles. Auch wenn Mama und Papa miteinander stritten und es so laut wurde und die Türen knallten. Dann verkroch er sich in die Ecke seines Kinderzimmers und drückte Jumbo an sich und sagte ihm, dass er Angst hatte.

Toni blickte sich im Auto um und suchte nach seinem Stofftier ...

... das draußen auf der Böschung lag und dessen Fell den auf ihn einprasselnden Regen aufsog.

22

Auch für die paar Minuten und trotz des starken Regens wollte ich Emma nicht zu Hause lassen. So standen wir unter dem Regenschirm eng aneinandergedrückt vor dem Haus und ich blickte auf das Klingelschild: *Familie Winter*

Emma an meiner freien Hand, das Handy zwischen meiner Schulter und dem Ohr.

Jennys Stimme hatte ganz aufgewühlt geklungen, als sie mich vor wenigen Minuten erreicht hatte und bat nach Rolf und Toni zu sehen.

Der Wagen stand nicht in der Einfahrt und nirgends im Haus brannte Licht. Und auch das dritte Klingeln blieb erfolglos.

»Soll ich nochmal klingeln?«, fragte Emma.

»Nein, Spatz.« Und zu Jenny: »Wir gehen einmal ums Haus und sehen mal durch die Fenster. Du –«, rief ich gegen den Regen an. »Wir melden uns, wenn es was Neues gibt.«

23

In dem Moment, als Toni begriff, dass Jumbo nicht im Auto war, rannen ihm Tränen über die kleinen Hamsterbacken. Sein Lieblingskuscheltier war weg und er würde ohne ihn heute Nacht nicht einschlafen können. Er würde nie wieder schlafen können. Er musste ihn wiederfinden. Ihn suchen und finden.

Doch so sehr er sich auch anstrengte – der Kindersitz hielt ihn gefangen und gab ihm keinen Spielraum. Seine Arme waren viel zu kurz, um an den roten Knopf zu kommen und den Anschnallgurt zu lösen. Aber seine kindliche Naivität ließ ihn nicht aufgeben und er versuchte es wieder und wieder. So sehr er sich jedoch versuchte aufzubäumen, das Sitzkissen ließ ihm keinen Zentimeter Spielraum und die Anstrengungen raubten ihm seine Kräfte.

Dennoch gab er nicht auf.

24

Bis zum Kiosk am Strandbad waren es keine fünfzig Meter. Und als Rolf an jenem frühen Abend den Stand endlich erreicht hatte, war er bis auf die Unterwäsche klatschnass und die Verkaufsluke der Bude verschlossen.

Der Kioskbesitzer Bernd Schärzing war gerade im Begriff, die Tür zu schließen.

»Guter Mann«, rief Rolf ihm zu und trat dicht an ihn heran. »Ich brauche dringend ein Eis.«

»Tut mir leid«, sagte Schärzing. »Ich habe geschlossen.«

»Sie verstehen nicht. Ich brauche dringend ein Eis.«

»Sie verstehen nicht. Es ist zu!«

»Dann machen Sie wieder auf.«

»Ich habe Feierabend.«

»Hören Sie.« Das Hämmern in Rolfs Kopf wurde stärker. »Nur ein Eis. Dann bin ich weg.«

»Hören Sie. Es ist *geschlossen*.«

»Ein Eis!« Rolfs Herz schlug schneller. Sein Puls wurde kräftiger. Die Halsschlagader pochte.

»Tut mir leid, aber ich bin jetzt weg.« Schärzing wollte an dem bulligen Mann vorbei, der ihn plötzlich an der Schulter packte und zurückzog.

»Lassen Sie mich sofort los!«, sagte Schärzing, noch immer ruhig, doch bestimmend.

»Hören Sie. Ich bin nass bis auf die Haut und ich will nur ein Eis. Dann bin ich auch weg.«

»Sie lassen mich jetzt sofort los!«, forderte Schärzing und versuchte sich abzuwenden. Doch der Mann hatte eine ungeheure Kraft.

»Hör zu, Sportsfreund!« Rolf kniff die Augen zusammen. Knickte plötzlich weg und prallte mit seiner ganzen Körpermasse gegen die Kioskwand. Schärzing dabei noch immer im Griff. Nun weniger, um diesen, sondern sich selbst zu halten, und zog den Kioskbesitzer mit sich.

Die beiden Männer kamen ins Taumeln, als tanzten sie Arm in Arm.

Es schien, als versuche sich Schärzing mit aller Kraft loszureißen. Wild schlug dieser um sich und riss sich im richtigen Drehmoment in die entgegengesetzte Richtung. Noch immer mit seinen Armen fuchtelnd, dass Rolf einige ungewollte, aber effektive Treffer einsteckte.

Rolf spürte einen starken Einschlag auf seiner Leber und einen letzten an seiner Schläfe.

Der Mann hatte es geschafft, sich aus dem Gerangel zu befreien, und Rolf verlor seinerseits den Gegenpol und knallte mit voller Kraft gegen die massive Tür. Prellte sich die Schulter, doch die Schmerzen waren ein Witz gegen das, was sich in seinem Kopf abspielte.

Das Stechen hinter seinen Augen wurde unerträglich. Die Augenlider röteten sich. Ein Schwindel setzte ein. Sein Nacken verkrampfte sich und ihm würde übel.

»Hey. Alles okay?«, fragte Schärzing.

Da ging Rolf bereits auf die Knie. Benommen wie ein angezählter Boxer. Er zitterte am ganzen Leib und hörte die gedämpften Worte nur noch in weiter Ferne. Er blickte sich suchend um und sah nur noch verschwommen, wie der Mann die Arme nach ihm ausstreckte.

Rolf wartete auf den finalen Gong. Auf die Erlösung, dass der Kampf endlich vorbei ist. Wie der angeschlagene *Rocky Balboa*. Völlig egal, dass *Apollo Creed* gewinnt.

Nur anlehnen. Hinlegen. Schlafen.

Rolf atmete flacher. Er spürte weiter Schmerzen in Brust und Rücken. Seine Muskeln erschlafften. Dann verlor er seinen letzten Halt und alles um ihn herum wurde schwarz.

Noch bevor Schärzing eingreifen konnte, fiel Rolf nach vorne. Schärzing schrak in dem Moment zusammen, als Rolfs Kopf auf den einzigen und freistehenden Findling aufschlug, auf dem sonst Kinder saßen und ihr Eis schleckten. Der Knall drang weit in die einsetzende Abenddämmerung.

»Als sein Schädel auf den Stein prallte, klang es wie eine Axt, die auf ein Holzscheit schlägt und es in der Mitte zerteilt«, sollte er später dem Rettungsdienst sagen. »Ich hatte befürchtet, sein Kopf wäre offen.«

25

Seine Mutter hatte den kleinen Jungen schon oft beim Schlafen lachen gehört und sich jedes Mal darüber köstlich amüsiert.

Beim ersten Mal war sie noch ins Kinderzimmer geeilt. Sie hatte das Geräusch zunächst nicht zuordnen können und sich erschrocken. Dann, als sie Toni im Kinderbett liegen sah, hatte sie eine unfassbare Erfüllung gespürt. Wie er dort gelegen und selig geschlafen hatte, während seine Lippen ein Lächeln formten. Es machte sie glücklich, zu sehen, dass es ihrem kleinen Jungen gut ging.

Das war nicht immer so.

Einmal, während eines heftigen Streits mit Rolf, hatte weder der Krach noch das Zerbersten des Glases, das dabei zu Bruch ging, ihren Sohn aus seinen Träumen gerissen.

Und doch musste er unterbewusst alles mitbekommen haben. Denn am nächsten Morgen war sein Schlafanzug von Schweiß ganz klamm. Es hatte Eva das Herz gebrochen. Sie hatte ihren Mann verflucht und sich geschworen, nie wieder das Unterbewusstsein zu unterschätzen.

Jetzt träumte der Junge von einem hohen Berg aus blauem Eis, auf den sein Elefant zuflog. Jumbo steckte seinen Rüssel hinein und als er ihn wieder rauszog, war er ganz blau.

Das war lustig und Toni lachte laut auf. Und dann hörte er es. Zuerst drang das Signal leise und weit entfernt zu ihm durch. Dann kam es näher und wurde immer lauter.

Bis er es sehen konnte. Ein Polizeiauto fuhr direkt auf den riesigen Eisklumpen zu. Auch Jumbo hatte das Auto bemerkt. Zog erneut seinen Rüssel aus dem schaumigen Eis und pustete so kräftig, dass das ganze Polizeiauto mit Eis bedeckt war. Diesmal lachte Toni so laut, dass er davon wach wurde.

Und noch während seine Augen sich an die Dunkelheit gewöhnten und er begriff, wo er war, konnte er es sehen, und seine Augen fingen an zu strahlen.

Blaues Licht flackerte, wenn auch nur sehr schwach, durch das Gebüsch zu ihm hinüber. Sie war wirklich da. Die Polizei war im Einsatz und Toni war ganz aufgeregt.

26

»Ich hab keinen Hunger«, sagte Eva und verkroch sich unter die Bettdecke.

»Du hast heute Mittag dein Essen schon kaum ange-rührt«, sagte Jenny. »Komm. Raff dich auf. Es ist noch zu früh, um im Zimmer abzuhängen. Wir gehen jetzt eine Kleinigkeit essen und können anschließend noch in die Bar. Das bringt dich auf andere Gedanken.«

»Ich will nicht«, beharrte Eva. »Geh du allein. Ich möchte einfach nur etwas fernsehen.« Eva griff nach der Fernbedienung und zappte sich durch die Programme. »Dann kann ich dich auch nicht mit runterziehen«, schob sie nach.

»Das ist doch albern«, widersprach Jenny. »Du ziehst mich nicht runter. Ich bin deine Freundin. Und wenn du nicht gehst, bleibe ich auch hier – bei dir.«

»Was soll ich nur machen?«, fragte Eva. »Die ganze Zeit über habe ich die schrecklichsten Gedanken. Anderer-seits ... Ach, ich weiß doch auch nicht.«

»Roman hat versprochen gleich nochmal rüber zu ge-hen.«

»Das muss er nicht«, sagte Eva. »Rolf wird ja nicht mit Toni abhauen. Eher wird er zusehen, dass er mich aus dem Haus bekommt.«

»Es schadet ja nicht«, sagte Jenny. »Und wenn wir bis morgen früh nichts hören, fahren wir direkt nach dem Frühstück nach Hause, okay?« Jenny biss sich auf die Un-terlippe. Sie hatte sich so ungemein auf das Wochenende gefreut. So sehr sie Emma und Roman auch liebte, es war höchste Zeit rauszukommen. Einfach nur abzuschalten und die Seele baumeln zu lassen. Und wenn auch nur für zwei Nächte den Stress des Alltags, gefangen in der Tretmühle zwischen Beruf, Haushalt, Kind und Mann, einfach hinter sich zu lassen und sich nur dem Verwöhnen hinzugeben.

Doch was, wenn es um Emma gehen würde?, fragte sie sich, und der Gedanke ließ sie frösteln.

»Pass auf«, sagte sie und blickte auf die Uhr. »Wenn wir jetzt losfahren, können wir gegen 24 Uhr zu Hause sein.«

Eva blickte überrascht vom Fernseher auf und schien zu überlegen. »Nein«, sagte sie schließlich und richtete sich im Bett auf. »Ich meine – ganz im Ernst.« Ihre Worte klangen mit einem Mal bestimmender. »Vielleicht ist es genau das, was du sagtest. Was, wenn Rolf mich nur provozieren will. Dass er genau das bezwecken möchte. Ich weiß, dass er mir das Wochenende nicht gönnt. – Nein!« Eva klang wütend. »Ich bin Hausfrau und Mutter. Ich kümmere mich um alles. Ich erledige den Haushalt. Putze, sauge, wische. Ich mache die Wäsche. Keine Ahnung, wie es bei Emma ist. Sie ist sicher nicht so ein Schmutzfink wie Toni.«

Ach, dachte Jenny und überlegte von ihrer Tochter zu erzählen, die jeden Tag mit schmutzigen Hosen aus dem Kindergarten kam.

»Und dabei ist Toni noch das kleinere Übel«, ergänzte Eva. »Rolf zieht jeden Tag ein frisches Hemd an. Was das alleine an Zeit zum Bügeln kostet. Darüber hinaus erledige ich den Einkauf. Ich kümmere mich um Toni und mache ihn zum Kindergarten fertig. Morgens bringe ich ihn hin und hole ihn nachmittags wieder ab.« Eva redete sich immer stärker in Rage. »Ich gehe mit ihm auf den Spielplatz. Zum Bauernhof. – Und Rolf!? Er kommt abends nach Hause. Da steht sein Essen schon auf dem Tisch. Und während ich anschließend die Küche aufräume, holt er sich ein Bier aus dem Kühlschrank. Dann schmeißt er sich aufs Sofa und schaltet den Fernseher ein. Und wann habe ich Feierabend? Wenn die Spülmaschine läuft, stecke ich Toni in die Badewanne und mache ihn fürs Bett fertig. Lese ihm noch eine Gutenachtgeschichte vor und falle dann selbst todmüde ins Bett.« Resignation machte sich auf Evas Gesicht breit. »Ich halte Rolf echt den Rücken frei. Und dann gönnt er mir nicht ein einziges freies Wochenende? – Doch genug davon. Jetzt ist Schluss mit dem Selbstmitleid. Du hast Recht. Jetzt bin ich mal dran. Und das lasse ich mir nicht von meinem Mann nehmen.« Eva stand auf, zog sich ihr Nachthemd wieder aus und schlüpfte in ihre Abendgarderobe. »Und die Kosten«, schob sie nach, »die gehen heute auf ihn. Ich lade dich ein. Und jetzt raus hier. Wir lassen es mal so richtig krachen.«

27

Wenn er groß war, wollte er auch zur Polizei.

Eine Uniform hatte er schon. Natürlich keine echte. An Karneval trug er sie. Dazu eine Pistole und am Gürtel Handschellen.

Die anderen Kinder hatten ihn darum beneidet und gefragt, ob sie auch mal schießen dürften, und er hatte es ihnen erlaubt. Toni hatte es genossen, im Mittelpunkt zu stehen, und dachte, wie schön es wäre, wenn sein Papa auf seinem Auto auch ein Blaulicht hätte. Aber Papa hatte ihm erklärt, dass nur die Polizei und die Feuerwehr mit Blaulicht fahren durften.

Natürlich mochte Toni auch die Feuerwehr. Doch die Polizei war cooler und er liebte sein Kostüm und hätte es am liebsten immer getragen.

»Ich zieh meine Polizei-Uniform an. Dann darfst du das auch«, hatte Toni gesagt und Papa hatte gelacht.

Doch nun war Toni traurig. Denn das Blaulicht zog weiter und plötzlich war es ganz weg.

Er fragte sich, ob sein Papa die Polizisten gesehen hatte, und beschloss es ihm auf jeden Fall zu erzählen.

Da leuchtete es plötzlich wieder auf. Diesmal im Auto. Unter dem Sitz. Toni beugte sich so weit er konnte vor und sah das Handy seines Vaters, das unter summendem Klang immer wieder aufblinkte.

»Papa«, rief er und versuchte nach dem Telefon zu greifen.

Doch es war viel zu weit weg und der Gurt und das Kinderkissen drängten ihn immer wieder zurück.

28

»Schnorchel rein in den Hals!«, rief der Notarzt. »Schutz-intubation.«

»Können wir fahren?«, fragte der Rettungsassistent aus der Fahrerkabine des RTW.

»Sekunde«, antwortete sein Kollege von hinten durch das kleine Fenster nach vorne. Er assistierte dem Notarzt. »Okay. Tubus liegt. Drück auf die Tube.«

Das ließ sich der Fahrer nicht zweimal sagen und bretterte los.

Währenddessen wurden hinten der Luftweg, die Atmung und der Kreislauf geprüft.

Während der Notarzt die Kleidung des Patienten zer-schnitt und den kompletten Körper freilegte, um das mögliche Ausmaß des Unfalls einzuschätzen, legte der Rettungsassistent den Zugang.

»Alles okay«, sagte der Arzt, deckte den Patienten zu und fragte: »Monitoring?«

»Blutdruck, Notfall-EKG, Sauerstoffsättigung.« Beide sahen auf.

»Vitalwerte nicht stabil«, bemerkte der Notarzt. »Hyper-ton. 193/117. Herzfrequenz bei 124. Arrhythmie. – Haben wir was?«

»Hier!«, antwortete der Gefragte und reichte den lee-ren Blister rüber. »Ansonsten trägt er nichts weiter bei sich.«

Der Notarzt betrachtete die Verpackung. Sagte: »Ta-vor.«

»Ein Benzodiazepin«, sagte sein Gegenüber. »Zum Ruhigstellen bei psychischen Symptomen. Sedierend. Muskelrelaxierend. Hypnotisch. Einschläfernd.«

»Korrekt«, nickte der Notarzt zustimmend. »Da wollte sich jemand etwas Entspannung gönnen.«

»Blutdruck fällt«, bemerkte der Rettungsassistent. »140/90.«

»Okay. Mehr können wir nicht tun«, antworte der Arzt.

Die zwei betrachteten den bewusstlosen Patienten, während der Fahrer über die Straße bretterte.

29

»Noch zwei Gläser Sekt, bitte«, gab Eva die Bestellung auf und der Kellner nickte ihr stumm zu.

»Aber dann ist wirklich Schluss.« Jenny hielt die Hand über ihr noch halbvolles Glas.

Eva überhörte ihre Freundin und sagte: »Dieser Abend tut mir gut. Danke, dass du mich überredet hast und dafür, dass du da bist.«

»Ich bin auch so froh, dass wir uns gefunden haben.« Jenny griff nach Evas Hand und drückte sie fest. »Und ich bin immer noch pappsatt. Ich fürchte, ich kann und sollte die nächste Woche nichts mehr essen. Wo lässt du das alles nur?« Jenny bewunderte Evas schlanke Taille. »Bei mir setzt das immer sofort an.«

Vom Hotelzimmer aus waren sie direkt ins Restaurant gegangen. Noch vor der geöffneten Tür zum Speisesaal war Jenny stehen geblieben und hatte ihren Blick über den halbgefüllten Raum gleiten lassen.

Die Wände waren mit Mahagoni-Holz verkleidet und schimmerten im dezenten Saallicht bräunlich-schwarz mit einem einladend warmen Rotschimmer. Die Sitzgarnitur in audrey grün gehalten, mit vergoldeten Stuhlbeinen. Die opulent gedeckten Tische – aus schwarzem Marmor, ebenso von Gold umrahmt – waren in kleinen Nischen abgeschirmt, dass die Gäste beim Speisen ihre dezente Ruhe hatten.

»Wir können auch irgendwo anders essen«, hatte Jenny

vorgeschlagen, die in dieser Preiskategorie nicht zu Hause war. Ganz im Gegenteil. Das Niveau des Restaurants flößte ihr Angst ein. »Mir genügt auch eine Pizza«, hatte sie noch vorgeschlagen.

Doch Eva wollte nichts davon wissen und wiederholte: »Kommt gar nicht in Frage! Ich habe dir bereits gesagt: Der Abend geht auf Rolf.«

So waren die beiden Frauen eingetreten und wurden vom Ober zu Tisch begleitet.

Der gesamte Raum war mit einem weichen Teppich ausgelegt, in dem man mit jedem Schritt versank und es sich anfühlte, als schwebe man auf Wolken.

»Das ist hier doch viel zu teuer«, hatte Jenny ein weiteres Mal flüsternd interveniert, als sie Platz genommen hatten.

»Das hat Rolf nun davon«, hatte Eva nur süffisant kommentiert.

Als Vorspeise hatten sie Beef Tatar mit gebeiztem Eigelb und Trüffel Brioche. Zum Hauptgericht gab es Tranchen vom rosa Schweinefilet auf Cognac-Pfeffersauce mit wildem Brokkoli und Spätzle. Und während Jenny sich fragte, wie sie die Kilos wieder runterbekommen sollte, hatte Eva für sie beide Desserts geordert.

Die Symphonie der Schokolade mit einer Trilogie aus Luftschokolade, Mousse und Brownie an Eis, Pralinen und Sorbet hatte Jenny den Rest gegeben.

Beim doppelten Espresso atmete sie schwer auf.

Jenny war es nicht gewohnt, so feudal zu speisen, und hatte während des Menüs ihr gesamtes Wissen aus *Pretty Woman* abgearbeitet. Serviette auf dem Schoß und das Besteck von außen nach innen.

Dies war absolut nicht ihre Welt, sondern die ihrer Freundin. Eva war es gewohnt. Sie begleitete ihren Mann regelmäßig zu Geschäftsessen und war darin geübt, Kaviar zu löffeln und Champagner schlürfen.

Jenny erinnerte sich an den ersten Besuch bei Eva zu Hause. Allein von der Einrichtung des freistehenden Hauses war sie geplättet. Eva hatte sie durch klare, puristische Räume geführt, während sich Jenny bei der gesamten Hausbegehung immer häufiger fragte, ob hier wirklich jemand wohnte. Alles wirkte so steril und kühl – wie ein Musterhaus, das auf den Einzug einer Großfamilie wartete, die den vier Wänden Leben einhauchen würde.

In der Küche war Jenny die Frage ein weiteres Mal aufgeploppt. Bei ihr zu Hause platzte der Kühlschrank aus allen Nähten, prall gefüllt mit Marmelade, Pudding, Joghurt, reichlich Aufschnitt und Käse sowie gekochte Reste vom Vortag.

Bei Familie Winter – und auch das, wie ihr striktes Sportprogramm, erklärte Evas Figur – schien es ausschließlich Obst und Salat zu geben. Gleichzeitig schien der Bestand an Champagner nicht Gefahr leerzulaufen.

Darüber hinaus glänzte der riesige amerikanische Kühlschrank mit schlanker Leere.

Nach dem ersten Besuch bei Eva hatte Jenny sich anfangs nicht getraut ihre Freundin zu sich einzuladen. Statt mit Designermöbeln waren Jenny und Roman im *Ikea*-Stil eingerichtet, und in Anbetracht von Evas Luxusdomizil war es Jenny zunächst peinlich.

Ihre neue Freundin lebte in einer Schicki-Micki-Welt,

von der Jenny so weit entfernt war wie Karl Lagerfeld von Jogginganzügen.

Und doch verband die beiden Frauen gleich zu Beginn ihres Kennenlernens eine Wärme und Nähe aus guten Gesprächen und ähnlichen Wertvorstellungen.

Jenny war erleichtert und glücklich zugleich, dass es doch eine Mutter gab, die nicht bei jeder Gelegenheit sofort aufsprang, wenn ihr Kind sich auf dem Spielplatz der Rutsche näherte und allen Ernstes allein die Leiter hinaufwollte.

NEIN! SEVERIN! Wie oft hatte Jenny diesen Aufschrei gehört. Immer gefolgt von einer überängstlichen Mutter, die sofort von der Spielplatzbank aufsprang, zu ihrem Kind rannte und sie zurückließ. Wobei Severin auch für alle anderen Namen wie Mia, Hannah, Linus und all die anderen stand.

Mit Eva wurden die Gespräche nicht abrupt unterbrochen und die zwei konnten in die Tiefe gehen. Sie sprachen über Alltagsprobleme, genauso wie sie über das Leben philosophierten. Und Jenny fand es überaus spannend, wenn Eva ihr von ihrem Leben erzählte. Als Frau an der Seite eines Arztes. Wenn Rolf sie zu einem Empfang mitnahm, oder zu den regelmäßig stattfindenden Dinners mit Ärztekollegen und deren Begleitung.

Nun einmal selbst in diese Welt von Schein und Sein hineinzuschnuppern, wie sie es nur aus den Klatschseiten der Regenbogenpresse kannte, war für Jenny extrem aufregend.

Eva kannte sich in der Glitzerwelt bestens aus, und so war Jenny gut beraten sich beim Dinieren im exklusiven Wellness-Restaurant an ihrer Freundin zu orientieren.

Genauso war sie Eva im Anschluss an die Bar gefolgt, wo der Kellner den beiden Frauen gerade die dritte Runde Blubberwasser servierte.

»Ich bin so froh, dass wir uns kennengelernt haben«, sagte Eva und nahm einen großen Schluck. »Seit wir ins Neubaugebiet gezogen sind, bist du meine einzige Freundin. Die anderen Mütter reden nur über ihre Kinder und über die Geburt. Über Schwangerschaftsstreifen, Rückbildungsgymnastik und Gebärmutterhälse.« Eva verdrehte die Augen. »Und wenn man sich gegenseitig einlädt, wird Kaffee getrunken und mit den Kindern gebacken oder gebastelt. Sich um sich selbst zu kümmern ist für die völlig unvorstellbar. Geschweige denn mal ein Wochenende wie dieses, einfach mal raus. Das ist doch bei diesen Helikoptermüttern überhaupt nicht drin.«

»Ja wirklich, oder? Ich war mit Emma die ersten Jahre im Müttercafé. Die Kinder haben im Nebenraum so schön gespielt. Doch im Frühstücksraum gab es keine anderen Themen als meine Tochter hier, mein Sohn da, ... Ich meine, ich liebe Emma über alles und unternehme so gerne etwas mit ihr ...«

»Versteh mich nicht falsch«, unterbrach Eva. »Das geht mir mit Toni genauso. Doch wir dürfen uns bei all dem doch nicht selbst vergessen.« Eva nahm einen weiteren Schluck und leerte das nächste Glas. Sie hob die Sektflöte in die Luft und winkte damit dem Barkeeper zu.

»Trinkst du auch noch einen?«, fragte sie, doch Jenny winkte energisch ab.

»Das Wochenende war ein super Geschenk von Roman«, sagte Jenny. »Danke, dass du ihn so gut beraten hast.«

»Ich fürchte«, erwiderte Eva, »nachdem er die Preise gesehen hat, wird er mich verflucht haben. Doch er scheint dich sehr zu lieben.«

»Das tut er wirklich.« Jenny lächelte glücklich.

»Darf ich dich was fragen?«, tastete sich Eva an.

»Klar.«

»Glaubst du, Roman hat dich jemals betrogen?«

»Nein«, antwortete Jenny, von der Frage überrascht und doch ohne zu zögern.

»Wie kannst du so sicher sein?«, fragte Eva.

»Das kann ich nicht. Und gleichzeitig bin ich es. Ich würde für Roman meine Hand ins Feuer legen.« Dann überlegte Jenny. »Natürlich ist nicht immer alles heile Welt bei uns. Wir streiten wie jedes andere Paar und sind nicht immer einer Meinung. Doch was auch passieren würde, Roman ist nicht der Typ, der mit einer anderen ins Bett springt.« Jenny fuhr sich mit der Hand über den Mund. »Entschuldige bitte. Du hattest vorhin erzählt, Rolf habe dich betrogen.«

»Ich weiß nicht, wie oft«, sagte Eva resigniert. »Das erste Mal -« Sie stockte und setzte nochmals an: »Zumindest das erste Mal, wo ich es herausgefunden habe, hat er mich mit Cecilia betrogen.«

»Eure Nachbarin?«, fragte Jenny schockiert.

»Ja«, bestätigte Eva. »Die Nutte vom Dorf. Ich glaube, die hat es schon mit jedem getrieben. Letztes Jahr auf dem Straßenfest jedenfalls mit meinem Mann.«

»Hast du die zwei erwischt?«, fragte Jenny und wollte sich die Situation nicht ausmalen.

»Nein. Ich war viel zu gutgläubig. Ich bin mit Toni schon früh nach Hause. Rolf blieb noch. Du kennst ihn ja. Ich habe ihn nicht vom Bierfass wegbekommen. Ich bin ja selbst schuld.«

»Dass er dich betrogen hat?«, fragte Jenny. »Liebes, daran bist du doch nicht schuld. Wie hast du es denn herausgefunden?«

»Ich spüre so etwas!«

Jenny fragte sich, wie man spürt, dass ein Mann sie betrügt. *Kam er plötzlich mit Blumen von der Arbeit nach Hause? Oder wurde Rolf mit einem Mal aufmerksamer und liebevoller?*, dachte sie und fragte: »Hast du mit ihm darüber gesprochen?«

»Ich habe ihn selbstverständlich zur Rede gestellt.«

»Und wie hat Rolf reagiert?«

»Er hat natürlich alles abgestritten.« Eva stockte.

Jenny überlegte. »Ich habe keine Ahnung, wie ich reagieren würde, wenn ich rausbekommen sollte, dass Roman mich betrügt«, sagte sie. »Ich möchte auch gar nicht darüber nachdenken. Vermutlich würde ich ihn verlassen und Emma mitnehmen.«

»Das sagt sich so leicht«, sagte Eva. »Du könntest das sicherlich. Doch was ist mit mir?«

»Wie meinst du das?«, fragte Jenny.

»Wo sollte ich denn hin? Und mit welchen Mitteln? Ich bin Rolf doch völlig ausgeliefert. Ich verdiene kein Geld, habe keinen Führerschein. Ich kann nicht einfach gehen und mir irgendwo eine Wohnung suchen. Ich hätte ja nicht einmal das Geld für die erste Miete, von der Kaution ganz zu schweigen.«

»Du kannst jederzeit zu uns«, sagte Jenny.

»Das ist ganz lieb, Süße«, sagte Eva. »Doch das wäre ja keine Dauerlösung. – Wie konnte ich nur so naiv sein. Ich bin ihm blind gefolgt und habe alles hinter mir gelassen. Mit meinen Eltern habe ich gebrochen.« Eva hielt inne und holte mehrmals tief Luft. »Mein Vater hat meine Mutter geschlagen – und vergewaltigt. Immer wieder. Und sie hat sich nie gewehrt.« Eva wischte sich über die Wangen. »So oft lag ich lange Nächte in meinem Kinderzimmer nebenan und hörte sie im Schlafzimmer. Ich hörte sie weinen, wenn auch leise, während er stöhnte. Ich hörte, wie er sie schlug, wenn sie nicht gehorchte. Ich hörte sie durch die Wand, wie sie dumpf wimmerte, und ich stellte mir vor, wie sie sich die Hand vor den Mund hielt, damit ich sie nicht hörte. Vielleicht presste auch er ihr seine Hand auf die Lippen. Und doch habe ich es mitbekommen. Jede beschissene Nacht habe ich sie gehört. Und morgens am Frühstückstisch ließen sie sich nichts anmerken und spielten ihre Show ab. Meine Mutter war immer schon ganz früh im Bad und hatte sich die blauen Flecken im Gesicht so gut wie möglich mit Make-up abgedeckt. Und dann saß sie da. Sie saß einfach nur da. Stumm und gebeugt am gedeckten Tisch und sagte kein Wort, während mein Vater stets den Fröhlichen mimte. *Na, Schatz?*, fragte er dann immer. *Auch einen Kaffee?* Oder: *Kann ich dir noch etwas besorgen, wenn ich von der Arbeit komme?* Dann blitzte es in seinem Gesicht auf. Dieses dämonische Grinsen. Besorgt hat er es ihr dann in der kommenden Nacht wieder.«

»Das ist ja schrecklich.« Jenny beugte sich vor.

»Das ging über Jahre. All die Jahre«, schluchzte Eva weiter. »Und dann habe ich Rolf kennengelernt. Er hat mich da rausgeholt und ich war so glücklich. Er hat mir eine andere Welt gezeigt. Eine Welt voller Hoffnung. Und er hat mir ein Leben in Aussicht gestellt, von dem ich immer nur geträumt hatte. Und unsere ersten Jahre waren auch so wunderschön. Doch mit der Zeit ... Rolf weiß, wo ich herkomme und was er für mich getan hat. Und das lässt er mich spüren. Jeden einzelnen Tag.« Eva sackte in sich zusammen. »Ich bin ihm blind gefolgt und habe nicht gemerkt, wie ich in seine Falle getappt bin. Ich habe meine Mutter nicht verstanden, warum sie sich nie gewehrt hat. Wie sie so dumm sein konnte. – Und ich? Ich selbst war so naiv, dass ich nicht bemerkt habe, wie Rolf mich in seine Abhängigkeit getrieben hat.« Eva schüttelte den Kopf. »Ihm zuliebe habe ich meinen Job aufgegeben. Und natürlich für Toni. Ich habe gerne als Modeberaterin gearbeitet. Doch die Arbeitszeiten sind meist bis spät abends und an fast jedem Wochenende. Wie hätte das mit Toni funktionieren sollen? Wir hätten ein Kindermädchen einstellen müssen. Und das wollte ich nicht.« Eva schien zu überlegen. »Sicher hätte ich mir etwas anderes suchen können. Doch Rolf hat mir so oft eingeredet, dass wir das nicht nötig haben. Er verdiene genug, und was würden die Leute denken, wenn er seine Frau schuften ließe, während zu Hause ein kleines Kind von der Nanny aufgezogen wird? – Sehen und gesehen werden. Darum dreht sich alles in seiner Welt.« Eva atmete ein weiteres Mal kräftig durch. »So habe ich von Rolf wöchentlich Taschengeld bekommen. Und das war für mich okay. Ich hatte ja alles, was ich brauchte. Und wenn wir in der Stadt waren und mir ein Kleid gefiel, hat er es mir gekauft. Er wollte ja auch, dass ich gut gekleidet war, wenn wir seine Kollegen und Freunde trafen. Er gibt gerne mit mir in der Öffentlichkeit an und genießt es, wenn die Kerle ihn für seine attraktive Frau beneiden.

Heute ist mir klar, Rolf hat mich all die Jahre klein gehalten und hat so die komplette Kontrolle über mich. Ich bin ihm ausgeliefert und er kann sich alles erlauben. Er kann mich belügen und betrügen. Und nachdem er mit Cecilia ...« Eva stockte. »Danach haben wir eine Woche lang nicht miteinander gesprochen. Eines Abends, ich war schon fast eingeschlafen, kam er ins Schlafzimmer und legte sich zu mir. Er drückte sich an mich und ... Ich habe mich so geekelt und musste die ganze Zeit, während er mich anfasste, daran denken, wie er es mit diesem Flittchen getrieben hat.

Dann hat er sich genommen, was er brauchte, und ich – ich habe ihn gewähren lassen.«

30

Dass er nicht in seinem Bett lag, bemerkte er gleich, nachdem er erneut aufwachte. Er war nicht zu Hause in seiner vertrauten Umgebung. Lag nicht unter seiner *Feuerwehrmann-Sam*-Bettdecke. Und hielt nicht seinen Stoffelefanten im Arm.

Er saß noch immer in diesem blöden Kindersitz. Festgeschnurrt. Und sein Rücken tat ihm weh.

Sein Speichel auf dem Stuhlkissen war noch nicht ganz eingetrocknet, und seine Wange war noch ganz feucht von der heruntergelaufenen Spucke. Seine Augen bedeckt von einem klebrigen Schleier, der seine Lider zusammenhielt. Klar. Der Sandmann war da gewesen. Unbeholfen rieb er sich seine großen Kulleraugen und begann sich langsam zu orientieren.

Sein Vater war los, ihm ein Eis zu holen.

»Papa?«, fragte die zarte Kinderstimme und hörte das schlimmste Geräusch von allen.

Totenstille.

Und mit einem Mal war sie da. Nicht schleichend. Nicht langsam ankündigend. Nein. Mit voller Ladung kam alles zugleich.

Toni sah aus dem Autofenster in die tiefe Dunkelheit des Waldes. Roch das nasse Moos. Seine Kehle trocken. Er schmeckte salzige Furcht und spürte ein Kribbeln, das seine Wirbelsäule hochkroch. Nicht das angenehme, wenn seine Mama ihn kraulte. Es war die Art von Kribbeln, das die Schultern verspannte und sich über den Nacken ausbreitete und alles verkrampfte.

Sein angespannter Körper zeigte mit einem Mal sämtliche Alarmreaktionen und schüttete Adrenalin aus. Direkt setzte sein Fluchtreflex ein. Er wollte weg. Laufen. Rennen. Doch er kam nicht vom Fleck. Also hielt er sich die Hände vors Gesicht und weinte.

Sie war da. Die nackte Angst.

An das Gefühl seiner allerersten Angst konnte sich Toni nicht mehr erinnern. Und doch war sie da gewesen. Direkt, als er auf die Welt gekommen war. Seine erste Erfahrung, die er wie jedes Kind durchlebt hatte. Gleich mit der Geburt. Noch eben im wohlig-muckeligen Bauch der Mutter, war es mit einem Mal so kalt, grell und laut. Von jetzt auf gleich waren die vollkommene Geborgenheit und Sicherheit, die er kurz zuvor noch im Mutterleib gespürt hatte, einfach weg. Die Nabelschnur durchtrennt. Der Abbruch der automatischen Nahrungsaufnahme. Dieses seltsame Gefühl von Hunger. Der fehlende Herzschlag seiner Mutter. Immer so nah, so beruhigend. Abrupt verstummt. Und über allem diese totale Abhängigkeit von seinen Eltern.

Am liebsten wäre er wieder zurück an dem Ort, wo er neun Monate lang war. Das wusste er natürlich nicht. Doch diese unabdingbare Urangst war da. Und er wollte doch einfach nur schlafen.

Als er nichts anderes kannte, hatte er die Dunkelheit geliebt. Sie hatte ihm alles gegeben, was er brauchte. Liebe. Nähe. Wärme.

Doch nun war er fast drei Jahre alt und wusste, er saß an einem Ort, an dem ein kleiner Junge um diese Zeit allein nicht hingehörte.

Im dunklen Wald lauerten Gefahren, die ein kleines Kind in große Angst versetzen konnten.

Sein Herz klopfte wie wild. Ein dumpfer Druck in den Ohren. Sein Atem stockte. Ihm wurde schwindelig und dann passierte etwas, das er doch längst nicht mehr tat.

Toni machte sich in die Hose.

Sein Weinen ging in lautes Schluchzen über und wäre in diesem Moment irgendjemand den Gehweg entlanggelaufen, hätte er seine starke Stimme gehört.

Bald sollte er dazu keine Kraft mehr haben.

Doch noch rief er immer und immer wieder nach seiner »Mamiii!«

31

Während die beiden Rettungsassistenten den Patienten auf der Notfallliege in den ersten Raum im Erdgeschoss fuhren, informierte der Notarzt das Schockraumteam.

»Bewusstseinsverlust. Verdacht auf Schädel-Hirn-Trauma. Arrhythmien. Blutdruck und Herzfrequenz hypoton. Vermutliche Überdosis von Benzos«, machte der Notarzt die Übergabe und reichte den leeren Blister an den diensthabenden Neurologen Dr. Perik und ergänzte: »Ich denke mal nicht, dass er alle zehn auf einmal geschluckt hat.«

Währenddessen kümmerte sich das restliche Team, bestehend aus Chirurgen, Internisten und Pflegern der Notaufnahme, um den Patienten. Sie arbeiteten Hand in Hand und waren bestens aufeinander abgestimmt. Sie alle wussten, bei Patienten, die hier im Schockraum landeten, zählte jede Minute.

Die erste Hürde – die Golden Hour – hatte der Rettungsdienst überwunden. Um weitere irreparablen Schäden oder ein Multiorganversagen zu vermeiden, waren sie nun gefragt und handelten gleichzeitig.

Jeder Handgriff saß und war mit den anderen verzahnt. Wie beim Boxenstopp in der Formel 1 liefen alle Handlungsstränge parallel. Jeder wusste, was er zu tun hatte. Keine Zeit für Diskussionen. Von nun an ging es nur noch darum zu funktionieren.

Die Anästhesiepflegekraft drückte die sterile Kompresse auf den Hinterkopf des Patienten, um die Blutung zu stoppen.

»Wie kritisch ist der Zustand?«, rief der Team-Leader mit lauter, klarer Stimme.

»Kritisch!«, hallte es durch den kühlen Raum zurück.

»Okay. Ganzkörper-CT! Fokus Schädel, Kopf und Brust.«

Alles lief im Fluss und jeder arbeitete nach der eisernen Grundregel »Treat first what kills first.« – Behandele als Erstes, was zuerst tötet.

»Keine cerebrale Blutung. Ausschluss von Schlaganfall.«

»Blutdruck 165/100. Frequenz 95. Sauerstoffsättigung 97 %.«

»Okay. Wo geht's hin?«

»Weiter auf die Intensivstation mit Commotio Cerebri. Magen auspumpen.«

Während dem Patienten ein großlumiger Schlauch über die Speiseröhre eingeführt und warme Kochsalzlösung in 300-ml-Portionen über Blasenspritze in den Magen gegeben wurde, ging parallel ein Fax von der Krankenhausverwaltung an die örtliche Polizei.

Bewusstloser Patient ohne Personalien
Männlich, ca. 45 Jahre, 1,88 Meter, 100 Kilo
Glatze, blaue Augen
Schwarzes Hemd, blaue Jeans, schwarze Lederschuhe
Aufgefunden am Otto-Maigler-See, Nähe Strandbad

Knapp zwanzig Liter Kochsalzlösung erhielt der Patient. Diese lief über den Schlauch wieder ab.

Nach gelungener Magenspülung und stabilen Vitalfunktionen ging es in den Aufwachraum.

Dort lag Rolf Winter und dämmerte vor sich hin.

32

Eva tat kein Auge zu.

Ihr war nicht sonderlich übel, nur ein wenig schwindelig. Zwar hatte es in der Bar keinen Champagner gegeben, doch der Sekt war okay und gut verträglich. Zumindest für sie. Obwohl Jenny bereits nach dem dritten Glas Prickelbrause auf Wasser umgestiegen war, war sie direkt ins Bett gefallen und eingeschlafen.

Eva wälzte sich immer wieder auf der Matratze. Deckte sich zu, nur um kurz darauf die Bettdecke wegzukicken und wenig später wieder über sich zu ziehen. Das Wechselspiel nahm kein Ende, während ihre Freundin neben ihr selig schlief.

Wohin war Rolf mit Toni verschwunden? Wie konnte sie nur so dumm gewesen sein, ihn mit ihrem Sohn allein zu lassen? Wieso hatte sie den USB-Stick nicht besser versteckt? Sie hätte ihn mitnehmen sollen. Sie hatte sich so verdammt sicher gefühlt. Jetzt, wo Rolf ihn hatte, konnte er alles mit ihr anstellen.

Eva quälte sich durch die Nacht.

Nun fühlte es sich wieder falsch an, dass sie geblieben war. Sie hätte sich nicht von Jenny überzeugen lassen dürfen und hätte direkt nach Hause fahren müssen. Nein. Allein die Tatsache, dass sie überhaupt erst hierhergefahren waren, war ein Fehler gewesen. Das alles wäre nie passiert.

Lass uns jetzt erstmal schlafen, hatte Jenny gesagt, als sie zurück im Hotelzimmer waren. Dann war sie direkt eingenickt.

Sie hatte gut reden. Als ob morgen alles unter einem anderen Licht stehen würde.

Nein. Nichts war mehr wie zuvor. Nie mehr. Jetzt, da sie keinen Schutz mehr vor Rolf hatte. Jetzt, wo er besaß, was sie vor ihm versteckt gehalten hatte und sie am Leben hielt.

Eva setzte sich im Bett auf und beobachtet Jenny, die fest schlief und beneidete sie dafür.

Für ihren tiefen Schlaf. Für all das Glück, das Jenny hatte und sie nicht. Einen tollen Mann zur Seite, der alles für sie und Emma tat und immer für seine Familie da war. Ein Leben, nach dem Eva sich so sehr sehnte. Ein Leben, das sie auch wollte. Stand ihr das denn nicht zu?

33

Es war einfach so geschehen. Ohne dass es eine Voran-
kündigung gab und er es hätte kontrollieren können.

Nun war seine Hose ganz nass und er hatte Angst,
Mama könnte schimpfen. Doch diese Angst war gut und
anders als die Furcht zuvor.

Manchmal passierte ihm etwas Schlimmes. Er erinnerte sich daran, wie ihm vor einigen Tagen ein Glas
Wasser heruntergefallen war. In tausend Scherben war
es zersprungen. Im ersten Augenblick hatte seine Mama
laut mit ihm geschimpft. Darüber hatte er sich noch mehr
erschrocken als über das kaputte Glas. Er war richtig zu-
sammengezuckt. Nachdem Mama all die Scherben auf
die kleine Schaufel gefegt und das Wasser vom Boden ge-
wischt hatte, hatte sie ihn in den Arm genommen. Später
hatte sie ihm erklärt, dass sie sich nur erschrocken hatte.
Sich sorgte, er könne in Splitter treten. So ganz hatte er es
dennoch nicht verstanden. Er hatte das Glas ja nicht mit
Absicht fallen lassen und hoffte, seine Mama würde nie
wieder so laut zu ihm sein.

Nun war die Angst, seine Mama könnte schimpfen,
gar nicht so schlimm. Denn das hätte bedeutet, dass sie
mit ihm schimpfen konnte. Weil sie da war. Doch sie war
nicht da.

Dennoch war es ihm peinlich. Hatte er seine Mama
doch so stolz gemacht. Von einem auf den anderen Tag
brauchte er keine Windeln mehr. Zwar hatte sie ihm die
erste Woche noch abends im Bett eine Windel umgetan.

Doch als diese auch am siebten Tag trocken blieb, ließ sie es ganz sein. Seitdem hatte er sich nie wieder in die Hose gemacht.

Er dachte daran zurück, wie stolz ihn seine Mama angestrahlt hatte. Wie stolz er gewesen war.

Nun saß er hier in nasser Hose und schämte sich.

34

Eva zog ihren Slip hoch, drückte die Toilettenspülung herunter und wusch sich die Hände im dunklen Badezimmer. Im dünnen Nachthemd ging sie ans Fenster und schaute hinaus. Der verschlungene Weg der Parkanlage wurde von Solarlampen dezent beleuchtet und führte zum Eingangsportal.

Sie schaute in die Nacht hinaus. Der Mond, die Sterne und ihre Gedanken verloren sich in tiefer Traurigkeit und Sorge.

Eva wand sich ab und beobachtete eine Zeit lang Jenny, wie sie friedlich auf ihrer Seite des Bettes lag. Ihr Kissen fest an die Brust gedrückt. Zärtlich und liebevoll, wie ein kleines Kind. Eva stockte der Atem.

Morgen früh. Ganz egal. Morgen früh fahren wir nach Hause – und ich hol mir meinen Jungen!

35

Um 22 Uhr hatte Toni einen Bärenhunger und schrie sich die Seele aus dem Leib.

Um 23 Uhr wachte er mit getrockneten Tränen auf und wusste, dass sein Vater nicht mehr kommen würde.

Gegen 24 Uhr wollte er einfach nur noch etwas trinken.

Um kurz nach 1 Uhr knallte der Wind die fingerdicken Äste gegen das Fenster der Beifahrerseite, und er spürte zum ersten Mal, dass es eine Steigerung seiner Angst gab.

Panische Angst.

Die unbekannte Seite des Waldes erwachte. Geräusche, die ihm fremd waren. Schatten, die aussahen wie gruselige Monster. Nicht die Art von Monstern, die sich im Kleiderschrank versteckt hielten, wenn seine Mama im Kinderzimmer das Licht ausknipste. Oder die, die sich unter seinem Bett versteckten. Es waren Monster, die er nun zum ersten Mal auch wirklich sah. Sie waren groß. So unfassbar groß. Und hatten Arme, die sich mit dem Wind bewegten und deren holzige Finger gegeneinanderschlugen. Sie schienen bereit ihn zu holen.

Sein kleiner Körper – von Hunger und Durst gezeichnet – zitterte wie Espenlaub. Ihm war kalt. Der Regen hatte die Luft abgekühlt und der Schweiß auf seiner Haut ließ ihn frösteln.

Toni presste seine Arme über Kreuz und drückte sie fest an seine Brust. Er zog sich so eng wie möglich zusammen.

Seine Mutter hatte ihm mal erzählt, wie süß er schlief.

»Du liegst wie in Mamas Bauch«, hatte sie gesagt und dann ein komisches Wort benutzt. Etwas wie Embinonal-Stellung und Toni hatte gelacht, weil er das Wort so witzig fand.

Als nun der Wind erneut und mit voller Wucht gegen die Scheibe knallte, lachte Toni nicht mehr. Er vergrub sein Gesicht noch tiefer zwischen die Handflächen. Darauf bedacht, dass nichts von ihm mehr zu sehen war. Und auch wenn in seiner Welt klar war, dass, wenn er seine Augen schloss, ihn niemand sehen konnte, traute er sich nicht, die Augen zu schließen.

Und auch wenn er es nicht in Worte packen konnte, spürte er, noch viel schrecklicher als das Böse zu sehen, war es nicht zu sehen.

Wenn das Böse mich packt, ...

Irgendwo hier brach er ab.

Toni wollte nach Hause. Er wollte in sein Bett. Er wollte zu ...

»... meiner Maamiii!«

36

Das fahle Mondlicht brach sich durch die Baumwipfel. Der Wind war einer seichten Brise gewichen. Das anschwellende Rauschen der Baumkrone drang durch die nächtliche Stille. Sanft und verträumt, wie die Brandung des Meeres. Der See fand langsam seine Ruhe.

Aus dem warmen Gemisch aus Blättern, Heu und Moos erhob es sich und trat durch das verborgene Dickicht aus seiner Höhle. Allein ging es auf Streifzug durch die Nacht und war auf der Suche.

Durch das Unterholz bahnte es sich seinen Weg und kam an den See. Völlig ausgedurstet trank es.

Am abgeholzten Baumstamm ragten Steinpilze aus dem Boden. Nachdem es getrunken hatte, schnüffelte es daran. Wand sich ab und zog weiter.

Der Boden unter ihm schien höher als er war. Ein Ast knackte unter seiner schweren Last und ließ einen Vogel in der Nähe aufgeschreckt davonfliegen.

Die Schritte unter ihm dumpf klingend erreichte es eine Lichtung. Der Boden von Blumen bedeckt, in pechschwarzer Nacht. Eine Maus huschte durch das dichte Gras in ein Loch. Der leise Ruf eines Käuzchens erklang aus der Ferne.

Es horchte auf. Zog weiter. Stampfte hinab. Durch Farne und hohes Gras. Efeu schlängelte sich an Baumstämmen hoch. Bedrohliche Schatten fielen auf die Erde.

Es sah die kleine Senke nicht, es roch sie. Lief strammen Schrittes darauf zu. Wälzte und suhlte sich in der Pfütze schlammigen Wassers.

Nachdem es sein Bad beendet hatte, lief es zurück auf den Weg. Ohne festes Ziel, und doch schien es getragen. Angezogen von einer äußeren Kraft kam es näher. Bis es am Ziel war.

Knapp dreihundert Meter von dem geparkten Wagen entfernt, in dem Toni gerade saß und schlief, nahm es Witterung auf.

Das graue Wesen hetzte über den Weg und kämpfte sich die Böschung hinauf. Das borstige Gebrech zwang sich durch das dichte Gestrüpp und hielt inne.

Was ist das?, fragte es sich und sah zu dem Auto hinüber.

Es konnte nicht sehen, doch riechen, und es roch Schweiß. Doch da lag noch mehr in der Luft. Angst. Frische, junge, hilflose Angst.

Es schlich näher. Zwei weitere Schritte vor. Dann machte es wieder halt.

War das ein Geräusch aus dem Inneren?

Wieder Stille. Vielleicht hatte es sich getäuscht. Doch es gab kein Zurück mehr. Es trat weiter auf den Wagen zu.

Schritt für Schritt kam es näher.

Was hatte ihn geweckt?

Toni wusste es nicht.

Die Augen noch immer tief geschlossen, mummelte er sich in seinen Kindersitz. Er machte sich so klein wie möglich und versuchte sich zu verstecken. Dabei war er bemüht ganz leise zu sein. Doch seine Arme und Beine schlackerten. Seine Zähne bibberten und schlugen laut aufeinander.

Toni wusste, dass er beobachtet wurde. Er spürte es. Fühlte es. Er musste der Gefahr in die Augen sehen. Musste sehen, was es war. Die Panik, jede Sekunde aufgeschreckt, gepackt zu werden und nicht zu wissen, wann und von wem, war unerträglich. Gleichzeitig waren seine Lider zu schwer, als dass er auch nur durch sie hätte hindurchblinzeln können.

Ein eiskalter Schauer zog über seinen Nacken, entlang der eng an den Kindersitz gepressten Wirbelsäule. Mit ihm das Gefühl, das ihm verriet, dass *es* näherkam.

Dort draußen, das wusste er, war das Böse. Wie er es manchmal in seinem Kinderzimmer sah, wenn er schon lange im Bett lag. Die CD, die er zum Einschlafen gehört hatte, bereits zu Ende war und er noch immer nicht eingeschlafen war.

Aus dem Flur drang das Licht durch die halbgeöffnete Kinderzimmertür und zauberte manchmal gruselige Schatten an die Wand, die er durch die Gitterstäbe seines Kinderbettes sah.

Mal in Gestalt der Hexe, wie in dem Buch, das seine Mutter ihm manchmal vorlas. Mit dem großen schwarzen Hut und der dicken Warze auf der langen Nase. Mal der Riese mit dem unförmigen Kopf und dem gruseligen Holzbein.

Manchmal besuchte ihn das Böse. Nur diesmal war seine Mama nicht in der Nähe, die seinen Hilferuf im Wohnzimmer hörte. Diesmal würde seine Mama nicht die Treppe hochrennen und ihn aus seinem Bett heben. Diesmal würde seine Mami ihn nicht in die Arme nehmen und fest an ihre Brust drücken. Diesmal, das wusste er, würde *es* ihn holen.

Die Angst war unerträglich. Sein Herz pochte bis zum Hals. Er wollte schreien. Doch seine Stimme war stumm.

Er wollte sich im Sitz winden. Sich losreißen. Doch er kam nicht voran. Er ruderte mit den Armen und schlug wild um sich. Keine Chance. Er bewegte sich keinen Zentimeter.

Nicht gucken!, ermahnte er sich, seine Augen nicht zu öffnen.

Toni versuchte, wie ein großer Junge zu denken. Wie die großen Kinder im Kindergarten. Oder vielleicht sogar wie die ganz Großen aus der Grundschule. Manchmal sah er ihnen vom Kindergartenspielplatz durch den Maschendraht zu, wie sie nebenan auf dem Pausenhof spielten.

Wenn ich ganz still bin, dachte die große Stimme in ihm, *denkt das Monster vielleicht, ich bin tot und haut ab.*

Doch *es* verschwand nicht. Im Gegenteil. *Es* kam näher heran, und mit einem Satz, völlig unerwartet, setzte *es* an und sprang mit seinem gesamten Gewicht gegen die verdunkelte Fensterscheibe und …

… ein schriller Schrei drang aus dem Wageninneren und hallte weit durch den finsteren Wald.

Tonis Herz schlug ihm aus der Brust, als die haarige Spitze das erste Mal gegen das Glas knallte und ihn zwei schwarze, eng aneinander liegende Augen ins Visier nahmen.

Er sah dem Tod direkt ins Gesicht.

Toni schlug wild um sich, um *es* fernzuhalten. Schrie weiter. Doch seine Stimme war versiegt. Er durfte nicht zulassen, dass *es* zu ihm ins Auto kam. Da war *es* auch schon verschwunden. Doch *es* war nicht weg, sondern hatte nur Anlauf genommen. Schon setzte *es* ein zweites Mal an. *Es* versuchte das Glas zu zerbersten.

Toni schrie um sein Leben und brachte doch nur ein Krächzen hervor. Ein erneuter Sprung. Wieder und wieder knallte *es* mit der Flanke gegen die Tür.

Es spielt mit mir, dachte der Junge. *Es spielt mit mir ...* Toni wusste, dass es kein gutes Spiel war. ... *bevor es mich holt!*

Toni setzte alle Energie frei. Panisch schlug er seinerseits gegen das Fenster. Doch sein Arm war zu kurz, dass seine Fingerspitzen es nur streiften und außer einem zarten Klopfen nichts ausrichten konnten, während von draußen die Kraft von hundert Kilo gegen das Blech prallte und die Tür immer stärker eindrückte.

Je mehr er schrie, desto mehr versagte ihm die Luft zum Atmen. Seine Lunge brannte. Sein Herz raste.

Doch er brüllte weiter um sein Leben, bis er sich an der eigenen Spucke verschluckte und hustete.

Sein Unterbewusstsein befahl ihm weiterzuschreien. Doch seine Stimme überschlug sich in lautes Bellen. Sein Kopf lief rot an. Er bekam keine Luft mehr.

Toni krümmte sich vor Schmerzen, doch das Sitzkissen engte ihn noch mehr ein und ließ seinen Lungen keine Entfaltung. Tränen der Atemnot quollen wie geschmolzene Bäche aus den Augenhöhlen. Seine Augen drückten sich nach außen, während die Last von draußen immer und immer wieder unter alarmierendem Quieken gegen die Tür brach.

37

Schweißgebadet wachte Eva auf.

Toni!, schossen ihr die Gedanken durch den Kopf und sie wusste, ihrem Sohn ging es nicht gut.

Eva versuchte sich zu konzentrieren. Versuchte zu begreifen, was geschehen war.

Sie hatte geträumt, doch sie konnte sich an den Traum nicht mehr erinnern. Sie wusste nur, dass er schrecklich war. Schrecklicher als alles, was sie sich je vorzustellen vermochte.

Sie spürte die Kraft einer Mutter und wusste: *Mein Sohn braucht Hilfe!* Etwas Schlimmes war geschehen. Sie war sich ganz sicher. *Eine Mutter spürt so etwas.* Und doch war es nur ein Traum. Wenn auch einer der schrecklichen Art.

Eva setzte sich im Bett auf. Ihre Augen gewöhnten sich an die Dunkelheit.

Ihr Nachthemd war schweißgetränkt und klebte an ihrer nackten Haut. Ihre kleinen Brüste zeichneten sich ab. Hoben und senkten sich. Hoben und senkten sich unter schwerem Atem. Rasend schnell.

Sie öffnete den Schraubverschluss der Wasserflasche. Griff zum Wecker auf dem Nachttisch. Sah die leuchtenden Zahlen. Kurz vor vier. Stieg aus dem Bett. Zog ihr Nachthemd aus. Ließ es zu Boden fallen. Ging nackt am Bett ihrer tiefschlafenden Freundin vorbei ins Bad unter die Dusche.

Der harte Wasserstrahl prallte auf Evas Haut. Viel zu heiß. Doch das nahm sie nicht wahr. Das einzige, was sie

vernahm, waren die lauten, panischen Schreie ihres Sohnes, die in ihr noch nachhallten. Wie er um sein Leben
schrie und sie aus ihrem Albtraum gerissen hatte.

38

Mit den Hauern schlug *es* gegen den Kotflügel und hinterließ Spuren der Verwüstung.

Der Junge schrie mit letzter Kraft der Heiserkeit, sich seinem Schicksal ergeben, während auf der anderen Seite alles versucht wurde den Wagen aufzubrechen und ins Innere einzudringen, um ihn zu packen.

Doch *es* wurde schwächer. Begriff, *es* konnte dem Koloss aus Blech wehtun, doch *es* konnte ihn nicht bezwingen. Aber noch gab *es* nicht auf.

Noch einmal sprang *es* auf. Stellte sich auf die Hinterläufe und Toni, der nun vollends ausgelaugt, klatschnass in seinem Käfig gefangen saß, sah dem Monster noch ein letztes Mal ins Gesicht.

Beide einander nah. Dicht an dicht. Nur von der dünnen Scheibe getrennt rührte sich keiner von ihnen. *Es* lauerte. Toni wartete. Beide ließen sekundenlang nicht den Blick voneinander.

War jetzt die Zeit gekommen?

Da glitt das Wildschwein mit seinen Schalen von der Wagentür. Drehte sich ab, streifte mit der Quaste das zertrümmerte Blech und verschwand, wie es gekommen war, durch das Gestrüpp und ließ den zu Tode verängstigten Jungen zurück.

»Wie geht es unserem Patienten?«, erkundigte sich Dr. Perik, der Arzt, der Rolf Winter vor einigen Stunden auf dem Tisch im Schockraum liegen hatte.

Die Nachtschwester blickte von ihren Unterlagen auf. Sah in Periks Gesicht.

Ein hübsches Gesicht, dachte sie. *Die blauen, leuchtenden Augen. Umrahmt vom schwarzen Haar. Die etwas zu harte Nase. Die vollen Lippen und das markante Kinn.*

Sie musterte ihn, wie er dort stand. Lässig an den Türrahmen zum Schwesternzimmer gelehnt. Kraftvoll, in völliger Selbstsicherheit in seinem weißen Kittel.

Gut, dass ich sitze, sagte sie sich und ihre Knie wurden ganz weich, wie jedes Mal, wenn sie ihn sah.

»Mit dem Patienten ist alles in Ordnung«, antwortete sie und setzte ihr charmantestes Lächeln auf.

»Gut«, sagte Perik. »Ich sehe nachher noch mal nach ihm.«, und fragte: »Hat sich denn noch niemand gemeldet?«

»Bisher scheint ihn noch keiner zu vermissen.«

»Oder seine Frau ist mal froh eine Nacht Ruhe zu haben.« Perik zwinkerte ihr zu und sie stieß ein schallendes Lachen aus und biss sich gleich darauf auf die Unterlippe.

Zu übertrieben!, wies sie sich selbst zurück und ließ ihren Blick kurz zu Boden fallen.

»Sonst alles okay heute Nacht?«, fragte der Arzt.

»Alles ruhig«, sagte sie und dachte: *Ich will dich!* Und blätterte verlegen in den Unterlagen vor ihr.

»Okay. Wenn was ist, piepsen Sie mich einfach an.«

»Wird gemacht.« Sie sah auf und wollte ihm noch ein Lächeln zum Abschied schenken. Doch Perik war bereits aus dem Schwesternzimmer verschwunden. Sie hörte nur noch, wie sich seine harten Schritte über den Flur entfernten und ärgerte sich über sich selbst, dass sie sich wieder nicht getraut hatte, sich den Doc zu schnappen.

40

Wie jeden Morgen war Anneliese Plug früh auf den Beinen und achtete penibel auf ihre Pulsfrequenz. Ihre Tochter hatte ihr die Armbanduhr zum Geburtstag geschenkt, mit der sie ihrer Vitalfunktionen messen konnte.

Bereits im Bett hatte die Uhr ihr gesagt, dass sie gut geschlafen hatte.

Wie jeden Tag ging es nach einer kurzen Katzenwäsche direkt nach draußen. Eine Runde um den See und zurück zu ihrer Wohnung waren knapp neun Kilometer. Etwa vierzehntausend Schritte. Dabei bewegte sie die beiden Stöcke mit der nötigen Körperspannung gekonnt im Takt. Die ersten warmen Sonnenstrahlen striffen ihre braune, leichtgegerbte Haut.

Ihre tägliche Routine nahm sie ernst. Im Gegensatz zu den Kampfwalkern, wie sie sie nannte, denen sie hin und wieder begegnete.

Die Kampfwalker waren zumeist Frauen. In der Regel in Dreier- oder Vierergruppen unterwegs. Sich dabei lautstark unterhaltend, wobei es meist um den Austausch von Backrezepten ging. Es war die moderne Art von Kaffeeklatsch, bei der man pseudomäßig etwas Gutes für sich und seinen Körper tat, nur um anschließend wieder zu sündigen. Ein Vorspiel für die Schlacht am Kuchenbuffet. Sie hatte es selbst gesehen. Als sie von einer ihrer Runden zurückkam, saß die Klatschtruppe, die zuvor ihre Stöcker nach eigenem Ermessen lange genug lustlos hinter sich hergezogen hatten, in der Konditorei *Hüftgold*. Dort schaufelten sie sich zur Belohnung Kalorien rein, von denen sie zuvor nicht einmal einen Hauch verbrannt hatten, und wunderten sich, dass sie immer fetter wurden.

Dabei waren ihr *Mathilde, Ottilie, Marie und Liliane* – oder wie auch immer sie in diesem alten Schlagerlied hießen – völlig egal. Sollten sie sich doch vollstopfen und fressen, bis sie platzten.

Was Anneliese ärgerte, war ihr Ruf unter diesen Pseudowalkern. Nicht nur einmal wurde sie belächelt, wenn sie von ihrem Hobby erzählte. Selbst ihr Schwiegersohn machte sich darüber lustig. Gerade der. Dabei sollte er mal ganz schön ruhig sein mit seinem Golf spielen.

In dem Alter hatte ich aber noch Sex. Und wie!, dachte sie und konnte sich ein Schmunzeln nicht verkneifen.

»Sei nicht so verbittert«, hatte ihre Tochter ihr vor Jahren vorgeworfen. »Seit Papas Tod verkriechst du dich immer mehr.« Dann hatte sie ihr allen Ernstes nahegelegt, sie solle sich einen Freund suchen.

Na, das fehlte gerade noch.

»Gott bewahre«, hatte sie ihrer Tochter geantwortet. »Für den Quatsch bin ich zu alt.« Stattdessen hatte sie sich einen Labrador zugelegt, und Jackie war es, die ihr Leben vom ersten Tag an bereichert hatte und sie vor die Tür brachte.

Regelmäßig ging sie mit ihr in die Hundeschule und lehrte ihr Kunststücke. Beispielsweise trug Jackie ihr die Hausschuhe ans Bett. So auch an jenem Morgen, was für Anneliese das Signal gewesen war aufzustehen und raus in die Natur zu gehen.

»Ach mein Liebling«, hatte sie gesagt und ihr den Kopf getätschelt. »Du ahnst bestimmt, wie heiß es heute wird, hm.«

Jackie konnte Kälte gut ab. Selbst im Winter sprang sie bei Minusgraden in den See. Hitze jedoch haute sie um. Wenn die Sonne auf ihr dünnes Fell schien, ihre Zunge weit aus dem Maul hing und die Pfoten auf dem heißen Asphalt brannten, suchte sie hechelnd den kühlsten Platz und fand ihn zu Hause im Keller.

41

Wie jedes kleine Kind hatte er noch kein Zeitgefühl. Er wusste nicht, wie lange er noch stumm geschrien hatte. Wusste nicht, wie lange er schon in dem Auto saß. Weder wie lange er geschlafen hatte, noch wie oft er für kurze Zeit wach geworden war.

Was er wusste, war, dass er Durst hatte. Und Hunger. Und er hatte noch zwei weitere Male Pipi in die Hose gemacht. Das war zwar noch immer schlimm. Aber nicht mehr so sehr wie beim ersten Mal.

Die gute Nachricht, wenn es eine geben konnte, war, dass das Monster nicht mehr zurückgekehrt war.

Nachdem es in der Nacht verschwunden war, hatte er noch lange stumm geschrien und war irgendwann vor Erschöpfung eingeschlafen.

Der Schlaf hatte gutgetan. Tief und fest war er traumlos geblieben und Toni hatte etwas Kraft gesammelt. Die Nacht war gewichen und die Sonne war da. Zart streichelte sie seine Wange. Es kitzelte ein wenig.

Sein Magen knurrte und seine Lippen waren trocken. Doch das würde sich gleich ändern.

Seine Mama und sein Papa würden ihn holen, weil es das ist, was Eltern tun. Sich um ihre Kinder kümmern und sie nicht allein lassen. Ihn im Arm halten und mit nach Hause nehmen.

Das glaubte Toni an jenem Morgen tatsächlich und ahnte nicht, wie sehr er sich irren sollte.

Alles schien so ruhig und friedlich. Die Vögel zwitscherten, und dann war da die Stimme. Er hatte sie deutlich gehört und atmete auf. Lauschte und erschrak mit einem Mal, als er den Knall hörte.

Nein!, dachte er und die Angst von gestern Nacht kam zurück.

Konnte das wirklich sein?

Ein Kratzen an der Tür.

Nein! Nicht schon wieder, flehte er. *Bitte nicht.* Und war sich sicher. *Es* war zurückgekehrt.

Toni atmete tief durch, bevor er den letzten Rest von dem, was man mit viel Phantasie als Mut bezeichnen konnte, verlor. Er sammelte seine ganze Kraft und presste alles in die Lungen, was er aufbringen konnte, und rief so laut er konnte um Hilfe. Doch der Schrei aus der Ferne übertönte ihn.

42

»Jaaackie!«, rief Anneliese Plug.

Sie war eine treue Weggefährtin. Gut erzogen und hörte auf alles. Nur wenn sie eine Spur aufnahm, war die Labrador-Hündin nicht mehr zu halten.

»Jaaackie!«, klang es erneut. »Na warte. Wenn ich dich erwische.« Anneliese lächelte. *Dann werde ich mir dich schnappen und knuddeln bis zum Gehtnichtmehr.*

43

Wäre Toni in der Lage gewesen, nur einen weiteren Ton herauszubringen, vielleicht hätte die Frau ihn gehört. Zumindest war er sich sicher, eine Frauenstimme gehört zu haben.

Vielleicht hat sie das Monster verjagt, dachte er noch und erschrak im selben Moment. Doch gleich darauf löste sich seine Anspannung und er fing an zu strahlen.

Dort, wo gestern noch das Ungeheuer gewesen war, ragten nun zwei Pfoten empor und ein breiter weißer Kopf blickte durch die Scheibe.

»Hundi«, hauchte Toni und der Hund bellte freudig. Da lachte der Junge über beide Ohren. »Hundi lieb.«

Weniger als ein Flüstern. Doch das war jetzt egal. Denn wieder hörte er die Stimme. Und sie kam näher. Jemand kam auf ihn zu und würde ihn retten.

Doch selbst das war für kurze Zeit in weiter Ferne, denn jetzt war da der Hund, und Toni war einfach nur glücklich.

44

Auch die Hündin hatte es gehört.

Jackie hob den Kopf und blickte sich um. Sie verharrte und wog ab. Die Frau, bei der sie lebte und die ihre Näpfe füllte und mit ihr spazieren ging, hatte ihren Namen gerufen. Sie musste kommen. Doch es roch so gut. Ihre feuchte Schnauze sog den Duft tief ein. Noch bevor sie am Auto angekommen war, hatte sie die Fährte bereits aufgenommen, und hier war es ganz intensiv und einfach überall.

Der Geruch von Wild machte sie ganz wuschig.

Sie fuhr mit ihrer Zunge über die Scheibe und leckte alles ab. Der kleine Junge im Auto sah zu und lachte sich kaputt. Es sah so lustig aus, wie die riesige Zunge über die Scheibe glitt und feuchte Spuren von Sabber hinterließ.

Toni wippte ganz aufgeregt.

Die Hündin munterte ihn auf und die fremde Stimme, die immer näherkam, machte ihn glücklich. Gleich war sie da und würde ihn befreien.

Nie zuvor war er so erleichtert gewesen. Gleich würde er bei seiner Mami und seinem Papi sein und alles war wieder gut.

Anneliese Plug war nicht mehr weit von der Stelle entfernt, an der Rolf am Vorabend seinen Sohn allein im Auto zurückgelassen hatte. Nur noch die Böschung hinauf durch das Gestrüpp. Dann würde sie ihn sehen. Ihren Hund. Das Auto. Und hinter der Tür den hilflosen Jungen. Ausgemergelt. Hungrig und durstig. Gefangen im Gestank vom eigenen Urin.

»Jackie!«, rief sie ein wenig strenger. »Wo steckst du?«, und Jackie antwortete mit freudigem Gebell, und sein Frauchen sah die Böschung hinauf und ging ihrer Hündin entgegen.

»Jackie!«

Langsam reichte es ihr. Anneliese nahm ihre Trillerpfeife und pustete den langen, lauten Ton.

Der Labrador zuckte zusammen. Erkannte den Ernst der Lage. Leckte ein letztes Mal über die eingedrückte Hintertür. Drückte die Vorderläufe vom Wagen ab und drehte ab.

So schnell, wie er gekommen war, verschwand er wieder durch die Büsche.

»Da bist du ja, mein Schatz. Komm zu Frauchen.«

Jackie machte sich auf den Weg nach unten und hielt ein letztes Mal inne.

Was ist das?, schnüffelte der Hund. Roch und biss zu.

Mit der Beute in der Schnauze trottete er durch das Geäst nach unten.

»Was hast du denn da?«, fragte Anneliese neugierig und schrie im selben Moment: »Bah. AUS!«

Doch Jackie dachte nicht dran. Stattdessen biss sie noch kräftiger zu.

»Komm! Hier! Sitz!«

Jackie tat wie ihr befohlen.

Die Frau griff nach seiner Beute und rief ein weiteres Mal »AUS!«, und zog ihr den kleinen, völlig aufgeweichten Stofftierelefanten aus den Lefzen. »Igitt!« Dann warf sie ihn in hohem Bogen zurück. »Was die Leute für einen

Scheiß entsorgen. – Gutes Mädchen«, hätschelte die Frau ihren Vierbeiner. Nahm ein Stöckchen vom Boden und warf diesen in den See. Jackie nahm Anlauf, setzte zu einem weiten Sprung an und schwamm dem Holz hinterher.

»Die Abkühlung hast du dir verdient.«

Sie sah ihrem Hund noch kurz hinterher, wie er den Stock erreichte, danach schnappte und kehrtmachte.

Dann ging sie weiter.

Kurz darauf war Jackie schon wieder aus dem Wasser und rannte ihr hinterher.

Der Elefant war schon längst vergessen. Mit dem Rüssel nach unten lag er in einer Kuhle auf weichem Moos.

Toni blieb allein zurück.

45

»Schatz, ich melde mich gleich wieder«, sagte ich und legte auf. »Hey, Torben. Hast du `n Augenblick?«

Vor seinem Schichtbeginn fing ich Torben auf der Straße ab. Torben Schlüter, unser Dorf-Sheriff, war vor zwei Jahren mit seiner Frau in das Neubaugebiet gezogen. Sie bezogen das Reihenhaus direkt neben uns. Schnell freundeten wir uns an und trafen uns regelmäßig nach Feierabend auf ein Kölsch am Gartenzaun.

»Wo brennt's denn?«, fragte Torben.

Kurz fasste ich das Verschwinden von Rolf und Toni zusammen und erwähnte die Sorgen, die sich Eva machte.

»Solche Fälle klären sich für gewöhnlich in kürzester Zeit auf«, versicherte mir Torben. »Meist gibt es eine ganz banale Erklärung. Vielleicht ist Rolf mit seinem Sohn zu seinen Eltern gefahren. Die wohnen doch, soweit ich weiß, in der Eifel. Wahrscheinlich hat er Toni dort geparkt und macht sich selbst ein schönes Wochenende. Wenn du weißt, was ich meine.« Mit abgespreizten Daumen und Zeigefinger deutete er eine Trinkbewegung an.

Ich nickte. Wir beide wussten nur zu gut, dass Rolf gerne mal einen über den Durst trank.

»Du hast sicher Recht. Eva macht sich zu viele Sorgen. Ich rufe die zwei gleich nochmal an. Es klang allerdings so, als würden sie das Wochenende abbrechen.« Ich hielt kurz inne und dachte an Emma. »Kann ich Eva nicht einmal verdenken.«

»Ich hör mich mal um. Und sollte ich etwas in Erfahrung bringen, gebe ich dir Bescheid.«

46

Auf dem klapprigen Servierwagen wurde das Frühstück ausgefahren. Die vergilbten Tabletts, die über den Linoleumboden kutschiert wurden, schlugen gegeneinander und brachten das Geschirr zum Vibrieren.

Die Teller bestückt mit je einer Scheibe Grau- und Mehrkornbrot. Dazu ein kleines Paket Butter. Zwei Scheiben Käse und eine Scheibe Schinken. Ein kleiner Becher Naturjoghurt und eine Tasse Früchtetee. Ohne Zucker.

Nur auf Zimmer 407 wurde an jenem Morgen kein Frühstück ausgegeben. Der Patient, der das Zimmer allein für sich hatte, hätte nicht einmal mitbekommen, wenn er einen Zimmernachbarn gehabt hätte.

Sein Zustand war stabil. Er war jedoch weiterhin ohne Bewusstsein. Auch hatte sich bisweilen noch niemand bezüglich seiner Identifizierung gemeldet.

Der Patient, der an jenem Morgen kein Frühstück bekam, war Rolf Winter.

47

Sein Bauch machte so komische Geräusche, dass es lustig gewesen wäre, wenn es dabei nicht gleichzeitig so wehgetan hätte. Toni hatte einen Bärenhunger. Er dachte an das Letzte, was er gegessen hatte.

Im Kindergarten hatte es zu Mittag saftiges Cordon Bleu gegeben, mit einer köstlich cremigen Käsefüllung. Dazu knusprige Kroketten und knackiges gemischtes Gemüse und süßen, fruchtigen Ketchup.

Bei dem Gedanken lief ihm das Wasser im Mund zusammen. Doch noch mehr als Hunger hatte er Durst.

Zum Mittagessen gab es gestern ein erfrischend kühles Glas Apfelsaftschorle.

Daran erinnerte er sich nun und auch, wie köstlich es war und wie gut es getan hatte.

Jetzt hätte er am liebsten einen ganzen Becher voll mit eiskaltem Wasser getrunken. Auch ganz ohne einen Tropfen Saft. Er war so durstig, dass er bestimmt sogar einen ganzen Eimer voll Wasser schaffen würde. Und die Vorstellung daran quälte ihn noch mehr. Toni hatte so schrecklichen Durst.

Kaum mehr konnte er an etwas anderes denken.

Der Hund, der ihn besucht hatte, war schon lange fort, und sein Papi war nicht wiedergekommen.

Wo waren seine Eltern und wann würden sie ihn endlich holen?

Er hatte solchen Hunger. Er hatte schrecklichen Durst. Und er wollte, verdammt nochmal, endlich nach Hause!

48

Der Blick aufs Display verriet mir, es war kurz vor zehn. Ich nahm den Anruf entgegen.

»Hast du was rausbekommen?«

»Vielleicht«, antwortete Torben. »Hör zu. Gestern Abend ist ein Mann am Otto-Maigler-See zusammengebrochen. Die Personenbeschreibung passt zu Rolf. Ich würde selber hinfahren, doch ich kann hier nicht weg.«

»Welches Krankenhaus?«, fragte ich.

»Frechen. St. Marien.«

»Okay. Ich bin schon unterwegs.«

»Allerdings ...«, hielt mich Torben zurück.

»Was?«

»... ist nichts von einem Kind bekannt.«

49

Die ersten Sonnenanbeter pilgerten bereits schwerbeladen mit seltsamen Einhorn-Luftmatratzen, Sonnenschirmen, Strandtüchern, vollgepackten Kühltaschen und Bällen zum Strandbad, das vor über vierzig Jahren als Ein-Mann-Betrieb, entstanden war.

Zunächst als Verkaufsstand in einem kleinen Imbisswagen als reiner Ausschank von Getränken. Ein Badebetrieb war zu der Zeit nicht vorgesehen, als das Wasser gerade einmal mit einem Meter Höhe stand und die Bäume noch recht klein daherkamen. Doch bereits ein Jahr später hatte die Stadt dem Pächter einen festen Kiosk gebaut. Gefolgt waren Toiletten und Umkleiden, und 1982 war das Gelände eingezäunt worden und es entstand der heutige *OMS Beachclub* mit Cocktailbar, Volleyballfeldern, Wellnessangeboten und Kinderspielplatz. Die perfekte Kulisse für musikalische Nächte, Hochzeiten, Erholung und Action.

Bollerwagen ratterten über den geebneten Weg, entlang des satten Grüns der Bäume und Sträucher, die den See vor sehnsüchtigen Blicken versteckten und dessen Reinheit und Schönheit sich nur alle paar Meter in kleinen Buchten offenbarte.

Mütter hielten ihre Kinder an den Händen. Fahrradfahrer überholten das Fußvolk. Aus allen Richtungen drang ein Musikgemisch von Pop bis Schlager aus Smartphones, Bluetooth-Boxen und aus in der Sonne glänzenden Ghettoblastern.

Einige von ihnen ließen sich gleich am nächstbesten noch freien Ufer nieder und breiteten Picknickdecken aus. Stellten den Grill auf und richteten sich für den Tag ein.

Alle hatten eins gemeinsam. Sie freuten sich auf einen erholsamen Tag am See, während ein kleiner Junge – nicht weit von ihnen entfernt – in einem Auto gefangen schlief.

50

Um 10:47 Uhr war der Patient kein Unbekannter mehr. Der Mann, der plötzlich im Schwesternzimmer aufgetaucht war und sich als Roman Konkork vorgestellt hatte, hatte behauptet die Identität des Patienten möglicherweise aufklären zu können.

Da er kein Familienangehöriger war, durfte die Stationsschwester ihn zwar nicht in das Krankenzimmer lassen. Doch der Mann hatte sein Handy gezückt und ihr ein Foto gezeigt, das den Patienten eindeutig als Rolf Winter identifizierte.

Dann hatte der Mann etwas gesagt, was sie verwunderte.

»Nein«, hatte sie überrascht geantwortet. Von einem kleinen Jungen wüsste sie nichts, was den Mann sehr zu erschrecken schien. Doch »Ja.« Sie würde sich bei ihm melden, sobald Herr Winter aufgewacht sei.

Den Zettel, auf dem der Mann seine Telefonnummer notiert hatte, hielt sie noch immer in den Händen.

51

Die Schwäne hatten sich vom Ufer entfernt und waren auf die Seemitte ausgewichen. Der Lärm, der allerorts erklang, war ihnen zu laut. Doch durch ihre Flucht fanden sie noch immer nicht die gewünschte Ruhe. Nun mussten sie den Tretbooten und Stand-Up-Paddlern ausweichen.

Als wäre ganz Hürth auf den Beinen, gab es um die Mittagszeit kaum mehr einen freien Zentimeter an den Uferausbuchtungen. Ebenso waren die großflächigen Liegewiesen des Beachclubs mit einer Flut von Strandtüchern nahezu unkenntlich gemacht, und am Strandabschnitt lagen sie wie Ölsardinen dicht an dicht.

Kinder bauten Burgen im Sand. Im vorderen Schwimmbereich tummelte sich die Schwimmflügelfraktion. Jugendliche schwammen weit hinaus zur Holzinsel, um sich dort in ruhiger Abgeschiedenheit näherzukommen.

Kleine Gruppen powerten sich beim Fußball und Beach-Volleyball aus. Die Schlange an der Imbissbude reichte bis zu den Toiletten.

Der Duft von Holzkohle zog durch die Luft. Sie aßen und tranken und tobten und lachten. Sie ließen einfach die Seele baumeln und hörten Musik oder lasen.

Die Temperatur zog noch weiter an. Die Wettervorhersage hatte nicht zu viel versprochen. Es war der schönste Sonnentag seit langem und das Bier floss in Strömen. Brachte die Unterlippe zum Zittern und perlte mit frischer Süße.

Mit trockenem Mund erwachte Toni und hörte das Treiben, das sich keine dreißig Meter Luftlinie von ihm abspielte.

Die feuchten Haare an seine Stirn geklatscht. Sein Pulli nass bis auf die Haut. Seine spröden Lippen klebten verschlossen aneinander und ließen sich nur schwer öffnen. Mit der Zunge drang er hindurch und löste den Widerstand. Er fuhr über seine raue Unterlippe. Er hatte Durst. So wahnsinnigen Durst.

Toni hörte das Platschen in kühles Wasser und wäre so gerne hineingesprungen. Selbst die dummen Dinger, die ihm seine Mama immer um die Arme schnürte, wenn sie im Schwimmbad waren. Er würde sich nicht mehr dagegen sträuben. Wenn er doch einfach nur ins Wasser konnte.

Die pralle Mittagssonne hatte ihren Zenit erreicht und brannte sich ihren Weg durch die dichten Baumwipfel auf das Autodach.

Hätte Toni eine Ahnung von einer finnischen Sauna, hätte er diese als Paradies auf Erden empfunden. Er konnte weder sitzen noch sich rühren. Doch wenn er es wenigstens schaffte den Pullover auszuziehen.

Toni hatte in kürzester Zeit einiges an Gewicht verloren, dass er sich ein Stück weit drehen konnte. Griff mit der Hand nach dem Stoff, der wie Klettverschluss an ihm und dem Kindersitz klebte. Es war schweißtreibende Millimeterarbeit. Kräftezehrend ging es Stück für Stück.

Nach einer halben Stunde hatte er es geschafft, die Hälfte des Pullis über seinen Kopf zu ziehen, was alles noch viel heißer machte und ihm noch mehr die Luft zum Atmen nahm.

Seine Arme spannten unter den strammen Ärmeln. Sie schnitten ihm Striemen unter die Achseln. Der Schweiß, der in die offene Wunde lief, brannte sofort wie Feuer.

Wenn er sich nicht gleich befreien konnte, würde es eng werden.

Gebückt, nach vorne gebeugt – seine Atmung flacher – kämpfte er. Zog. Zerrte. Bis ihm schwarz vor Augen wurde und die Welt mit einem Mal um ihn herum verschwand.

52

»Was ist mit Toni?« Mit aufgequollenen Augen stand Eva vor mir.

Die beiden hatten die Strecke vom Wellnesshotel bis nach Hause in Rekordzeit zurückgelegt. Jenny hinter dem Lenkrad. Eva die Fahrt hinweg weinend auf dem Beifahrersitz.

Von unterwegs hatte ich die beiden darüber in Kenntnis gesetzt, dass ich Rolf gefunden hatte und er im Koma lag. Da sie im Krankenhaus nichts ausrichten konnten, hatte ich eingangs noch versucht Eva davon zu überzeugen, erst einmal nach Hause zu fahren. Doch das lehnte sie strikt und konsequent ab.

»Die Polizei wird ihn schon finden«, hatte ich gesagt und versucht sie zu beruhigen. *Sie werden Toni finden.* Doch woher wollte ich das wissen?

»Roman hat Recht«, hatte Jenny mir über die Freisprechanlage zugestimmt und ich hatte nochmals wiederholt, dass sie im Krankenhaus gerade nichts ausrichten konnte.

»NEIN!«, war Evas letztes Wort, und so trafen wir uns im Eingangsportal des Hospitals.

»Ich bleibe bei ihr«, sagte ich zu Jenny. »Holst du Emma ab? Sie spielt bei Yvonne.«

53

»Und es war ganz sicher kein kleiner Junge bei ihm?« Der Polizist hatte Bernd Schärzing, dem Kioskbesitzer, nun zum wiederholten Male dieselbe Frage gestellt.

»Nein!«, antwortete dieser genervt. »Und wenn Sie mich noch fünfmal fragen. Der Mann war alleine.«

»Hat er denn von einem Jungen gesprochen? Ihn vielleicht beiläufig erwähnt?«

»Nein. Nichts dergleichen. Und wenn Sie mich jetzt bitte meine Arbeit machen lassen. Sie sehen doch, was hier los ist.« Schärzing deutete auf die wartende Meute hinter dem Polizisten, den es jedoch nicht zu interessieren schien.

Ganz in der Nähe saß der gesuchte Junge im Auto und japste nach Luft.

Der Pullover, den er sich über den Kopf gezogen hatte, hatte ihm beinahe die Luft zum Atmen genommen. Nach einer Ewigkeit war es ihm endlich gelungen. Er hatte sich aus der Umklammerung befreit und den Pulli vor sich auf den Boden fallen lassen.

Schweiß tropfte von Tonis Nasenspitze. Er war völlig erledigt. Der Kampf mit dem Pullover hatte ihm die letzte Kraft geraubt.

Er wälzte sich im Korsett des Kindersitzes und rang um Bewegung. Seine Knochen schmerzten. Die Gelenke taten weh. Dabei wollte er doch nur trinken. Nur einen Schluck. Nur einen Tropfen.

»Ist Ihnen sonst etwas aufgefallen?«, beharrte der Polizist. »Hat der Mann sich möglicherweise umgesehen? Schien er auf der Suche nach jemandem zu sein?«

»Nein«, antwortete Schärzing. »Er stand einfach nur da und schrie mich an. Er wurde richtig aggressiv. Wie ich gleich im Übrigen auch.«

»Und was geschah dann?«

»Hey Mann«, erklang eine Stimme aus den Reihen. »Macht ma' hinne.«

Auch Schärzing wurde immer ungeduldiger. Einige Leute waren schon gegangen. Er konnte es sich nicht leisten, seine Kunden zu vergraulen. Nicht heute. Nicht bei diesem Wetter. Das war das Geschäft des Jahres. So viel Eis, so viele Getränke.

Und dieser dämliche Bulle hält den ganzen Verkehr auf.

»Das habe ich doch gestern Abend schon alles Ihren Kollegen erzählt.« Eine Ewigkeit hatte er warten müssen, bis die zwei Polizisten endlich da gewesen waren. »Der Mann hat mich plötzlich am Arm gepackt und wurde handgreiflich. Ich habe mich nur gewehrt und dann kippte er einfach so um. Ich schwöre. Ich habe ihn nicht einmal berührt.«

»Okay«, gab der Polizist endlich Ruhe. »Sollte Ihnen noch irgendetwas einfallen, melden Sie sich umgehend.«

»Aber sicher.«

Der Polizist wand sich ab und kratze sich an der Stirn. Vereinzelt kam es zu höhnischem Beifall aus den Reihen.

»Na endlich«, sagte ein Vater mit seinem Sohn an der Hand. »Wir hätten gerne ein ...«

Der Polizist blieb stehen. Drehte sich nochmals um und betrachtete den Jungen. Dann trat er wieder auf den Kiosk zu. »Eine Frage noch.«

»Was denn noch, Columbo?«, fragte Schärzing und Ge- lächter machte sich breit.

»Welches Eis wollte der Mann?«, fragte er.

»Wie, welches Eis?«

»Sie sagten, der Mann kam gestern Abend zu Ihnen und drängte auf ein Eis. Was war das für ein Eis, das er wollte?«

»Was spielt das für eine Rolle?«

Der Polizist deutete auf das Plakat. »War es ein Kinder- eis?«

»Ich weiß es nicht. Er rief immer nur Eis. Eis. Eis. Keine Ahnung, welches er wollte. Ich hab ihm gesagt, es ist ge- schlossen und damit war die Sache für mich erledigt. Dann ist er umgekippt. Ende der Geschichte. Kann ich jetzt bitte weiterarbeiten!«

Der Junge war weder wach, noch schlief er. Seine Ge- danken schwebten. Ließen ihn fliegen. Über die Felsen hinüber auf die andere Seite. Erst hörte er es. Dann sah er es und konnte nicht glauben. Was er dort sah, ließ ihn verzücken.

Ein plätschernder Bach zwischen den kräftig grünen Farben in voller Pracht der Natur. Alles roch so frisch nach Leben. Und das beste von allem: Er schwebte auf das Wasser zu. Fiel hinein und es war einfach nur herr- lich. Eiskalt und so erfrischend. Er schwamm, er tauchte, er trieb. Über ihm die Vögel. Unter ihm ein Schwarm Fi- sche. In allen Farben dieser Welt. Es war das Paradies, aus dem ihn plötzlich eine Hand packte …

… und an ihm zerrte.

Er spürte, wie eine Hand fest seinen Arm umklammerte. Ihn schüttelte. Ihn zog. Versuchte ihn aus der tiefsten Dunkelheit herauszuziehen.

Ja, dachte er. *Ja. Hilf mir.*

Die Hand versuchte ihn aufzuwecken. Ihn aus seiner Trance zu befreien und zurück ins Leben zu holen.

Und er wollte es auch. Er versuchte der Hand zu helfen. Strengte sich an. Doch so sehr er sich auch bemühte. Er konnte seine Augen nicht öffnen. Sein ganzer Körper schwer, als würde er von einer unsichtbaren Kraft nach unten gezogen.

Was?, dachte er und glaubte etwas gehört zu haben.

Er lauschte in die Finsternis. Doch da war nichts.

Oder?

»Wo –«

Dumpf. Es klang ganz dumpf. Und doch. Jetzt war er sich ganz sicher. Worte. Eine Stimme sprach zu ihm. Noch weit weg und gedämpft. So als hielte sich jemand ein Taschentuch vor den Mund. Doch die Worte kamen näher. Langsam. Aber sie kamen näher und wurden deutlicher.

»Wo ist er?«

Das hatte er ganz klar gehört. Und sagte: »Hier. Ich bin hier.« Nur blieben seine Worte tonlos.

»Wo ist er?«, wiederholte die Stimme und war nun ganz klar. Doch sie hatte kein Gesicht. Nichts, das er ihr zuordnen oder benennen konnte.

Schwarz. Dann wurde es heller und direkt wieder dunkel. Weiß. Verschwommen. Und wieder finster.

»Er blinzelt«, sagte eine andere Stimme. Tiefer. Dunkler. »Ich hole einen Arzt.«

Dann folgten Schritte.

Zurück blieb die erste Stimme, die wie ein Mantra auf ihn einredete.

»Wo ist er? Wo ist er? WO IST ER!«

Wieder Schritte.

»Herr Winter?« Stimme drei. »Herr Winter. Können sie mich hören?«

Ja, dachte er und konnte es nicht sagen. Und seine Augenlider wogen schwer.

»Herr Winter?« Die Stimme versuchte es weiter.

Aah!, wollte er schreien. *Nicht!* Hell. Viel zu hell. Als ob ihm jemand direkt mit einer Taschenlampe in die Augen leuchte.

Erst jetzt bemerkte er, dass sein eines Auge geöffnet war. Da fiel es auch wieder zu. Schwarz. Doch der Schmerz der Helligkeit brannte noch nach. Sein Blinzeln wurde stärker. Rolf versuchte seine Augen zu öffnen. Noch gelang es ihm nicht. Es war einfach zu hell. Doch es wurde besser.

»Gut«, sagte die wohlige Männerstimme Nummer drei. »Gut, Herr Winter.«

Rolfs Blick war verschwommen, als ob er durch einen blickdichten Vorhang sah. Langsam klärte sich der Schleier und er sah ein Paar Augen direkt vor sich.

Ein Mann, über ihn gebeugt. Ein Stethoskop, das im Takt baumelte. Ein weißer Kittel. Dann fielen seine Lider wieder zu. Öffneten sich erneut und seine Blicke konnten sich länger halten.

»Sie hatten einen Unfall«, sagte die Stimme.

»Einen Unfall«, wiederholte Rolf mit brüchiger Stimme.

»Können sie sich daran erinnern?«, fragte der Arzt. »Wissen Sie, was passiert ist?«

Rolf sah sich um.

Hinter dem Mann stand ein zweiter. Daneben eine Frau.

Die Frau sieht besorgt aus, war sein erster Gedanke. *Aber es ist doch gut. Mir geht es gut. Oder nicht?*

»Wo bin ich?« fragte er.

»Sie sind im St. Marienhospital. Mein Name ist Dr. Perik. Herr Winter. Wissen Sie, welcher Tag heute ist?«

Rolf schwieg. Überlegte. Dann schüttelte er den Kopf.

»Sie wurden bewusstlos mit einer Überdosis Benzodiazepine eingeliefert. Ich vermute, dass Sie einen leichten Schlaganfall erlitten haben. Können sie sich an den Unfall am See erinnern?«

»Unfall«, wiederholte Rolf erneut und wollte sich aufrichten. Erst jetzt spürte er die Schmerzen und verzog sein Gesicht.

»Bleiben Sie liegen«, sagte der Arzt. »Sie waren in eine Schlägerei verwickelt und sind ohnmächtig geworden. Bei einer Ohnmacht handelt es sich um eine Art Koma. Eine letzte Maßnahme des Körpers, um sich selbst zu retten. Dabei haben Sie sich den Kopf aufgeschlagen. Wir haben die Platzwunde genäht. Wie lange nehmen Sie schon die Tabletten?«

Rolf griff sich an den Kopf. Er spürte das große, gepolsterte Pflaster und sofort bemerkte er auch den intensiven Schmerz.

»Tabletten?«, wiederholte er. »Ich – ich weiß nicht.« Die Worte kamen langsam.

»Was ist das Letzte, an das Sie sich erinnern können?«

Rolf überlegte angestrengt. Dann schüttelte er den Kopf.

Da schien die Frau die Geduld zu verlieren.

»Wo ist Toni?«, rief sie von hinten und bahnte sich den Weg zu ihm frei. Sie schubste den Arzt zur Seite, der ins Stolpern kam und fast zu Boden ging.

Rolf hob reflexartig seine Hände und suchte Deckung. Da warf sie sich schon auf ihn und rüttelte an ihm.

Rolf zuckte zusammen. Sein Kopf schmerzte.

»Was hast du mit Toni gemacht?« Sie hämmerte wieder und wieder mit ihren Fäusten auf seine Brust. »Was hast du mit Toni gemacht!«

Wie ein defensiver Boxer warf Rolf die Arme vor seinen Kopf. Drückte sich tief in die Matratze.

»Was hast du mit ihm gemacht, du verdammter Mistkerl!«

»Beruhigen Sie sich«, sagte Dr. Perik und zog die Frau weg.

Rolf kam wieder zu Atem.

»Konzentrieren Sie sich«, versuchte der Arzt den Fokus zurückzulenken. »Versuchen Sie sich zu erinnern. An gestern Nachmittag. Sie waren im Wald. Sie waren nicht alleine ...«

Doch schon kam die Frau zurückgesprungen und konnte von den beiden Männern nicht gleich zurückgehalten werden.

Sie trommelte mit ihren Fäusten fünf, sechs, sieben Mal auf ihn ein. Schrie: »WO IST MEIN SOHN!«

Doch schien es nicht so, als seien es die vier kräftigen Hände, die die Frau von Rolf losbekamen.

Reflexartig reagierten die beiden Männer um sie herum, als der Frau die Beine wegknickten. Just in dem Moment, als Rolf die drei Worte aussprach, die einer Mutter das Blut in den Adern zu Eis erstarren ließen.

Drei Worte, so kühl und brutal wie ein Eispickel, der mit jeder Silbe mitten ins Herz sticht.

»Wer sind Sie?«

54

Jenny saß auf dem Sofa und scrollte durch die Galerie ihres Smartphones. Torben, der Dorf-Sheriff, hatte sie gebeten, ihm ein paar Bilder von Toni zu schicken.

»Ihr findet ihn doch?«, hatte sie gefragt.

Sie wollte ein sicheres *Ja* hören. Zurück kam seine SMS: »Ich werde die Bilder direkt weiterleiten. Die Suche läuft bereits auf Hochtouren.«

Das hatte ihr den ersten Kloß im Hals festgesetzt. Jenny konnte kaum mehr ihre Tränen unterdrücken, als Emma sich so gefreut hatte, dass ihre Mama wieder da war, und sich gleich in ihre Arme gekuschelt und gefragt hatte: »Können wir Fotos gucken?«

»Aber ja, Liebes«, hatte sie geantwortet und schloss ihre Tochter fest an sich.

Gemeinsam wischten sie durch die Fotogalerie auf ihrem Smartphone. Emma in der Küche, wie sie Pizza backte, in einem Schlachtfeld aus Mehl. Emma auf dem Spielplatz, wild schaukelnd. Im Planschbecken im Garten mit dem süßen Badeanzug und dem Seepferdchen vorne drauf. Emma beim Zähneputzen. Wie sie vor dem Spiegel stand und Grimassen schnitt.

Eine Zeitreise in die Vergangenheit. So viele Erinnerungen, auch wenn das meiste erst wenige Tage, Wochen und Monate her war.

Jenny schluckte.

Eins hatten alle Bilder gemeinsam. Immer war sie oder Roman, meistens sie beide, bei Emma.

Sie wollte sich nicht vorstellen, was wäre, wenn nicht Toni, sondern ihre Tochter verschwunden wäre, und schämte sich für den Gedanken: *Zum Glück nicht meine Tochter.*

»Warum weinst du?«, fragte Emma.

Jenny wischte sich schnell die Tränen aus ihren Augen. »Ich weine doch nicht, Liebes. Ich habe nur etwas im Auge. – Hier.« Sie drückte ihrer Tochter ihr Smartphone in die Hand. »Ich komme sofort wieder.« Stand auf und ging in die Küche, während Emma sich allein die Bilder ansah.

Aus dem Küchenfenster sah Jenny auf die Spielstraße. Hier hatte Emma Fahrradfahren gelernt, und Toni war mit seinem Bobby Car hinterhergefahren. Wie oft hatten die beiden Kinder dort gehockt und mit Malkreide den Asphalt angemalt? In ihren Erinnerungen konnte sie die beiden Kinder sehen. Hörte Emma in ihren Gedanken lachen und Toni nach ihr rufen.

Wo steckst du?, fragte sie sich und holte ein Glas aus dem Schrank. Sie drehte den Wasserhahn auf, füllte das Glas und nahm einen großen Schluck.

55

Die Suche nach dem vermissten Jungen dauerte an. Während die Helfer mit Wasserspürhunden die Gegend rund um das Gewässer absuchten, traf der Rettungstaucher ein und machte sich bereit für den Tauchgang.

Die Hunde waren darauf trainiert, mit ihrem Geruchssinn Hautpartikel auf der Wasseroberfläche aufzuspüren. Man gab die Hoffnung nicht auf, das Kind noch lebendig zu finden. Für den Rettungstaucher war dies keine Option. Wenn er gerufen wurde, ging es in den meisten Fällen nur noch darum, Leichen zu bergen.

Er hatte rund vierzig Einsätze pro Jahr, von denen keiner an ihm spurlos vorbei ging. Doch die intensivsten waren die, in denen es um Kinderleben ging. Schicksale und Tragödien der unschuldigsten aller Wesen und der zurückbleibenden Eltern.

Schon ein bisschen verrückt, hatte er gedacht, als die Nachricht über den heutigen Einsatz einging. *In all den Jahren erst der zweite in der direkten Nähe.*

Das erste Mal war vor einigen Jahren zur Weihnachtszeit. Der Notruf war zum späten Nachmittag erfolgt. Ein Sechsjähriger, der am Gotteshülfe Teich in das Eis eingebrochen war.

Eine Gruppe von fünf Kindern im Alter von sechs bis zehn Jahren war gemeinsam unterwegs gewesen. Der kleine See war bereits stellenweise zugefroren, als sich zwei Jungen auf die trügerische Eisfläche gewagt hatten. Nach späterer Aussage der anderen Kinder waren die beiden zwei bis drei Meter vom Ufer entfernt, als das Eis brach. Während der Neunjährige gerade noch von einem Freund aus dem Wasser gezogen werden konnte, kam es für den Sechsjährigen zur Katastrophe. Er war unter die Eisschicht geraten. Eines der Kinder hatte blitzschnell reagiert und übers Handy direkt die Feuerwehr alarmiert. Der Junge war noch immer unter der Eisdecke, als der Rettungstaucher sich mit dem Rettungsboot angenähert hatte und das Kind aus dem Wasser zog.

Während sein Job damit erledigt war, hatten die Rettungsassistenten und der Notarzt Ewigkeiten versucht das Kind zu retten. Diesen Heiligen Abend, wie alle weiteren, verbrachten die Eltern fortan allein.

Nun ging es wieder um einen kleinen Jungen.

Während er den Einsatzbericht las, durchzog ihn eine Gänsehaut: Das Kind, nicht einmal drei Jahre alt, war mit seinem Vater unterwegs gewesen. Vermutlicher Verdacht auf Ertränkung.

Das sind die Momente, wo du einfach funktionieren musst, sagte er sich immer wieder.

Der Otto-Maigler-See in Hürth, der im Zuge des Braunkohleabbaus in einem geplanten Tagebaurestloch entstanden war, war mit einer Länge von über zwei Kilometern und einer Breite von knapp vierhundert Metern zwar groß, jedoch nicht tief. Im Durchschnitt vier Meter, an der tiefsten Stelle sieben Meter.

Allerdings gab es unter dem Wasser aufgrund der Hitze der vergangenen Tage starken Bewuchs, was die Suche nach dem Jungen erschwerte. An der Sicht ändert sich nichts. Er war es gewohnt, in düsteren Gewässern, meist in schmutzig-brauner Brühe zu tasten. Die ganze Zeit diese eine Frage im Kopf: *Wann stoße ich auf die Leiche?*

Die Leute waren überrascht, wenn er erzählte, wie lange die Suche teilweise anhielt.

Manchmal dauerte es Tage, Wochen. Aber auch Monate. Seine längste Suche war die nach einer Seglerin, die erst nach dreizehn Jahren gefunden wurde.

Doch erfolglos war keine Suche. Irgendwas fand er immer. Und nicht wenig. Unter der Ausbeute waren diverse Fahrräder, Einkaufswagen, Verkehrsschilder, aber auch Tampons und Windeln. Und sein skurrilster Fund: Eine volle Tüte mit Dildos.

Ja, am Stammtisch konnte er viele Anekdoten erzählen. Doch wenn es um den Fund von Toten ging, verschwand seine gute Laune.

Im Laufe seiner Karriere hatte er alles gesehen. Doch zur Gewohnheit würde es nie werden. Keiner der Leichenfunde war spurlos an ihm vorbeigegangen. Und doch waren Gewaltverbrechen, und besonders die Suche nach verschwundenen Kindern, nochmal eine ganz andere Herausforderung. Diese Bilder schwammen seit nunmehr dreißig Jahren mit.

Auch an jenem Tag, als er ins Wasser stieg, um nach dem kleinen Toni Winter zu suchen.

Nicht weit davon entfernt saß der kleine Junge in seinem Kindersitz gefangen.

Seine trockenen Lippen klebten fest aneinander. Die Kraft, um sie zu öffnen hatte er nicht mehr. Völlig erschöpft pustete er »Du-st«.

Die Hitze war unerträglich. Seine Beine hingen wie Mehlsäcke von der Sitzschale. Seine Arme baumelten ausgelaugt herunter. Der knallrote Kopf hing zur Seite. Die feuchten Haare pappten an der Stirn. Sein Atem kaum spürbar.

56

»Der verarscht uns doch!«

Mit Mühe und Kraft war es dem Arzt und mir gelungen, Eva gemeinsam in das Behandlungszimmer zu bringen, wo Dr. Perik ihr eine Beruhigungsspritze gab, die langsam ihre Wirkung zeigte.

»Eine Amnesie ist im vorliegenden Fall nichts Ungewöhnliches. Das episodische Gedächtnis Ihres Mannes scheint durch den Sturz beeinträchtigt. Patienten mit retrograder Amnesie können sich nicht an die Vergangenheit erinnern.«

»Und wie lange hält dieser Zustand an?«, fragte ich.

»Das ist schwer zu sagen. Er kann Minuten anhalten. Aber auch Tage.«

»Tage!«, rief Eva.

»Teilweise gar bis zu Wochen und Monaten. Doch dies scheint mir im vorliegenden Fall mehr als unwahrscheinlich. Ich würde vorschlagen Sie fahren nach Hause und wir melden uns, sobald ...«

»Wir können doch nicht tatenlos abwarten«, sagte Eva entsetzt. »Mein Sohn ist irgendwo dort draußen. Wir müssen doch irgendetwas tun.« Doch ihre Stimme wurde ruhiger.

Die Beruhigungsspritze zeigte langsam ihre Wirkung.

57

Die Polizei durchforstete das Gebiet rund um den *Otto-Maigler-See*. Zeigte jedem das Bild des vermissten Jungen. Doch keine Hinweise. Die Suche schien sinnlos. Schließlich deutete nichts weiter darauf hin, dass Toni seinen Vater an den See begleitet hatte.

Sie standen vor einem Rätsel.

Toni war wie vom Erdboden verschluckt.

Familie, Freunde, Bekannte. Niemand hatte Toni gesehen. Rolfs Eltern hatten ihren Enkel schon lange nicht mehr zu Gesicht bekommen. Die Eltern seiner Kindergartenfreunde wussten ebenso wenig wie die Kindergartenleitung und die Erzieher der *Kita Farbenfroh*. Niemand konnte den Beamten weiterhelfen. Auch gab es keinerlei Vorzeichen. Weder hatte das Kind selbst Andeutungen gemacht, noch sei es durch ungewöhnliches Verhalten auffällig gewesen. Wie stets war Toni auch am letzten Tag der Woche fröhlich und gut gelaunt gewesen. Wenn auch wie immer etwas schüchtern und ruhig. Auch seinem Vater, der seinen Sohn am Vortag vom Kindergarten abgeholt hatte, war nichts anzumerken gewesen.

Welchen Stein die Polizisten umdrehten, sie fanden keine Spur und tappten im Dunkeln.

Ebenso verlief die Fahndung nach dem Auto im Sand.

Sie versuchten alles erdenklich Mögliche, was in ihrer Macht stand, und suchten jede noch so verwinkelte Stelle ab.

Doch Toni blieb wie vom Erdboden verschluckt.

58

»Kommst du?«, rief ich durch das Gartentor über den Spielplatz. »Essen ist fertig.«

Emma kam angerannt und ich ging zurück auf die Terrasse und nahm am gedeckten Tisch Platz.

»Ich habe keinen Hunger«, sagte Eva, die bereits saß.

Nachdem Evas Kreislauf stabilisiert gewesen war, hatte ich sie schließlich davon überzeugen können, dass sie mit mir nach Hause kommen sollte.

Zuvor musste ihr Dr. Perik jedoch ein letztes Mal versichern sich unverzüglich zu melden, sobald Rolfs Amnesie abgeklungen war.

Dann hatte er mir ein Rezept in die Hand gedrückt. »Zur Beruhigung. Damit sie die Nacht zur Ruhe kommt.«

»Du musst was essen«, ermahnte Jenny ihre Freundin. »Du hast den ganzen Tag noch nichts zu dir genommen.«

Trotz guten Zuredens wehrte Eva die Bratwurst ab, die ich ihr auf den Teller legen wollte.

Ich spürte, wie sie sich zusammenriss, als Emma sich zu uns an den Tisch setzte.

»Mmh, lecker.« Emma haute rein und schmatzte.

Jenny und ich sahen uns an. Immer wieder der Blick hinüber zu Eva, die zusammengekauert auf dem Stuhl saß.

Was können wir tun?, warf ich Jenny stumme Blicke zu. Doch sie zuckte genauso ratlos wie ich mit den Schultern.

Ich traute mich selbst kaum zu essen und sah, Jenny ging es ebenso. Doch mein Magen knurrte.

Diese Hilflosigkeit. Mit der Situation überfordert und bei all dem nur erleichtert, dass Emma bei uns war.

Plötzlich stand Eva auf. »Ich gehe ins Bett«, sagte sie und ging ins Haus.

Jenny lief ihr hinterher und begleitete Eva nach oben.

»Wann machen wir die Marshmallows?«, fragte mich Emma.

»Heute nicht mehr«, sagte ich ihr.

»Aber du hast es versprochen.«

»Es ist schon spät«, wich ich aus und fragte mich, wie ich ihr erklären konnte, dass heute nicht die Zeit für Lagerfeuerromantik war.

»Das ist gemein«, trotzte sie und ich versuchte sie zu besänftigen.

»Wir holen das nach. Versprochen.«

Emma protestierte noch und gab erst Ruhe, als ich ihr zwei Gutenachtgeschichten zusagte.

59

»Hier ist Radio Köln 107,1. Die Nachrichten.

Hürth. Die Polizei bittet um Ihre Mithilfe. Der Mann, der gestern Abend am *Otto-Maigler-See* zusammengebrochen ist, konnte mittlerweile als Rolf W. aus Hürth-Berrenrath identifiziert werden. Von dem dreijährigen Sohn Toni fehlt weiterhin jede Spur. Zuletzt wurde der Junge am Freitagmittag gegen 11 Uhr in der Kindertagesstätte *Farbenfroh* gesehen. Der Junge ist etwa neunzig Zentimeter groß und schmächtig, hat kurze dunkelblonde Haare und blaue Augen. Er trägt eine kurze hellblaue Hose und ein rotes T-Shirt. Darüber eventuell einen dunkelblauen Pullover sowie dunkelgraue Turnschuhe. Dazu ist er voraussichtlich mit einem grünen Stofftier-Elefanten unterwegs. Für sachkundige Hinweise wenden Sie sich bitte umgehend an die Polizeidienststelle Hürth. Und nun zum Wetter mit meiner Kollegin Wolke Hegenreich. Da hast du uns gestern ja nicht zu viel versprochen. Können wir morgen mit ähnlichen Temperaturen rechnen?«

»Und ob, Daniel ...«

60

Rund um den Otto-Maigler-See war es ruhig geworden. Den ganzen Tag über. Zumindest in den Zeiten, in denen er wach war (wenn man seinen dahinvegetierenden Dämmerzustand als wach bezeichnen konnte), hatte er den Lärm gehört, der durch den Wind zu ihm herübergetragen wurde. Zwar kam es nur dumpf bei ihm an, als hätte er eine dicke Wollmütze über die Ohren gezogen. Doch waren sie dort draußen. So viele. Doch niemand hatte ihn gefunden.

Gerade waren die letzten Teenager aufgebrochen, das letzte Bier to go. Die letzte Hoffnung mit Einbruch der Abenddämmerung verflogen.

Dass es sich mittlerweile deutlich abgekühlt hatte, merkte er nicht bewusst. Die Hitze des Tages hatte ihm sämtliche Lebensgeister geraubt.

Das war es, schienen seine nicht mehr kindlichen Gedanken zu sagen, als er in die plötzliche Dunkelheit blickte.

Dann sah er es. Zwar nur ganz klein und schwach. Doch er war da. Ein heller Lichtstrahl, der durch das Meer von dichtem Blattwuchs zu ihm hindurchdrang.

Toni konnte es nicht glauben, als er sich mit allerletzter Kraft aufbäumte. Und doch schien es wahr.

Sie waren gekommen, um ihn zu holen.

Endlich.

61

»Diese verdammte Dunkelheit.« Polizeiwachtmeister Jochen Schwartz befand sich nahe dem Strandbad. Den halben Nachmittag hatte er sich um den ihm zugeteilten Sektor gekümmert. Hatte sämtlichen Leuten, die ihm vor die Augen kamen, das Bild des vermissten Jungen unter die Nase gehalten. Bis zuletzt ohne Erfolg. Niemand hatte das Kind gesehen. Auch nicht die betrunkenen Halbstarken, die er gerade aufgescheucht hatte. Als ob er von ihnen eine vernünftige Antwort hätte erwarten können.

»Geht nach Hause und schlaft euren Rausch aus«, hatte er ihnen noch zugerufen, nachdem sie ihm patzig kamen. Keinerlei Respekt und nicht mal den Ansatz machen, sich zu verabschieden.

»Machen wir, Papi«, hatte der eine von ihnen geantwortet und ihm dann den Mittelfinger gezeigt.

Trotz einbrechender Dämmerung hatte Schwartz die Geste genau erkannt. Dabei hatten sie gelacht, waren abgedreht und losgezogen. Sicherlich nicht nach Hause. Er hätte seinen mittleren Dienstgrad darauf verwettet, dass die Burschen bei der nächsten Tanke Halt machten und sich mit Nachschub versorgten. Noch war es Bier. In ein paar Jahren dann Schnaps und Drogen. Er kannte solche Typen.

Wenn ich euer Vater wäre ..., dachte er und hielt inne. ... *dann wäre eure Mutter sicher auch mit euch abgehauen.*

Mittlerweile war es stockfinster, als er die Böschung hinaufkraxelte und beinahe gestürzt wäre.

»Diese verdammte Dunkelheit!«, fluchte er und versuchte – so gut es ging – zu ignorieren, dass er beinahe das Gleichgewicht verloren hatte und bereits jetzt an Schnappatmung litt, was natürlich nicht an seiner Körperfülle lag.

Natürlich hatte er ein paar Kilos zu viel auf den Rippen. Und als Erika, seine Frau, ihn mit ihrem Sohn verlassen hatte, hatte er sich seinen Kummer weggefressen und war in die erste Depression gestürzt. Sie war mit einem dieser Banker durchgebrannt. Hatte ihn einfach von heute auf morgen sitzen lassen.

Schwartz verfluchte seine Eltern, dass sie ihm keine bessere Ausbildung ermöglicht hatten.

Während seine Kollegen von einer Beförderung in die nächste schlitterten, stolperte er über die Wurzeln des dichten Bewuchses. Mit dem mickrigen Stern auf seiner riesigen Schulterklappe, der dort schon seit Jahren an ihm klebte.

»Du wirst es nie zu etwas bringen«, hatte Erika immer wieder auf ihn eingetreten. »Irgendwann kommst du nach Hause und dann sind Tobias und ich weg.«

Sie hatte Wort gehalten.

Nach jener Nacht, als er mal wieder Überstunden geschoben hatte ...

»Die nutzen dich nur aus«, hatte Erika immer und immer wieder auf ihn eingeredet. »Und du merkst es nicht einmal.«

... und müde und ausgelaugt nach Hause kam, waren das Kinderzimmer und ihre Hälfte des Kleiderschranks leergeräumt gewesen und sie mit dem gemeinsamen Sohn verschwunden.

»Sie sind hier, doch sie will nicht mit dir sprechen«, hatte die Stimme seines Schwiegervaters aus dem Hörer gedröhnt, als er noch in der Nacht bei seinen Schwiegereltern angerufen hatte.

»Ich habe dir gleich gesagt, Jochen ist kein Mann für dich«, hatte er aus dem Hintergrund den schrillen Ton seiner Schwiegermutter vernommen.

Dann wurde aufgelegt.

Noch in derselben Nacht war er zum Fastfood-Laden gefahren und hatte sich den Fraß reingeschaufelt. Seither war er dort Stammgast. Nur eines hatte er nie getan. Angefangen zu saufen. Nicht wie sein gottverdammter Vater, dem er all das zu verdanken hatte.

Als kleiner Junge die Striemen auf dem Rücken, vom peitschenden Ledergürtel. Das blaue Auge, die geprellte Schulter und die Gehirnerschütterung, wenn er ihn die Treppe runterwarf. Das fehlende Selbstwertgefühl. Das Schreckhafte, das er nie ganz ablegen sollte. Die Kinder auf dem Schulhof, die sich über ihn lustig machten. Später die Kollegen auf der Arbeit. Er hatte verdammt viel eingesteckt. Doch vom Alkohol hatte er stets die Finger gelassen.

Etwas Gutes hatte es. Ihm war bewusst, dass er durch seine verkorkste Kindheit alles hatte, um auf die schiefe Bahn zu gelangen, und es gab sicherlich nicht viele, die auch nur einen Pfifferling auf ihn gesetzt hatten. Doch dieses eine Mal hatte er es allen gezeigt. Er hatte sich sein Schicksal zu Nutze gemacht und war bei der Polizei gelandet. Und nun setzte er alles daran, diesen kleinen Jungen zu finden. Die sollten schon sehen, dass er was draufhatte. Der kleine, dicke Jochen Schwartz.

Euch zeige ich's, feuerte er sich selbst an. *Euch allen!* Denn dort, im Lichtkegel seiner Taschenlampe, meinte er etwas entdeckt zu haben. Gerade als über Funk die Ansage kam, dass die Suche für heute beendet war. Es war mittlerweile einfach zu dunkel.

Bestimmt packen die anderen schon ein. Schwartz hatte wieder einen 14-Stunden-Tag hinter sich und kämpfte sich den Weg hinauf. Schnaufte mit jedem Schritt stärker.

Diese verdammten Burger, dachte er und freute sich zugleich auf das abendliche Menü. *Wenn ich den Jungen finde, belohne ich mich heute Abend mit einem Erdbeershake.* Er pustete und prustete. *Gut, dass die anderen mich nicht so sehen.*

»Hey!«, drang es da aus dem Nichts durch die finstere Nacht.

Schwartz erschrak fast zu Tode. Sein Herz begann zu hämmern. Raste. Über seinen Bauch verlor er das Gleichgewicht. Stolperte. Verhakte mit dem Fuß in einer Wurzel, sodass er auf dem Hintern landete. Drehte sich ungünstig und rutschte den Abhang hinunter. Dabei überschlug er sich zweimal.

Bilder schossen ihm durch den Kopf. Wie damals, als er die Treppe runterfiel, während sein Vater oben auf dem Absatz stand. Der ihm, als er unten ankam und sein ganzer Körper schmerzte, zurief: »Lass dir das eine Lehre sein.« Dann hatte sich sein Vater abgedreht und ihn am Boden am Ende der Treppe allein zurückgelassen.

Schwartz knallte mit letzter Umdrehung auf der Schotterpiste des Gehwegs. Er hörte in sich hinein. Spürte seinen Körper. Es war nichts gebrochen. Doch einige Schürfwunden, Prellungen, blaue Flecke und sein Steißbein taten höllisch weh.

»SCHEISSE!«, brüllte er und lag im Flutlicht.

Seine Taschenlampe war einige Meter weiter hinten zur Ruhe gekommen und leuchtete ihn frontal aus.

Das Erste, was er vernahm, als er die Augen öffnete, war ein Schatten.

»Komm ich helfe dir.«

»Lass mich.« Schwartz schlug die Hand weg.

»Ich will dir nur helfen«, sagte Klaus Strömmer.

Ausgerechnet du, dachte Schwartz und brüllte: »HAU AB!«

Strömmer war erst seit ein paar Wochen auf der Wache und hatte es vom ersten Tag an auf ihn abgesehen. Ständig lauerte er ihm mit Späßen, wie er es nannte, auf.

So hatte Strömmer seine Shampoo-Flasche mit Spülmittel aufgefüllt, das noch Stunden nach der Dusche in seinen Augen gebrannt hatte. Als er ein anderes Mal aus der Dusche kam, hatte er sein Handtuch gegen einen Waschlappen ausgetauscht. Den Zuckerstreuer mit Salz befüllt. Schokocreme unter die Türklinke der Toilette geschmiert. Schwartz hätte fast gekotzt und alle Umstehenden hatten schallend gelacht.

Die Liste der Streiche war lang und ständig war er das Opfer.

Das Leid seines Lebens.

»Verpiss dich, du verdammtes Arschloch!«, rief Schwartz und kam langsam auf die Beine.

»Was ist denn los?«, fragte Strömmer.

»Was los ist? Lass mich endlich in Ruhe!«

»Beruhig dich mal. Du bist doch selbst schuld, dass du hier liegst. Wir wollen los. Hast du den Funk nicht gehört? Wir warten alle nur auf dich.«

»Scheiß auf den Funk. Ich habe was gesehen.«

Schwartz richtete sich auf. Klatschte die Hände gegeneinander und streifte den gröbsten Dreck von der Hose ab. Dann hob er seine Taschenlampe auf und achtete dieses Mal penibel darauf, wohin er trat. Noch einmal würde er sich nicht die Blöße geben.

Diesmal nicht. Dieses Mal werde ich es euch allen zeigen. Ihr werdet noch angekrochen kommen und mir den Arsch küssen, wenn ich den Jungen gefunden habe. Ich ganz allein.

»Was suchst du denn da?«, fragte Strömmer, doch Schwartz ignorierte seinen Kollegen und ging auf die Stelle zu.

Wo war sie noch gleich. Weiter oben. Verdammt ist das dunkel. Er leuchtete jeden Zentimeter vor seinen Füßen ab. *Nochmal passiert mir das nicht.*

»Hast du was gefunden?«, hörte er die Stimme von unten.

HALTE – EINFACH – DIE – FRESSE!

»Jochen, Vorsicht!«, rief Strömmer. »Ich glaube …«

Schwartz wollte sich gerade umdrehen und zurückbrüllen. Da war es schon zu spät. Der Schein seiner Taschenlampe leuchtete direkt in die Augen. Rötlich-gelb mit starren, pechschwarzen Pupillen funkelten sie ihn aus nächster Nähe an. Sie hatte das Überraschungsmoment auf ihrer Seite, und noch ehe Schwartz begriff und reagieren konnte, sprang sie mit grässlichem Fauchen aus dem Nichts.

Schwartz geriet ein weiteres Mal binnen weniger Minuten ins straucheln und knallte mit dem Kopf voran in den Dreck.

Klaus Strömmer prustete vor Lachen laut aus, während die Katze schon längst verschwunden war.

62

»Schläft sie?«, fragte Jenny und trat zu mir ans Kinderbett.

Ich nickte, unserer Tochter weiter das Haar streichelnd. Wir beide schauten unsere kleine Maus an, die so friedlich da lag.

»Was habt ihr gelesen?« Jenny nahm das Buch und betrachte es im fahlen Licht, das aus dem Flur ins Zimmer drang. Las den Titel: MIT FREMDEN GEHE ICH NICHT MIT.

Ich erinnerte mich, als ich Emma das Buch zum ersten Mal vorgelesen hatte.

Es war im letzten Sommer. Jenny war arbeiten und ich hatte keine Lust, auf den Spielplatz hinter unserem Haus zu gehen.

»Ich bin doch schon groß. Du musst nicht mit«, hatte Emma zu mir gesagt.

Erst hatte ich gezögert. Dann hatte Emma noch eins oben draufgesetzt: »Vertraue mir doch mal«, hatte sie mit ihrer altklugen Stimme gesagt und ich hatte lachen müssen. Emma, die mich noch immer ernst angeblickt und nicht verstanden hatte, was so komisch daran war, hatte auf Zustimmung gewartet.

»Okay«, hatte ich ihr schließlich erlaubt. »Aber es gibt Regeln.«

Mit großen Augen hatte mich Emma angesehen und ich begann aufzuzählen: »Du bleibst auf dem Spielplatz und gehst nirgendwo anders hin. Wenn deine Freunde vorbeikommen und mit dir woanders spielen möchten, kommst du erst zu mir und gibst Bescheid.«

Emma hatte genickt.

»Und du sprichst mit keinem Fremden. Wenn dich jemand Fremdes anspricht, schreist du ganz laut und rennst zu mir.«

»Verstanden«, hatte Emma gestrahlt und sich Eimer, Schaufel und Sieb geschnappt und war losgezogen, während ich mich auf einen ruhigen, sonnigen Vormittag freute und mich mit einem Buch zurückzog und es mir im Liegestuhl gemütlich machte.

So zumindest der Plan.

In der Realität war ich alle paar Minuten am Gartenzaun gestanden und hatte nach unserer Tochter gesehen, die eine Ewigkeit im Sandkasten saß und buddelte und baute.

Unsere Kleine wird langsam groß, begriff ich und merkte, wie schwer es mir fiel loszulassen.

Kurz danach hatte ich das Buch gekauft.

»Was ist mit Eva?«, fragte ich.

»Sie ist direkt eingeschlafen«, sagte Jenny, und dann erzählte sie mir, was Eva ihr über Rolf gesagt hatte, und schloss ihre Worte mit: »Ich kann nicht glauben, wie sehr ich mich in Rolf getäuscht habe.«

Ich hatte einige Male geschluckt. Sicher, Rolf zählte nicht zu unseren besten Freunden. Wegen Eva und Toni gehörte er eben dazu. Doch dass er Eva gedroht und geschlagen hatte, ...

»Man kann den Leuten echt nur vor den Kopf sehen«, hörte ich mich sagen und fragte: »Was glaubst du, was er mit Toni gemacht hat?«

»Ich weiß es nicht. Ich hoffe nur, dass sie ihn finden.«

Ich konnte meinen Blick nicht von Emma lassen.

Jenny gab mir einen Kuss auf die Wange. »Komm«, sagte sie. »Lass uns schlafen gehen.«

»Ich schlafe bei Emma«, antwortete ich. »Ich möchte sie heute nicht allein lassen.«

63

Er mampfte und schmatzte und leckte sich das Salz von den Fingern. Nahm einen großen Schluck vom Erdbeershake und quälte sich in Gedanken zurück zur Fahrt im Polizei-Van.

»Das hättet ihr sehen sollen«, hatte Strömmer gespien. »Wie er sich vor einer kleinen streunenden Katze erschrocken hat.« Und alle hatten gelacht, während Strömmer die Situation weiter bildlich ausgemalt und Schwartz sich in seinem Sitz in der hintersten Ecke immer tiefer verkrochen hatte.

»Nicht genug«, fand Strömmer kein Ende, »dass er einmal die Böschung runtersegelt. Nein, was macht unser Held? Geht nochmal hoch und kullert ein zweites Mal auf seinem Wanst runter.« Dann hatte Strömmer, sich kugelnd vor Lachen, den Bauch gehalten und kaum mehr Luft bekommen, dass er sich verschluckend ins Husten geriet.

Verrecke, hatte Schwartz gedacht. *Ersticken sollst du.* Doch den Gefallen tat er ihm nicht.

Während sich Schwartz nun über den zweiten Burger hermachte, waren seine Gedanken überall. Nur nicht mehr bei dem Kind. Wie hätte er ahnen können, dass, wenn er nur einen Augenblick länger hingesehen und nur die Taschenlampe noch einmal geschwenkt hätte, den kleinen grünen Rüssel des Elefanten gesehen hätte.

64

Ich konnte nicht schlafen.

Immer wieder zogen Bilder von Toni an mir vorbei. Gepaart mit dem wunderschönen Gesicht meiner Tochter.

Wo ist Toni? Wo hat Rolf ihn hingebracht? Wie konnte er seinen Sohn allein lassen?, fragte ich mich und erstarrte in Selbstvorwürfen.

Wie oft hatte ich Emma allein gelassen, wenn auch nur für einen winzigen Augenblick? Wie oft waren wir beide einkaufen und wie oft hatte ich den Einkaufswagen zurückgebracht, während Emma bereits im Auto gesessen und ich ihr – wenn auch nur für kurze Zeit – den Rücken zugekehrt hatte? Was hätte in diesen Augenblicken alles passieren können?

Die Gedanken jagten mir eine Gänsehaut ein. Warum war ich bisher nur so unvorsichtig gewesen?

Wie oft hörte ich in den Nachrichten, dass wieder ein Kind entführt worden war, während ich beim Abendbrot saß und genussvoll in mein Blutwurstbrot biss. Wie selbstverständlich schien mein Glück. Unantastbar. Wie weit waren all die Schicksalsschläge von mir entfernt. Gespannt verfolgte ich jedes Mal die Berichterstattung. Über das Verschwinden, bis hin zur Suche. In den meisten Fällen wusste ich nicht, ob das Kind am Ende gefunden worden war. Es war mir nicht egal. Doch an dem Punkt, an dem die Presse nicht mehr berichtete, begann ich zu vergessen.

Doch dieses Mal hatte das vermisste Kind ein bekanntes Gesicht und einen Namen, den ich kannte. Und es war zum Glück nicht meine Tochter.

Ich schämte mich für den Gedanken und war gleichzeitig froh und tat, was ich seit meiner Kindheit nicht mehr getan hatte. Ich betete zu Gott und dankte ihm dafür, dass er mich und meine Familie verschont hatte.

Dann fragte ich mich, wie Eltern damit umgingen, in ständiger Ungewissheit zu leben. Die ewige Angst, wenn das Telefon klingelt. Die stete Panik, dass irgendwann die Polizei vor der Tür steht, um Klarheit zu bringen, die Kinderleiche sei nach Wochen, Monaten, Jahren gefunden worden.

Und was, wenn das Kind für immer spurlos verschwunden ist? In ewiger Ungewissheit. Ist das Kind entführt? Verschleppt? Ist es im Kellerverlies eingesperrt? Wird es gequält? Missbraucht? Lebt es überhaupt noch?

Die quälenden Bilder machten mich wahnsinnig, dass ich gar nicht gemerkt hatte, wie ich aufgestanden war und nun vor Emmas Bett stand. Sie mit meinen Blicken fixierte.

Ich schlich mich leise aus dem Kinderzimmer. Ging ins Bad und kippte mir kaltes Wasser ins Gesicht. Dann lief ich die Treppe runter und ging in die Küche. Ich nahm ein Glas aus dem Regal und goss mir einen doppelten Whisky ein. Die Flasche hatte ich von einem Kollegen geschenkt bekommen und nie gedacht, dass ich sie mal öffnen würde. Mal ein Glas Wein zum Abend war das einzige, was ich trank.

Der erste Schluck brannte in der Kehle. Doch sammelte er sich wohlig warm im Bauch. Das zweite Glas betäubte ein wenig.

Ich blickte aus dem Küchenfenster. Die Laternen warfen ihr fahles Licht auf den harten Asphalt. Die Straße war leer. Alles schlief und ich wollte gerade nach oben gehen. Da sah ich Torben, wie er nach Hause kam. Klopfte an das Fenster. Kurz zuckte er zusammen. Dann entdeckte er mich und hob seine Hand zum Gruß.

»Bisher noch keine Spur«, beantwortete er meine Frage. »Auch die Spürhunde haben heute nicht angeschlagen. Was mich allerdings nicht sonderlich wundert. Der starke Regen gestern hat mögliche Spuren verwischt. Gleichzeitig war das Wetter der letzten Wochen ideal für die Natur. Entweder er ist noch tiefer in den Wald und hat sich verlaufen -« Torben machte eine Pause.

»Oder?«, fragte ich.

»Der See«, sagte er.

»Du meinst, Rolf hat seinen Sohn ertränkt?«

»Das können wir momentan nicht ausschließen. Für morgen haben wir die Freigabe für den Hubschrauber. Es gibt da nur eine Sache, die mich stört. Wir werden sehen. Morgen früh setzen wir die Suche fort. Wenn er im Wald ist, werden wir ihn finden.«

Tot oder lebendig?, fragte ich mich und ein Schauer zog über meinen Rücken.

»Du sagtest, dich stört etwas. Was ist es?«, fragte ich.

Torben sah mich fordernd an. »Du hast eine gute Auffassungsgabe. Auch noch um diese Uhrzeit.« Er sah auf die Uhr. »Im Ernst. War ein langer Tag. Ich bin echt durch.«

Er trat einen Schritt näher an mich und ich hielt den Atem an. Dachte an den Whisky und es war mir unangenehm. Ich wollte nicht, dass er etwas roch, und trat zurück.

»Was stört dich?«, setzte ich nach.

»Ich frage mich die ganze Zeit«, sagte er, »wo Rolfs Wagen ist? Wir haben ihn zur Fahndung ausgeschrieben. Nichts. Spurlos verschwunden. Ich glaube, wenn wir das Auto haben, dann haben wir auch Toni.«

65

So unfassbar müde. Am liebsten hätte er durchgeschlafen. Stunden-, tagelang. Es war schon spät und er war allein. Es war ruhig. Doch etwas ließ ihm keine Ruhe. Etwas wühlte ihn auf. Nur was war es?

Er, der alle Fragen auf einen Schlag hätte beantworten können, lag noch wach in Zimmer 407 und starrte die Wand an.

Immer wieder hatte die Frau nach Toni gefragt. Toni war ihr Sohn. Ihr gemeinsamer Sohn. Konnte das sein? Und wo er ihn hingebracht hatte? Auch der Arzt, wie hieß er noch gleich – Dr. Perik – hatte ihn tagsüber mehrmals aufgesucht. Er hatte sich nicht nur nach seinem Befinden erkundigt, sondern auch jedes Mal nach Toni gefragt. Doch da war nichts. Nichts, was er ihm sagen konnte.

Er kratzte an der Oberfläche. Doch fand er dort weder die Frau noch das Kind. Verdammt, er hatte nicht einmal eine Ahnung, wer er selbst war. Doch etwas war da, das ihn spüren ließ, dem kleinen Jungen – den sie alle Toni nannten – ging es nicht gut. Gar nicht gut.

Er wusste, um Antworten zu finden, musste er tiefer graben. *Ja, doch.* Er versuchte sich zu konzentrieren. Doch wo sollte er suchen? Und wie? Es strengte seinen Kopf an und er spürte die Naht, die schmerzende Wunde.

Noch einmal fokussierte er seine gesamte Kraft. Sah die Schatten an der Wand. Sie bewegten sich und vermischten sich miteinander. Verschmolzen zu einem Ganzen. Es strengte ihn ungeheuer an, doch er wusste, die Lösung war zum Greifen nah. Mit einem Mal – in tiefster Dunkelheit – schien alles ganz deutlich. Bilder wurden klarer und Buchstaben bildeten sich zu einem Wort.

Seine Lippen formten den Namen. T-O-N-I. *Ja*, dachte er, und ein Lächeln zog sich über sein Gesicht. *Mein Sohn.*

Im selben Moment siegte die Anstrengung über seinen Körper und er schlief ein.

66

Emma schlief tief und fest. Ich fuhr mit dem Handrücken über ihre Wange. Die runde Stirn. Die süße Stupsnase. Die weichen Lippen. Ihre sanften Gesichtszüge wirkten so unschuldig. Wie die eines kleinen Engels.

Ich legte meinen Zeigefinger in ihre kleine geöffnete Hand. Emma griff unterbewusst zu und umschloss ihn fest. Mit der freien Hand strich ich über ihr Haar und drückte ihr einen Kuss auf die Wange. Sie gab meinen Finger wieder frei und drehte sich auf die Seite. Deckte sich dabei los. Ich zog die Decke wieder über sie, muckelte sie ein und sah Emma einfach nur an.

67

Am frühen Morgen fasste der Einsatzleiter in der Leitstelle den gestrigen Tag nochmals kurz und knapp zusammen. Dann schwor er sein Team für die weiteren Schritte ein. Die Stimmung war angespannt. Sie alle wussten, je länger die Suche dauerte, desto unwahrscheinlicher war es, dass der Junge lebend gefunden wurde.

»Die Kollegen aus Köln treffen wir vor Ort«, sagte er. »Noch Fragen?« Er blickte reihum. Keine Wortmeldungen. »Dann los, Männer.«

Stühle rückten über den Linoleumboden. Plänkeleien der Aufbruchsstimmung.

»Na, Specki«, sagte Strömmer. »Gut von deinem Sturz erholt?«

»Leck mich«, sagte Schwartz und vermied jeglichen Blickkontakt.

»Brauchen die Herren eine Sondereinladung?«, rief der Einsatzleiter den beiden zu.

»Nein Chef«, antwortete Strömmer forsch und drängte sich an Schwartz vorbei und bedachte ihn dabei mit einem Rempler. »Vorsicht«, sagte er laut und dann leise. »Nicht, dass du wieder auf die Schnauze fliegst.«

68

Minutenlang stand ich vor Rolfs Haus, in der sinnlosen Hoffnung, Antworten zu finden.

Tausend Gedanken hatten mich die Nacht über heimgesucht und verhinderten, dass ich die Augen schließen konnte.

Im Wechsel sah ich nach Emma, ob es ihr gut ging, und fragte mich, was mit Toni war. Man musste doch irgendetwas tun. So hatte ich mich mit Sonnenaufgang aufgemacht.

Die Straßenlaternen schalteten sich in dem Moment aus, als ich mir erneut die Frage stellte, ob Rolf fähig war, seinen Sohn im See zu ertränken und ihn mit einem schweren Gewicht auf den Grund zu befördern und sich anschließend ein Eis zu kaufen.

Schlimmer als der Gedanke war, dass ich keine Antwort darauf wusste.

Die frische Luft tat gut.

Ich atmete tief ein und mein Herz löste sich ein Stück weit. Auch wenn ich mich nicht von Emma lösen wollte, war ich gegangen und lief schneller als sonst. Hatte keinen Rhythmus, der mir den Takt vorgab. Ich lief einfach los und blickte mich um. Sah nach links, nach rechts. Immer auf der Suche. Doch wie sollte ich finden, was selbst die Polizei nicht gefunden hatte?

Alles ist besser als nichts zu tun, dachte ich und lief weiter, die Augen offenhaltend, und war nach knapp zwanzig Minuten da.

Geschlossen stand auf dem großen weißen Schild zum Eingang des Strandbads. Hier, hatte Torben gesagt, sei Rolf zusammengebrochen.

Ich verschnaufte kurz und dehnte meine Beinmuskulatur. Sah mich dabei um und fand nichts. Keine Spur. Keinen Hinweis. Wie auch? Die Polizei hatte hier bereits alles abgesucht.

Es ist sinnlos, wusste ich, und doch hatte ich raus gemusst. Zum einen fiel mir zuhause die Decke auf den Kopf und ich kam auf die schlimmsten Gedanken. Zum anderen wollte ich nicht dabei sein, wenn Eva aufwachte und ihr erster Gedanke sein würde: *Mein Sohn ist verschwunden!*

Was sagt man in solch einer Situation?, fragte ich mich und dachte an Jenny. *Sie wird die richtigen Worte finden.*

In meinem Kopf spielte sich die Szene ab. Jenny an Evas Bett. Wie sie ihre Freundin in den Armen hielt und immer wieder sagte, dass alles gut würde. Währenddessen würde sich Emma im Kinderzimmer alleine anziehen. Das machte sie schon seit Jahren. Dabei würde sie bestimmt die *Bibi-&-Tina*-CD hören und hoffentlich weiterhin nichts davon mitbekommen, dass Toni verschwunden war. Nur wie lange konnten wir das vor ihr verheimlichen?

Wie erklärt man einem kleinen Kind, dass sein Spielkamerad, sein Freund verschwunden ist? Und wie wird Emma damit umgehen? Wird sie je wieder allein auf den Spielplatz gehen? Oder zu ihrer Freundin um die Ecke? Werde ich sie je wieder allein gehen lassen? Das kann ich nicht.

Ohne dass ich es bemerkt hatte, war ich wieder am Gehen. Die anflatternde Ente hatte mich aus meiner Trance geweckt. Und noch während ich den Weg weiter entlang ging, kehrte ich allmählich in die Gegenwart zurück.

Später sollte ich mich fragen, was geschehen wäre, wenn ich einfach weitergelaufen wäre. Ist das Leben Schicksal? Zufall? Oder ist es manchmal einfach nur Glück? Was war es in jenem Moment, als ich bemerkte, dass sich mein Schnürsenkel gelöst hatte?

Ich bückte mich und band den Schuh zu und noch im Knien sah ich auf. War es der Winkel, aus dem ich aufblickte? Oder war es das auftretende Sonnenlicht, das so weich durch die Baumwipfel auf den Boden fiel und den Tau zum Glänzen brachte und meinen Blick bewusst festhielt?

Was ich sah, konnte ich nicht erkennen, und ich kniff meine Augen zusammen. Gleichzeitig arbeitete mein Gehirn auf Hochtouren. Die Zahnräder setzten sich in Bewegung und wälzten aufeinander. Ich konnte regelrecht hören, wie die Räder rollten und die Zähne immer weiter ineinandergriffen. Doch noch waren die Abstände zu groß, die Lücken zu tief.

Im Geiste stand ich vor einer riesigen Kommode. So viele Schubladen. Ich konnte spüren, wie ich die Schubfächer öffnete und wieder schloss. Öffnete – nicht wissend, wonach ich suchte – und wieder schloss. Öffnete. Schloss. Öffnete und darin wühlte, kramte. Ich griff nach etwas. Erkannte den Umriss wieder und konnte es nicht identifizieren.

Gerade als ich auch die geistige Schublade zurückschieben wollte, hatten meine grauen Zellen schon längst die Spur aufgenommen. Die Zahnräder rollten immer weiter. Das Übersetzungsverhältnis konstant. Vom Eingriff des vorherigen Zahns in die Lücke des Gegenrades. Griffen immer enger ineinander und spielten letztlich ihren Vorteil aus, dass sie formschlüssig und schlussendlich schlupffrei waren. Am Ende konnte ihnen nichts entkommen.

Das Fach hatte sich verkantet. Den Knauf fest im Griff meiner Gedanken rüttelte und zog ich an der Schublade, und mein Geist warf sich mit voller Kraft zurück. Die Schublade gab auf. Sie löste sich, sprang heraus und schlug mir entgegen. Dabei fiel etwas heraus und landete auf dem Boden. Etwas, das hier nicht hingehörte.

Langsam zeichnete sich das Bild ab. Noch immer nicht ganz klar, doch ich spürte, ich war auf der richtigen Spur. Ich richtete mich auf und lief auf die Böschung zu. Meine Schritte beschleunigten sich. Mein Herz schlug schneller. Es pochte aufgeregt und gleichzeitig verängstigt gegen meine Brust. Ich ging hoch und dort oben, eingegraben und von Moos bedeckt, lag er. Ich bückte mich und griff nach dem von Schmutz und Regen in Mitleidenschaft gezogenen, kaum mehr wiedererkennbaren grünen Stoffelefanten.

Ich löste ihn von der Wurzel, die ihn umklammerte und wusste, es gab keinen Zweifel. Es war Jumbo, das Stofftier, das Toni an jenem Nachmittag von seinen Eltern im Kölner Zoo geschenkt bekommen hatte. Wenige Wochen nachdem die Elefantenkuh Nachwuchs bekommen hatte, waren wir alle gemeinsam dort gewesen, um die Sensation zu bestaunen.

Toni hatte seinen neuen Freund den realen Artgenossen stolz präsentiert und später auf dem Spielplatz beinahe vergessen. Erst am Ausgang hatte er seinen Verlust bemerkt und angefangen wie ein Löwe zu brüllen, während Krokodilstränen aus seinen Augen schossen. Rolf musste den ganzen Weg zurück gehen und hatte Glück. Jumbo lag noch im Sand, wo sein Sohn ihn hatte liegen lassen. Die komplette Rückfahrt hatte Toni seinen Freund nicht mehr aus den Armen gelassen. Selbst zu Hause, hatte Eva erzählt, war es ein Kampf, ihm den Schlafanzug anzuziehen, da er den Elefanten nicht mal mehr für eine Sekunde aus der Hand gab. Und wenn freitags Kuscheltiertag im Kindergarten war, wo jedes Kind einen Stoffkameraden mitbringen durfte, war es jedes Mal der kleine grüne Elefant, der Toni begleitete.

Das Stofftier, das ich in den Händen hielt, war vom Regen völlig aufgedunsen und von der Sonne getrocknet. In seinem Fell klebte Erde und Moos. Doch kein Zweifel. Es war Tonis.

Ich blickte mich um. Von hier oben hatte ich einen guten Blick über den See. Doch wohin ich auch sah. Nichts.

Als ich mich umdrehte und weiter hochschaute, wurde ich stutzig. Das Buschwerk war dicht bewachsen. Sträucher waren eng miteinander verwachsen. Und doch schien es so, als ... Ich trat näher heran. – Ja. Ich hatte mich nicht geirrt. Ein paar Äste waren geknickt.

Ein Tier, schoss es mir durch die Gedanken. *Vielleicht ein Wildschwein.* Doch irgendetwas passte nicht. *Dann dürften nur die unteren Äste abgeknickt sein. Doch ein fast zwei Meter hohes Wildschwein?*

Ich stieg den Hang weiter hoch. Arbeitete mich vor, und gerade als ich das Dickicht zur Seite schieben wollte, reflektierten die Sonnenstrahlen ... *von einem Glas?,* und blendeten mich.

Meine Augen kurz zugedrückt bahnte ich mir weiter den Weg durch das Gestrüpp. Dann sah ich es.

69

Das Erste, was er wahrnahm, war der Duft.

Ein aromatischer Harzgenuss breitete sich in seiner Nase aus und umhüllte seinen Gaumen. Frisch und warm zugleich. Der Geruch wurde breiter. Wirkte vertraut. Öffnete sich und legte Umrisse frei. Anfangs noch verschwommen wurde sein Blick auf die Dinge immer klarer.

Über dem Wald setzte die Morgenröte ein. Aus der Ferne hörte er, wie Regentropfen auf den See plätscherten. Erst sachte, ganz zart. Dann heftiger. Gänsehaut überzog seinen Körper. Es kribbelte und er musste sich schütteln. Er versuchte die Ärmel seines Hemdes herunterzurollen und merkte, dass er gar kein Hemd trug.

Dann hörte er das Schnattern der Enten. Noch in weiter Ferne. Doch kam es langsam immer näher.

Doch noch war da dieses Gefühl der unaufhörlichen Ewigkeit. Gefangen in jener scheinbar endlosen Dauerschleife. Er wusste, die Antwort lag direkt vor ihm. Sprang ihm geradezu ins Gesicht. Doch er konnte es nicht greifen. Nicht sehen. Noch war es ein Stück weit entfernt.

Er versuchte sich zu konzentrieren. Er strengte sich dermaßen an, dass seine Halsschlagader so stark pochte, dass sie deutlich sichtbar pulsierte und das Dröhnen in seinem Kopf immer stärker wurde.

Und es half. Mit einem Mal war alles so klar. Jetzt, das wusste er, hatte er es.

Die Wahrheit verschwand in der Sekunde, als er glaubte, nah genug dran zu sein, und nach ihr griff, um sie zu packen.

Überall um ihn herum diese undurchdringbare Dunkelheit und er fiel ins Bodenlose. Und als sein ganzer Körper erschrocken zusammenzuckte, wusste er, wo er war.

Er öffnete die Augen und richtete sich im Bett auf.

Noch zu früh am Morgen, als dass die Sonne durch das Fenster hätte scheinen können, und doch war es brutal hell, dass er die Augen gleich wieder schließen musste.

Nein. Noch konnte er sie nicht öffnen. Noch wollte er sie nicht öffnen. Nicht jetzt, wo er der Antwort so nah war. Er brauchte Gewissheit und wusste, er stand kurz davor. Hatte sie schon gehabt und wusste, sie schwebte noch über ihm. Noch einmal setzte er alle Kräfte frei und bekam sie, als er am wenigsten damit rechnete.

»Papa.« So hell, so klar, die zarte Stimme. So leicht und unbeschwert, und er wusste, dass alles gut war.

Er streckte seine Hände aus und packte seinen Jungen. Nahm ihn fest in die Arme und drückte ihn an seine Brust.

»Es ist alles gut«, sagte er und lächelte. Jetzt war wieder alles gut.

Er streichelte seinem Jungen das wilde Haar. Doch irgendetwas stimmte nicht. Er fühlte es sofort und wusste zugleich nicht, was es war.

Dann kam die Erkenntnis.

Seine Hand. Seine Hand war feucht. Nass. Doch es war nicht seine Hand. Es waren die Haare seines Jungen und er wusste, hier ist nichts in Ordnung.

Dies war der Moment, als Rolf Winter seine Augen öffnete und allein im weißen, viel zu hellen Zimmer lag und ein lauter Schrei hinausdrang.

»TONI!«

70

Dr. Perik war im Untergeschoss, als sein Piepser ging. Die Nacht war still geblieben und er hatte durchschlafen können, was gleichzeitig bedeutete, dass Rolf Winter weiterhin unter postnataler Amnesie litt.

Perik trat in den Lift und drückte die Vier und kurz bevor die Fahrstuhltür sich schloss, stieg eine Frau hinzu.

Ich hätte die Treppe nehmen sollen, war ihm in dem Moment klar, als die Duftwolke innerhalb von Sekunden den engen Lift ausfüllte.

Die Frau, eher breit statt groß, stank dermaßen, als hätte sie in der 4711-Wochenproduktion gebadet. Ihre toupierte Haarpracht glänzte vom Haarspray.

Jetzt ein Feuerzeug anzünden, dachte er, *dann fliegt der ganze Laden in die Luft.*

Ohne Luft zu holen, betrachtete er die Frau und fragte sich, wie viele Stunden sie abends im Bad brauchte, um die Schminkmasse vom Gesicht abzuspachteln. Bemerkte dann ihre Fingernägel. Dick bemalt in der Farbe *nuttig*.

Zu allem Überfluss drückte sie sich enger an ihn und entblößte mit breitem Lächeln ihre vom starken Rauchen gelbbefleckten Zähne.

»Guten Morgen, Doktor.«

Perik nickte stumm und wandte sich zurück, in die Ecke gedrückt. Dabei bedacht die Luft weiter anzuhalten.

»Wissen Sie, mein Mann liegt hier«, sagte die Frau und hielt ihm den Strauß Blumen unter die Nase. »Vielleicht kennen Sie ihn.« Sie nannte einen Namen, den er gleich wieder vergaß.

Perik sah auf die Tafel neben den Knöpfen. *Notruf-Einrichtung. Beim Betätigen der Alarmtaste wird automatisch eine Sprechverbindung zur 24-h-Einsatzzentrale aufgebaut.*

»Er wurde vorgestern operiert. Die Galle«, informierte die Frau ungefragt und trat noch näher an ihn heran.

Perik reagierte blitzschnell. Gerade rechtzeitig, als sie sich einhaken wollte, warf er sich nach vorne und drückte wahllos den ersten Knopf, den er erreichen konnte. Der Aufzug hielt abrupt und Perik stürzte durch den schmalen Schlitz der sich gerade erst öffnenden Tür und sprang auf den Flur.

»Aber Herr Doktor.«

»Notfall«, log dieser und nahm einen tiefen Atemzug, wie ein Ertrinkender, der nach endlosen Minuten und mit letzter Puste die Wasseroberfläche erreicht.

Dann schloss sich die Tür und der Fahrstuhl setzte seinen Weg unaufhaltbar fort. Perik nahm das Treppenhaus. In der Erleichterung, wieder atmen zu können, nahm er zwei Stufen auf einmal. Nachdem er den Absatz erreicht und die Tür aufgeschwungen hatte, bog er mit vollem Elan um die Ecke. Genau in dem Moment, in dem sich der Fahrstuhl ein zweites Mal öffnete. Die Kollision ließ sich nicht aufhalten.

»Aber Herr Doktor. Nicht so stürmisch«, lachte die Frau auf und bohrte ihm ihr Krallen in den Arm. Mit der anderen Hand noch immer den Blumenstrauß fest umschlossen.

Mit ihr im Schlepptau drehte er sich um die eigene Achse und verhinderte im Wiener-Walzer-Schritt, dass sie im Fallen auf ihm landete.

»Wie ga-la-la-lant«, verfiel seine Tanzpartnerin im Sing-sang.

»T'schuldigung«, räusperte sich Perik. Löste sich aus ihrem Griff und setzte seinen Weg strammen Schrittes fort.

»Hach. Sie müssen sich doch nicht entschuldigen, Herr Doktor. Nein, wie köstlich.«

Doch Perik hörte nicht mehr. Rief stattdessen: »Was ist, Schwester?«

»Der Patient«, antwortete die Gefragte, »Er erinnert sich!«

71

Die Vordertür des Autos war nicht verschlossen. Mit voller Kraft hatte ich sie aufgerissen und hätte ich mich nicht am Türgriff festgeklammert, wäre ich nach hinten gefallen. Stattdessen blieb ich auf den Beinen und sah in das Wageninnere. – Leer.

Im ersten Moment sah ich nichts. Dann die Erlösung. *Gott sei Dank.* Im Bruchteil einer Sekunde fiel die geballte Last von meinen Schultern.

Ich habe ihn, wollte ich meine Freude hinausbrüllen. Rief mit purer Erleichterung: »Toni!« Schlug die Fahrertür zu und öffnete die Tür zur Rückbank.

Dann setzte die brutale Panik ein ...

SCHEISSE!

... und ich begriff das gesamte Ausmaß.

Es roch nach Urin und Kot, würde ich später der Polizei die Situation beschreiben. Doch in dieser Sekunde schrien alle Sinne in mir: »Das ist Pisse und Scheiße.«

Ich zog meinen Kopf aus dem Auto und kotzte in das hohe Gras.

Im zweiten Anlauf war ich auf den Geruch vorbereitet, nicht jedoch auf das, was ich sah.

Das kleine, leblose Bündel, das auf dem Rücksitz hing, hatte mit dem Toni, den ich kannte, nichts mehr gemein. Die Beine baumelten leblos. Die Arme hingen schlaff hinab. Der kleine Kopf zur Seite gefallen. An seinem winzigen Mund Speichelfäden. Die Augen geschlossen. Das Haar wild zerzaust. Ich sah auf sein T-Shirt. Beobachtete seinen Brustkorb. Keine Bewegung. Ich hielt ihm einen Finger unter die Nase und spürte keinen Atem. Um den Anschnallgurt zu lösen, beugte ich mich über den reglosen Körper und vergaß den Atem anzuhalten. Der Geruch von getrocknetem Schweiß im Gemisch mit Fäkalien war so bestialisch, dass ich würgte und mich beinahe ein zweites Mal übergeben hätte.

Im zweiten Anlauf bekam ich ihn frei, hob ihn aus dem Kindersitz und legte ihn ins Gras.

Für einen kurzen Augenblick schloss ich die Augen. Versuchte mich zu sammeln. Fokussierte mich und überlegte, wie lange mein Ersthelferkurs her war.

Atmung, Puls, stabile Seitenlage. – Notruf!

Ich griff in meine Tasche. Zog mein Handy hervor und wählte die Nummer.

»FUCK!« Akku leer.

Okay. Ruhig bleiben. Ich kniete mich hin und lehnte mich über den kleinen Kopf. Mein Blick erneut über seinem Brustkorb. Das Scheißding hob sich einfach nicht. Ich suchte nach einem Puls. Zuerst am Handgelenk.

Nichts. Versuch es am Hals, sagte eine innere Stimme zu mir. Doch auch hier nichts.

»HILFE!«, brüllte ich. Jemand musste mich doch hören.

Sollte man nicht Feuer rufen?

Weder wusste ich, was ich rufen, noch was ich tun sollte, als mir mit einem Mal Tränen aus den Augen schossen und ich anfing zu lachen. Ich schlug mir die Hände gegen den Kopf. Versteckte mich. Fühlte mich hilflos und verloren, und dann fing ich einfach an.

Ich drückte seinen Brustkorb nach unten und drückte

und drückte und drückte. Wieder und wieder und weiter, und dann hörte ich sie kommen.

Erst schien es wie im Traum. Dann kamen sie näher und ich begann zu glauben.

»HIER!«, schrie ich und beatmete und drückte weiter, immer weiter. »Hier!« Ich sehnte mich nach Erlösung. Fragte: *Wo bleibt ihr denn?* Und weiter: »HIER!«

Doch sie kamen nicht.

Nichts geschah. Im Gegenteil. Mit einem Mal war alles wieder ganz still. Hatte ich es mir nur eingebildet? Konnte das möglich sein?

Ich konnte nicht mehr denken und drückte, drückte, drückte immer weiter auf den kleinen Körper ein, und plötzlich, wie aus dem Nichts, zog mich eine Hand nach hinten. Toni entfernte sich mehr und mehr von mir.

NEIN!, wollte ich rufen. *Lasst mich. Er braucht Hilfe.*

Ohne zu wissen, wie mir geschah, stand ich plötzlich auf den Beinen. Taumelte und stieß gegen den Wagen.

»Gehen Sie bitte zur Seite«, hörte ich dumpf eine Stimme. »Wir übernehmen.«

Ich spürte nur noch, wie ich an der Motorhaube entlang glitt. Versuchte nach Halt zu suchen. Meine Beine knickten ein wie Wackelpudding und ich ging langsam zu Boden. Hinter einem Schleier, wie wenn man durch eine Gardine sieht, sah ich einen Haufen Polizisten, die sich über Toni beugten. Ein Stimmengemisch, das sich immer weiter entfernte, bis es irgendwann ganz verschwunden war und alles um mich herum schwarz wurde.

Herbst

I

Die frühe Morgensonne brach durch das kahlwerdende Blätterdach und ich lief mitten rein ins bunte Laub. Unter meinen Füßen knackten Eicheln und Bucheckern. Die Wege gespickt mit Herbstzeitlosen, kräftig leuchtend.

Die kalte Luft weckte sämtliche Sinne in mir. Ließ mich spüren, dass ich lebte, und entfachte mein Fernweh.

Ich träumte vom *Indian Summer* und beneidete die Vögel, die sich aufmachten in ferne Länder, ihre Brut- und Überwinterungsgebiete zu suchen.

Es war schon deutlich ruhiger geworden, als ich mich an jenem Tage aufmachte und Pepo mir entgegenkam.

Pepo hieß eigentlich Peter Posch, doch keiner nannte ihn bei seinem richtigen Namen. Ich denke, die meisten wussten ihn nicht einmal. Und selbst wenn, nannten sie ihn nur *den Spinner*.

Mir tat der alte Mann leid. Mit Anfang sechzig hatte er seine Frau verloren und lebte seither allein. Elsa hatte unter Alzheimer gelitten und wurde letztlich vom Krebs zerfressen, nachdem Pepo sie ein Jahrzehnt lang gepflegt hatte und keinen Tag und keine Nacht von ihrer Seite gewichen war.

Die Beziehung war kinderlos geblieben und in all den Jahren, in denen er sich um seine Frau gekümmert hatte, verlor er zugleich sämtlichen Kontakt zur Außenwelt. Die wenigen Freunde, die das Paar in guten Zeiten hatte, hatten sich längst losgesagt. Zuletzt war ihm nur sein treuer Begleiter geblieben. Ein West Highland Terrier, den er sich kurz nach dem Tod seiner geliebten Elsa zugelegt hatte und mit dem er mehrmals täglich seine Runden drehte. Immer exakt denselben Weg. So kam es nicht selten vor, dass Pepo mir mit seinem Wollknäuel über den Weg lief.

Manfred, wie er seinen Hund genannt hatte, zog immer an der Leine, wenn er mich sah, und ich nahm mir jedes Mal kurz Zeit, ihn zu streicheln. Dann wurde Manfred noch aufgeregter und zog noch wilder an der Leine. Doch Pepo ließ nie los.

Eines Tages fragte ich ihn, warum er ihn nie laufen ließ.

»Nein!«, hatte Pepo mit seiner hohen, fast schon Fistelstimme abgewiegelt. »Einmal habe ich ihn abgeleint. Das ist schon lange her. Da hat er einen Hasen gesehen und ist ihm hinterhergejagt. Nie mehr!« Tränen waren aus seinen Augen gequollen. Ich hatte bemerkt, wie unangenehm es ihm war, dass ich es gesehen hatte, und er wischte sie schnell aus dem Gesicht.

»Ich habe lange nach Manfred gesucht und mir solche Sorgen gemacht. Ich habe schon gedacht, ein Jäger hat ihn erschossen oder er wäre entführt worden. Oder dass er von einem Auto … Aber zum Glück habe ich dich wieder.« Mühevoll hatte er sich zu ihm gekniet und ihm den Kopf getätschelt. »Nach einer Ewigkeit kam er wieder aus dem Wald gerannt.« Und nach einer Pause: »Du bist doch alles, was ich habe.« Dabei waren die Tränen unaufhaltsam über seine Wangen gelaufen. Doch diesmal wischte er sie nicht weg.

Da war ich es, dem es unangenehm war. Erst recht, als er von Manfred aufsah und sich an mich wandte: »Ich kann ihn doch nicht auch noch verlieren. Das würde ich nicht überstehen.«

Welch Ironie, dass Manfred nur wenige Monate später nach jener Begegnung ums Leben kommen sollte.

Cecilia, eine Nachbarin von uns, war an jenem Tag mit ihrer Tochter Lara spazieren gegangen. Sie waren noch nicht weit gekommen und hatten den Wald gerade erst erreicht, als Cecilia Pepo am Wegesrand bemerkte. Sie erwischte ihn in einer prekären Situation und konnte es nicht fassen. War erschrocken. Schockiert und völlig entsetzt.

Als ich die Geschichte später hörte – sie beherrschte wochenlang das Dorfgespräch – musste ich fast schon schmunzeln, wäre das Ende nicht so traurig gewesen.

Ich kannte Cecilia gut genug, sodass ich mir bildlich vorstellen konnte, wie sie sich aufgebracht, mit ihrer übertrieben aufgesetzten, oft auch überhektischen Art als Helikoptermutter, Pepo zur Brust nahm.

Ihre Schilderung, die sie auch mir mitteilte: »Ich habe ihn geradezu angebrüllt. Von wegen Erregung öffentlichen Ärgernisses. Wir konnten sein Ding sehen. Meine Tochter hat sich richtig erschrocken! Einfach ekelhaft. Diese Zurschaustellung. Ich habe Lara gleich weggezogen. Da springt dieser Köter auf und reißt ihm die Leine aus der Hand. Ich dachte, der Kläffer kommt auf uns zugestürmt und fällt über uns her. Da dreht dieses Schwein sich auch noch direkt zu uns um. Hat sein tropfendes Ding noch immer in der Hand. ‚Manfred! Manfred!‘, rief er immerzu. Welcher normale Mensch nennt seinen Hund Manfred? Spinner! Ich sehe noch, wie der Köter den Weg runter zur Straße rennt. Die Leine hinter sich herziehend. Dann ist er hinter der Kurve verschwunden, und plötzlich dieser dumpfe Knall. Ich wusste gleich, dass da was Schlimmes passiert ist. Wir sind sofort hin. Vor allem weg von diesem perversen Schwein.«

Manfred war von dem Wagen erfasst worden, der just in dem Moment rückwärts aus der Einfahrt fuhr, als der Hund gerade die Wohnsiedlung erreicht hatte. Er war nicht sofort tot.

»Lara war die erste, die die Unfallstelle erreicht hat«, hatte Cecilia später nicht nur mir berichtet.

Nach ihrer Erzählung war es genau so abgelaufen:

»Ich habe ihn nicht gesehen«, beteuerte der Fahrer bestürzt, der unter Schock stand, nachdem er direkt aus dem Auto gestiegen war.

Er kniete bereits vor dem Hund, dessen rechtes Hinterbein seltsam nach hinten abgeknickt stand. Er wollte helfen. Irgendetwas tun. Traute sich jedoch nicht den Hund zu berühren. Das quälende Hecheln, die trüben Augen. Das Blut, das sich immer mehr im Ohr sammelte.

Der Anblick war nicht zu ertragen. Lara heulte hemmungslos und konnte den Blick doch nicht abwenden.

»Stirbt er, Papa?«, fragte das Mädchen.

Erst da bemerkte der Mann seine Tochter. Zog sie von der Unglücksstelle fern und nahm sie und seine Frau, die den Unfallort ebenfalls erreicht hatte, in die Arme.

Pepo brauchte einige Zeit länger, bis er den Weg zurückgelegt hatte. Als er Manfred sah, kniete er sich zu seinem Hund und hielt ihm den Kopf. Der West Highland Terrier leckte die Hand seines Herrchens.

Pepo redete die ganze Zeit auf seinen Hund ein. Rotz und Wasser liefen über sein Gesicht. Seine eine Hand

Manfreds Kopf tätschelnd, die andere auf dessen Brust. Das Hecheln wurde flacher. Doch dauerte es noch endlos lange Minuten, bis der Hund – und alle um ihn Herumstehenden – erlöst wurden.

Zwei Tage darauf waren alle vier Räder am Familienwagen zerstochen. Für Cecilia war klar: Das war Pepos Rache. Sie stellte ihn lautstark zur Rede und drohte mit der Polizei. Doch fehlten ihr die Beweise. Daher tat sie, was für sie das einzig Richtige war. So wusste schon bald ganz Berrenrath, dass Pepo nicht nur verrückt war, sondern auch ein gemeingefährlicher Pädophiler.

An diesem Tag passierte ich Pepo mit einem kurzen Nicken.

Das Hörbuch war so laut eingestellt, dass ich nicht mitbekam, wie er nach Manfred rief. Und doch wusste ich, dass er es tat. Er rief immer nach ihm. Auch nach all der Zeit, seit er seinen einzigen und treuen Wegbegleiter im Garten begraben hatte.

Noch immer drehte er täglich seine Runden und rief zwischendurch nach seinem geliebten Hund, als wäre dieser gerade ausgebüxt und hätte sich verlaufen. Vielleicht in dem Glauben, er würde nach einem Kaninchen jagen und gleich aus dem Gebüsch springen und zu seinem Herrchen eilen. Und alles wäre gut. Doch dem war nicht so. Nichts war gut.

Pepo hatte den doppelten Verlust nicht verkraftet. Vielleicht hatten Cecilia und all die anderen recht. Vielleicht war Pepo mittlerweile tatsächlich durchgedreht. Dass er nach seinem toten Hund rief, konnte auch ich mir nicht mehr schönreden und dachte an das Lied von Reinhard Mey. Selig sind die Verrückten.

Ich glaube nicht an Wunder und gleichzeitig passierte ich die Stelle, an dem ich dem Wunder nah gewesen war. Anders war es nicht zu erklären, dass dieser kleine Knirps, der in jenem Sommer Höllenqualen hatte aushalten müssen, als er für zwei Tage und zwei Nächte im Auto gefangen war, überlebt hatte.

Der kleine bewusstlose Kopf rot und heiß. Ebenso seine Arme, die ich kurz gegriffen und dann wieder losgelassen hatte, hatten geglüht.

Noch immer erinnerte ich mich an jede Kleinigkeit. Konnte es sehen. Riechen.

Das Erbrochene an seinem Mundwinkel klebend. Auf seinem Shirt. Dem Boden. Der bestialische Gestank von Erbrochenem, gemischt mit Kot und Urin.

Ich erinnerte mich, wie ich aus dem Auto in die Büsche fiel. Und mich selbst übergab. Wie ich versucht hatte zu helfen. Dann waren sie plötzlich da. So viele Menschen. Und alles ging ganz schnell.

Die Ärzte hielten sich zunächst bedeckt. Sie wollten keine falsche Hoffnung wecken. Man hörte Diagnosen wie Dehydration und Hyperthermiesyndrom. Im leeren Raum standen Begriffe wie Hirnödeme, Schädigung der inneren Organe, Zusammenbruch des Herz-Kreislaufsystems, Koma und Tod.

Letztlich war es ihnen gelungen, die Körpertemperatur unter 39 Grad zu bekommen. Den Kreislauf zu stabilisieren und eine ausreichende Flüssigkeitszufuhr über Infusion zu verabreichen.

Nach zwei Tagen war der Zustand des kleinen Jungen stabil und er war über den Berg.

Er hatte einen riesigen Schutzengel gehabt.

Die Tragödie schien die Familie Winter wieder zusammengerückt zu haben. Man sah die drei häufiger gemeinsam etwas unternehmen.

Jenny hätte mir nach ihrem abgebrochenen Wellness-Aufenthalt mit Eva nicht von den Differenzen erzählen müssen. Die waren unbestreitbar. Auch dass Rolf Eva angeblich betrogen hatte, hatte mich nur im ersten Moment überrascht.

Das alles schien der Vergangenheit anzugehören. Manchmal schweißt ein solcher Schicksalsschlag hoffnungslose Beziehungen wieder zusammen. Und die regelmäßigen Besuche beim Kinderpsychologen, um das Erlebte aufzuarbeiten, traten sie als Familie gemeinsam an.

Die Psychologin riet den Eltern, Toni so schnell wie möglich wieder in den Alltag zu integrieren. Gemeinsam mit den Therapiestunden beschleunigte sich der Genesungsprozess, und so ging Toni schon bald wieder in den Kindergarten, und auch Emma freute sich, dass ihr Freund oft zu Besuch kam.

Wenn man die beiden beim Spielen beobachtete, konnte man kaum glauben, dass dieser kleine Junge, der so locker und befreit lachte – wie jedes glückliche Kind – durch die körperliche und seelische Hölle gegangen war.

Dennoch fühlte ich mich unwohl bei dem Gedanken, als ich hörte, dass Toni bei uns übernachten sollte.

»Meinst du, das ist eine gute Idee? Was, wenn ihm etwas passiert?«, fragte ich.

»Was soll denn passieren? Eva meint, das sei kein Problem. Außerdem können wir die beiden jederzeit erreichen. Und ich glaube, es ist für alle gut, wenn Eva und

Rolf mal etwas Zeit für sich haben. Die letzten Wochen waren extrem hart. Ich habe das Gefühl, dass sie sich wieder annähern. Das wäre doch schön. Vor allem für Toni.«

So standen Rolf und Toni wenig später samt Reisetasche und Bettwäsche bei uns vor der Tür.

2

Als Rolf wieder heimkehrte, war es im ganzen Haus stockdunkel. Zunächst dachte er, Eva sei unterwegs. Vielleicht im Kino oder in ihrer Lieblingsbar. Dann hörte er Geräusche aus dem Badezimmer.

Er setzte sich auf die Couch, lehnte sich zurück und schaltete den Fernseher ein. Zappte durch die unzähligen Programme und blieb letztlich doch bei seinem heißgeliebten Fußball hängen.

Zwar spielte sein EffZeh erst am nächsten Tag gegen die Bayern und hatte vermutlich keine Schnitte. Doch hier lief die Wiederholung vom letzten Wochenende, gegen die lahmen Fohlen vom Bökelberg. Natürlich hatte er das Spiel live gesehen. Doch den Sieg über den Erzrivalen vom Niederrhein konnte man sich auch ein zweites Mal reinziehen.

Rolf überlegte kurz sich ein Bier aus dem Kühlschrank zu holen. Dann sah er auf die Zeit am oberen Bildschirmrand. In zwei Minuten würde das erste Tor des Spiels fallen. Solange konnte er noch warten.

»Rolf?«, drang es zu ihm.

»Hm«, antwortete er teilnahmslos und fixierte weiter die Mattscheibe.

Horn auf Heintz. Der über Hektor. Seitenwechsel auf Risse. Der zieht durch. Dribbelt in den Strafraum. Legt ab auf ...

»Rolf!«

»Was?«, fragte dieser genervt und jubelte »JA!«, als der Ball im Netz einschlug.

Eva schwieg, dass er sie fast vergessen hätte, als er dann doch vom Bildschirm aufsah und es ihm fast den Atem verschlug.

Sie stand vor ihm, im Türrahmen zum Badezimmer. Das Licht hinter ihr warf leichte Schatten in den ansonsten noch immer stockdunklen Raum. Hell genug, dass Rolf es zwar nicht glauben konnte, und doch sah. Eva war splitterfasernackt.

Rolf betrachtete sie eingehend. Von oben bis unten. Sah nur ihre Konturen. Das lange Haar, wie es auf ihre Schultern fiel. Ihre Brüste, nicht allzu groß, doch wohlgeformt. Sah tiefer und hielt seinen Blick in der Mitte.

Da hob Eva lasziv ihr Bein und kreuzte es über das andere. Bedeckte nur leicht ihre Scham.

Rolf spürte die Ursache seiner ausgebeulten Hose und drückte die Fernbedienung festumklammert in seiner großen Hand.

Endloses Schweigen.

Dann die erlösenden einladenden Worte.

»Kommst du?«, hauchte sie zu ihm hinüber und verschwand, ohne zu warten, im Schlafzimmer.

3

Durch die offene Kinderzimmertür hörte ich, wie Jenny den Kindern zwei Gutenachtgeschichten vorlas. Ich stellte mir Emma vor, wie sie sich wie gewohnt in ihre Decke einkuschelte, während Toni sicher unter das Hochbett kroch und es sich dort auf der Matratze gemütlich machte.

»Welche CD wollt ihr hören?«, fragte Jenny.

Und wie aus der Pistole geschossen drang der Kinderruf der beiden bis zu mir ins Wohnzimmer: »Bibi und Tina.«

Ich hörte noch die ersten Takte der Titelmusik und dann die Schritte auf der Treppe.

»Ich lasse im Flur noch Licht an«, rief Jenny nach oben und kam zu mir aufs Sofa.

»Was Rolf und Eva jetzt wohl machen?«, fragte sie grinsend.

»Ich kann es mir denken. Rolf hockt vorm Fernseher und ...«

»Das glaube ich nicht«, unterbrach sie mich. »Ist dir nicht aufgefallen, dass die zwei sich wieder besser verstehen?«

»Schon. Doch nach all dem, was du mir erzählt hast ...«

»Ich weiß schon. Nur sieh dir die drei doch an. Rolf ist noch nie so liebevoll mit Toni umgegangen, und auch Eva gegenüber wirkt er viel aufgeschlossener. So schlimm es auch war. Das mit Toni scheint sie einander nähergebracht zu haben. Ich freue mich jedenfalls sehr für sie und wer weiß, was heute Nacht noch so passiert.«

Jenny beugte sich zu mir rüber und hauchte mir ihren Kuss in die Seele. Ich erwiderte ihre Leidenschaft und fasste sie zärtlich an die Hüfte. Wir verloren uns. Ich packte fester zu und zog sie auf mich. Mit der einen Hand noch immer auf ihrer Hüfte fuhr ich mit der anderen durch ihre Haare. Entlang des Halses glitten meine Finger über ihre Schulter. Tiefer. Ich spürte, wie Jenny vor Erregung zusammenzuckte. Doch ich hielt mich zurück. So lange ich konnte, weil ich wusste, es machte sie wahnsinnig. Dann griff ich zu und packte mit beiden Händen nach ihren prallen Brüsten. Drückte fest zu und Jenny stöhnte auf. Das war der Moment, wo es für mich kein Zurück mehr gab, und ich öffnete ihre Bluse und versank in völliger Ekstase.

4

Was war das denn?, fragte sich Rolf, als er wieder zu Verstand gekommen war.

Beseelt und erleichtert lag er im Bett. Nur mit Shirt und Socken bekleidet. Und er konnte sein Glück noch immer nicht fassen.

Er war ihr gefolgt, und als er das Schlafzimmer betreten hatte, hatte Eva am Fenster gestanden und ihm den Rücken zugekehrt.

Die leichte Brise war durch das offene Fenster gedrungen und hatte mit dem Vorhang gespielt, der sich um Evas Hüfte hüllte. Mit ihrem nackten Körper spielte. Rolf war an sie herangetreten. Er hatte nach ihren zarten Brüsten gegriffen, darauf wartend, dass sie ihn abwehrte.

Doch sie hatte sich ihm nicht verweigert. Im Gegenteil. Sie hatte sich zurückgelehnt, darauf wartend, dass Rolf seinen Unterleib an ihren Po presste. Seinen erigierten Penis ganz fest an sie gedrückt, dass er dessen glühende Hitze spürte, war er mit seiner Hand tiefer gewandert, bis kurz vor das Ziel. Da hatte Eva sich umgedreht und ihn aufs Bett geschoben.

Noch bevor Rolf sich hatte aufrichten können, hatte sie bereits auf ihm gesessen. Die Beine breit gespreizt und ihn in die Matratze drückend. Sie hatte ihm die Hose geöffnet und erst diese, dann seine Shorts runtergezogen und schließlich ihre geöffneten Lippen über seiner Erregung schweben lassen, bevor ihr Mund in seinem Schoß versank.

Nun war Eva im Bad. Sie war direkt danach verschwunden und Rolf war noch immer ganz benommen. Sein Atem und Puls kamen nur langsam zur Ruhe. Keine Minute hatte es gedauert. Doch der energischen Explosion hatte es nicht geschadet.

WAHNSINN, spürte er noch zuckend nach und bekam sein Dauergrinsen nicht aus dem Gesicht.

Eva hatte indes die Dusche aufgedreht. Sollte sie sich ruhig Zeit lassen. Er war fertig. Völlig fertig.

Er drehte sich auf die Seite und schlief direkt ein.

5

Der September verflog. Der Oktober brach herein und die Tage wurden kälter. Nebeliger und stürmisch. Die Wochenenden verbrachten wir viel in der Natur. Mit Gummistiefeln ging es in den Wald und wir wirbelten das bunte Laub mit den Füßen auf. Wir sammelten Kastanien und Eicheln und bastelten zu Hause die tollsten Figuren bei einer heißen Schokolade.

Wir fuhren zum Botanischen Garten und ließen, wie einige andere, auf dem Hügel Drachen steigen.

Zu Hause machten wir den Garten winterfest.

Während ich ein letztes Mal den Rasen mähte, schnitt Jenny die Sträucher zurück. Emma wirbelte um uns herum, als ich von weitem die Stimme hörte.

»Laah-rah.«

Jenny und ich suchten Blickkontakt und dachten im selben Moment: *Nicht schon wieder.*

»Laraaa!« Die Stimme wurde lauter.

»Das kann doch nicht sein«, sagte ich.

»Psst!«, mahnte mich Jenny und flüsterte »Nicht dass sie dich hört.«

Schon stand Cecilia am Gartentor.

»Habt ihr Lara gesehen?«

»Hi Cecilia.« Jenny kam hinter dem Bambus hervor. »Bei uns ist sie heute nicht.«

»Sie hat ihren Haustürschlüssel vergessen und ich habe gleich einen Termin. Das Kind treibt mich noch in den Wahnsinn.«

Lara.

Ich hatte schon längst den Überblick verloren, wie oft ihre Mutter bei uns auf der Matte gestanden oder angerufen hatte, weil sie ihre Tochter suchte. Das erste Mal war vor knapp vier Jahren. Kurz nachdem Frank, ihr Vater, bei einem Verkehrsunfall ums Leben gekommen war.

Es war auf dem Weg zur Arbeit. Wie jeden Morgen, wenn das Wetter irgendwie passte, ließ er den Wagen stehen und nahm das Fahrrad. Der LKW-Fahrer hatte ihn nicht gesehen, als dieser abbiegen wollte. Frank starb noch am Unfallort.

Ein tragischer Tod eines jungen Mannes, der eine Frau und seine zwölfjährige Tochter zurückließ. Und ein makabrer Scherz, dass dieser Mann, der knapp ein Jahr zuvor einen Hund überfahren hatte, auf dieselbe Art ums Leben kam.

An jenem Tag, als ihre Mutter sie zum ersten Mal suchte, war Lara bei uns. Es war knapp zwei Wochen nach dem Unfall. Ich hatte im Gartenstuhl gesessen und gelesen. Die Sonne schien mir ins Gesicht und als ich den Blick vom Buch löste, sah ich sie.

»Was liest du da?«, hatte sie gefragt und trat auf mich zu.

Noch ehe ich antworten konnte, nahm sie mir das Buch aus der Hand. Achtete dabei penibel darauf, die Seite mit dem Finger zu markieren, während sie das Buch vorsichtig betrachtete.

»*Ernest Hemingway*«, las sie vor. »*Wem die Stunde schlägt.*«

Ich wartete. Dachte, sie würde sich eventuell nach dem Schriftsteller erkundigen. Vielleicht aus Höflichkeit wissen wollen, wie das Buch ist und worum es geht.

Doch das tat sie nicht. Sie hielt das Buch einfach nur fest in ihren Händen. Drehte es. Sah sich kurz die Rückseite an. Dann reichte sie es mir zurück und überraschte mich mit dem, was sie sagte.

»Das Buch fand ich nicht so gut. Zuletzt habe ich *Der alte Mann und das Meer* gelesen. Kennst du das?«

Ich nickte stumm.

»Das habe ich früher schon mal gelesen«, fuhr sie fort, »und fand es scheußlich.«

Unwillkürlich hatte ich schmunzeln müssen. Doch sie machte sich nichts draus und sprach einfach weiter.

»Kennst du das Buch?«

Wieder nickte ich nur. Zum einen, da ich noch immer völlig perplex war. Zum anderen wollte ich ihren Redefluss nicht unterbrechen.

Da stand dieses zwölfjährige Mädchen vor mir und erzählte mir von *früher* und hielt mir einen Vortrag über *Hemingway* und beendete ihre Ausführung mit »Großartig, oder? Die Geschichte über das Verlieren, das Gewinnen und das niemals aufgeben. Gut, dass ich es mir nochmal vorgenommen habe. Ich schätze, jedes Buch hat wohl seine Zeit.«

Dann zog sie einen Stuhl heran und setzte sich neben mich.

So saßen wir lange Zeit einfach nur schweigend da. Sie, die Augen geschlossen, die Sonne einfangend. Ich, mich ständig fragend: *Was passiert hier gerade?*

In jenem Sommer besuchte sie mich öfter und wir unterhielten uns immer wieder über Bücher. Dabei überraschte sie mich stets aufs Neue, was sie alles schon gelesen hatte.

Und wenn ich ihr so zuhörte, erwischte ich mich immer wieder bei dem Gedanken: *Sie ist zwölf.* Und fragte mich: *Wer ist dieses Mädchen?*

Durch sie erinnerte ich mich an meine Jugend zurück, wie ich zunächst *Bukowski* verschlungen hatte. Später *Kerouac, Fante,* ... und genoss unsere gemeinsamen Bücherstunden.

Mit den Jahren wurden ihre Besuche seltener. Aus dem Mädchen war eine junge Frau von siebzehn Jahren geworden. Und ihre Ansichten waren reifer geworden. Ihre Gedanken philosophischer.

»Zuletzt«, hatte sie vor einigen Wochen noch gesagt, »habe ich *Freud* begonnen. Doch so ganz verstehe ich ihn noch nicht. Du weißt schon ...«

»Ich weiß«, hatte ich gesagt. »Jedes Buch hat seine Zeit.«

Dann hatten wir beide gelacht.

Damals hatte Jenny unseren ersten, spontan ins Leben gerufenen Buchclub damit beendet, indem sie zu uns auf die Terrasse kam, um zu fragen, wann Lara denn nach Hause müsse. Ich selbst hatte jegliches Zeitgefühl komplett verloren und war verwundert, als ich auf die Uhr gesehen hatte.

Als Jenny bei Cecilia anrief, um sich zu erkundigen, ob Lara noch mit uns zu Abend essen dürfe, fiel ihrer Mutter zunächst ein Stein vom Herzen. »Man hatte es richtig plumpsen gehört«, hatte Jenny mir später berichtet, als Lara wieder zu Hause war. Wie sich herausstellte, hatte Cecilia den ganzen Nachmittag über ihre Tochter gesucht und sich riesige Sorgen gemacht.

»Ich habe bereits alles abtelefoniert und überall geklingelt«, sagte Cecilia. »Ihr wart meine letzte Hoffnung. Ans Handy geht sie auch nicht.«

»Beruhige dich erst einmal.« Jenny öffnete das Gartentor.

»Ich weiß einfach nicht, wo ich noch suchen soll.« Tränen zogen über Cecilias Gesicht. »Ich weiß nicht, was ich mit dem Kind noch machen soll.«

»Naja«, sagte Jenny. »Ein Kind ist sie ja nun nicht mehr.«

»Du musst dir absolut keine Sorgen machen«, sagte ich und beide Frauen sahen mich fragend an.

Womöglich war es die Sicherheit in meiner Stimme. Vielleicht hatte mich auch der überzeugte Blick verraten.

»Weißt du etwas?«, fragte mich Jenny.

»Bitte«, sagte Cecilia. »Wenn du weißt, wo meine Tochter ist, musst du mir das sagen.«

Cecilias Sorgen um ihr Kind – egal in welchem Alter – konnte ich nur zu gut verstehen. Allein die Ungewissheit um Toni hatten einiges in mir verändert.

War ich bis zu Tonis Verschwinden immer tiefenentspannt, lag ich nun manche Nacht wach im Bett und fragte mich, wie ich mit der Situation umgegangen wäre. Was, wenn Emma ... ich traute mich nicht, den Gedanken weiter zu verfolgen.

»Ich habe Lara versprochen, ihr Geheimnis nicht zu verraten.«

»Bitte Roman. Es geht um mein Kind.«

»Es ist nur eine Ahnung. Ich weiß von ihr, dass sie sich manchmal in den Wald zurückzieht«, sagte ich und erinnerte mich daran, wie Lara mir seinerzeit den Weg beschrieben hatte.

Kurz vorm See gibt es eine Stelle. Dort schlage ich mich durchs Gebüsch. Etwas tiefer im Wald ist eine kleine Ebene. Dicht vom Moos bewachsen.

»Sie hat einen Lieblingsort«, wahrte ich ihr Geheimnis. »Dorthin zieht sie sich manchmal zum Lesen zurück. Ich weiß in etwa, wo die Stelle ist.«

Cecilia seufzte erleichtert auf. »Sie war früher schon anders. Seit dem Tod ihres Vaters igelt sie sich immer mehr ein. Bis heute, nach all den Jahren. Je älter sie wird, desto weniger komme ich noch an sie ran. Frank hatte immer einen Draht zu ihr. Ich habe damals schon gesagt, das ist nicht gut. Sie hat schon immer ihre Nase in all diese Bücher gesteckt. Sie liest und liest all dieses verrückte Zeug, das doch eh keiner versteht. Ich bin in ihrem Alter in die Tanzschule gegangen. Habe mich mit Freundinnen getroffen.«

»Du weißt doch, wie das mit Kindern ist«, versuchte Jenny sie zu beruhigen. »Das ist nur eine Phase.«

»Sie war nie ein leichtes Kind. Schon mit zwei Jahren hatte sie ihren eigenen Kopf. Ich weiß noch, wie oft ich mit ihr im Kinderzimmer stand und wir diskutierten, was sie zum Kindergarten anzieht. Es war ein stetiger Kampf. Und dann kam Frank rein. Sagte nur ein paar ruhige Worte und schon hörte sie. Vater und Tochter. Ein Herz und eine Seele. *Mein Papa versteht mich*, hat sie immer gesagt. Papa hier, Papi da. Lara und ich haben uns nur angezickt. Und auch wenn Frank mir manchmal bei der Erziehung in den Rücken gefallen ist und ihr viel zu viel hat durchgehen lassen. Er hat es immer geschafft, uns beide an einen Tisch zu bekommen, dass wir uns wieder vertrugen. Damals haben wir uns in den Arm genommen. Seit Franks Tod ...« Ihre Stimme brach ab. »Lara hat mich seither nie mehr umarmt. Sie lässt mich ja nicht mal mehr an sich ran. Sie haut immer wieder ab und verschwindet den ganzen Tag, und ich weiß nie, wo sie ist. Ob es ihr gut geht. Verdammt! Ich weiß doch auch, dass es für sie nicht leicht ist und sie den Tod ihres Vaters bis heute nicht verkraftet hat. Ich möchte ihr doch helfen. Ja, ich war die erste Zeit nach dem Unfall sicher nicht so für sie da, wie sich mich gebraucht hätte. Aber für mich war es doch auch schwierig. Durfte ich denn nicht trauern? Und zu alldem musste ich mich doch um alles kümmern. Die Beerdigung. Dann die Finanzen. Das Haus. Die Abzahlung. Steuern. Das alles hat doch Frank immer für uns erledigt. Ich hatte doch von nichts eine Ahnung. Ich bin doch auch nur ein Mensch.«

Jenny fing Cecilia auf. Hielt sie fest in ihren Armen. Ein weiteres Mal bewunderte ich meine Frau für ihre Stärke. Mir war die ganze Situation extrem unangenehm und ich wollte einfach nur fliehen.

»Vor dem Abendbrot wollte ich eh noch eine Runde joggen gehen«, sagte ich. »Ich suche Lara und schick sie nach Hause.«

Ich passierte den Spielplatz. Sah über die Hecke in Rolfs und Evas Garten.

»Hey Rolf«, rief ich.

Rolf zuckte zusammen und stellte das Golfbag ab.

»Entschuldige. Ich wollte dich nicht erschrecken.«

»Schon okay«, sagte er. »War nur kurz in Gedanken.«

»Wie war das Spiel?«

Er sah mich fragend an und ich deutete auf die Golfschläger.

»Ah, nein. Ich war nur auf der Driving Range. Wir haben am Wochenende ein Turnier von der Ärztekammer

und ich hatte lange keinen Schläger mehr in der Hand.«
Rolf pustete aus.

»War wohl anstrengend, hm?«

»Ich habe lange nicht mehr gespielt und es heute wohl etwas übertrieben. Morgen habe ich vermutlich einen ordentlichen Muskelkater.«

»Mucki-Mietzen«, zwinkerte ich und dachte: *Mensch, das ist Golf. Nicht mehr.*

»Hast du mal gespielt?«, fragte er und ich ahnte, er hatte meinen Unterton bemerkt.

»Ich? Nein«, antwortete ich und wollte hinterherschieben: *Noch habe ich Sex.* Und behielt es doch für mich.

»Ungewohnte Bewegungen«, sagte Rolf nur und wollte sich gerade abwenden.

»Sag mal. Hast du Lara gesehen?«

Überrascht sah er mich an. Dann wiederholte er: »Lara?«, als hätte er den Namen zum ersten Mal gehört. Er senkte seinen Blick und sagte: »Nein. Ich hab sie schon lange nicht mehr gesehen. Was ist denn mir ihr?«

»Ach, sie ist mal wieder ausgebüxt und Cecilia macht sich Sorgen. Wenn du sie siehst, schick sie doch bitte nach Hause.«

»Klar. Mache ich.«

»Sonst alles gut bei euch?«, fragte ich.

»Alles okay.«

»Super. Schöne Grüße an deine beiden. Ich werde dann mal weiter.«

Rolf nickte mir zu. Drehte sich um und ging durch die Terrassentür ins Haus. Ich lief an der Wiesenfläche vorbei, wo zwei Bäume parallel zueinanderstanden wie ein Tor, weshalb die Kinder dort gerne Fußball spielten.

Ich rannte weiter den abfallenden Weg hinunter, wobei ich schnell Fahrt aufnahm und nicht mehr bremsen konnte. In dem Moment, als ich an einem hohen Strauch um die Ecke bog, wäre ich beinahe aus der Kurve geflogen. Und wenn Pepo nicht zur selben Zeit dort aufgetaucht wäre, hätte ich mich im Geäst wiedergefunden. So rannte ich frontal in ihn rein und wir beide gingen zu Boden.

»Entschuldigung«, sagte ich und stand schon wieder.

Ich reichte dem noch immer am Boden Liegenden meine Hand. Doch Pepo machte keine Anstalten, sie zu greifen. Es schien, als nähme er sie nicht einmal wahr.

»Ist alles in Ordnung?«, fragte ich, doch noch immer keine Reaktion.

Erst jetzt bemerkte ich, wie Pepo am ganzen Körper zitterte. Ich griff nach seinem Arm und wollte ihn hochziehen. Da schlug er völlig überraschend meine Hand weg und kam mit einem schnellen Satz, den ich ihm nicht zugetraut hatte, von allein auf die Beine. Und noch bevor ich mich versah, lief er aufgeregt an mir vorbei und ließ mich einfach stehen.

Ich überlegte noch ihm zu folgen. Mich zu vergewissern, dass mit ihm alles okay war. Da bog er bereits um die Ecke und war verschwunden.

Ich dachte an Lara und führte meinen Weg fort.

Doch ich kam nicht weit.

Keine zwanzig Meter weiter hielt ich inne, und ich werde – das war mir schon in der Sekunde klar, als ich es sah – die Bilder nie wieder vergessen.

Ich hatte Lara gefunden.

Sie lag dort, ganz friedlich, als würde sie schlafen.

Ihr natürliches kastanienfarbiges Haar mit rotbraunen Strähnen vermischte sich mit den bunten Blättern unter ihr, auf denen ihr Kopf sich gebettet hatte. Die blasse Haut elfenbeingleich wie ein Engel. Die Augen geöffnet, als sähen sie hoch gen Himmel. Die Wolken über ihr beobachtend, wie diese die schönsten Phantasiebilder formten.

Doch Lara sah nicht den klaren Herbsthimmel über ihr und all die Schönheit der Natur um sich herum. Sie lag einfach nur da.

Die geöffnete Strickjacke. Ihre Bluse aufgerissen. Der BH nach oben gezogen. Ihre kleinen, zierlichen Brüste freigelegt. Der Rock nach oben geschoben. Die Strumpfhose nach unten, ebenso wie ihr Slip. Voller Blut, das aus ihrer Scheide geflossen war und dort bereits angefangen hatte zu trocknen.

6

Die Kripo hatte den Tatort großräumig abgesperrt. Schnell hatte sich im Dorf der Tod von Lara Meyer herumgesprochen. Sämtliche Nachbarn standen an der Absperrung und es wurde begonnen zu spekulieren. Erste Gerüchte machten die Runde.

Direkt vor Ort wurden die ersten DNA-Spuren gesichert. Da die Leichenstarre bereits stark eingesetzt hatte, ließ sich der Mund nicht mehr weit genug öffnen, um an die Wangentaschen zu gelangen. So wurden Spuren um den Mund herum und im Mundvorraum genommen. Ebenso an den Oberschenkelinnenseiten, dem Schamhügel, zwischen den großen und kleinen Schamlippen, im Eingangsbereich und im hinteren Scheidengewölbe.

Es gab keine Bissverletzungen an den Brüsten, was eher ungewöhnlich war. Hingegen waren die Gewaltspuren am Hals unübersehbar.

Sie brachten den Leichnam zum Institut.

Der Pathologe Dr. med. Paul Jahn griff gekonnt die Pinzette und wendete das Oberlid. Rollte es zweifach auf. Betrachtete Bindehaut, Iris, Pupille. Sprach dann in sein Diktiergerät: »Massive Stauungsblutungen, Petechien im Bereich der Innenseite der Augenlider. Hyposphagma mit kissenartiger Unterblutung der Bindehaut auf dem Augenweiß.«

Weiter inspizierte er den Mundraum.

»Ebenfalls Blutungen der Mundschleimhäute, insbesondere auf Höhe des Lippenbändchens sowie Blutungen der Hautregion hinter den Ohren. Bläuliche Auftreibung des Gesichts. Oberflächliche Hautabschürfungen, die postmortal honiggelb bis bräunlich vertrocknet sind.

Flächige Hauteinblutungen durch Würgemale am Hals. Hand- und fingerförmige Hautrötungen. Der Täter hat aller Voraussicht nach Handschuhe getragen.«

Jahn stoppte das Aufnahmegerät. Vermaß die Befunde am Hals. Dokumentierte die Hautunterblutungen per Foto mit angelegtem Maßstab. Bedrückte den Brustkorb und sprach weiter: »Keine Rippenfraktur. Hautunterblutungen an den Oberarmen. Insbesondere an den Innenseiten durch Festhalten und Fixieren des Opfers.«

Jahn hielt inne. In seiner zwanzigjährigen Dienstzeit hatte er viel gesehen. Doch schloss er die Augen und sammelte sich.

Ein so hübsches junges Mädchen, dachte er. *Wer ist zu so etwas fähig?*

Dann fuhr er fort: »Schleimhauteinrisse und Schürfungen im Scheideneingang. Introitus. Insbesondere nahe der hinteren Kommissur. 6 Uhr in Steinschnittlage Richtung After sowie zwischen den großen und kleinen Schamlippen. Kräftig unterblutet. Das Hymen weißt Verletzungen auf.«

7

Die Obduktion der inneren Organe führte der Facharzt der Rechtsmedizin, Dr. Andreas Grohn, durch. Der anwesende Assistenzarzt, Dr. Franz Schilling, stand ihm zur Seite. Im Beisein von KTU, Kripo und Staatsanwaltschaft.

Der erste Schnitt ging hinter den Ohren nach oben. Halbkreisförmig von einer Seite zur anderen. Mittels Spatel lösten sie die Kopfschwarte bis zu den Augenbrauenwülsten. Mit der Knochensäge trennte der Facharzt das Schädeldach und fluchte: »Die Absaugung funktioniert schon wieder nicht. Was soll das denn? Kann mal jemand dem Präparator Bescheid geben!«

Nachdem der Knochenstaub sich gelegt hatte, der prüfende Blick auf die harte Hirnhaut und die Hirnoberfläche.

»Ich entnehme jetzt Hinrnervenwasser«, sagte Grohn und griff im Anschluss nach dem Sektionsmesser mit dem gelben Griff und musste schmunzeln.

Wenn er im privaten Umfeld hiervon berichtete, stellten sich die meisten ein kleines, dezentes Skalpell vor. Er klärte sie dann gerne auf, sie sollten eher an ein grobes Schlachtermesser denken.

Konzentriert setzte er den Schnitt. Fuhr von Schulter zu Schulter und dann mittig unter Umfahrung des Bauchnabels bis zur Schambeinfuge. Trennte die Haut und das gelbe Unterhautfettgewebe der Muskulatur.

»Okay«, sagte er. »Weiter geht's. Drüsenkörper, Brüste von hinten eingeschnitten.«

Dann öffnete er die Bauchhöhle, um den Stand des Zwerchfells zu ermitteln. Steckte die freie Hand von bauchwärts unter den Rippenbogen und zählte von außen die Rippen.

»Niedriger Zwerchfellstand«, hielt er fest. »Lungenblähung nach Erstickung.«

Er griff nach einer Geflügelschere und entfernte das Brustbein durch Durchtrennen der Rippen und des Knorpels und umfuhr die Brustbein- und Schlüsselbeingelenke mit dem Messer. Dann hielt er die Lungen zur Seite und prüfte, ob sich Flüssigkeit in der Brusthöhle befand. Öffnete den Herzbeutel mittels Schere. Löste das Herz mit dem Messer.

»DNA-Abgleich«, sagte er, worauf der Assistenzarzt Schilling einen Tupfer in das Herzblut hielt.

»Relative Blutleere ist hergestellt, das bedeutet?«, fragte Grohn.

»Durch die Entnahme von Gehirn und Herz ist nun der Ablauf des Blutes im Hals geschaffen, was verhindert, dass es im Zuge der Präparation zu postmortalen Einblutungen und damit zu Verfälschungen des Befundes kommt«, antwortete Schilling und der Rechtsmediziner nickte stumm.

»Ich beginne nun mit der schichtweisen Ablösung der Haut vom Unterhautfettgewebe. Den Halsmuskeln dem anatomischen Verlauf folgend. Einschneiden der Halsgefäße in Längsrichtung.«

Er präparierte den Hals mit Skalpell, Pinzette und Schere und drückte erneut die Aufnahmetaste des Diktiergerätes: »Befund: Einblutungen des Unterhautfettgewebes und der Muskulatur korrespondieren mit den äußeren Würgemalen. Einblutungen auf unterschiedlichen Höhen weist auf mehrfaches Nachfassen des Täters hin. Es fehlen Frakturen von Zungenbein und Kehlkopf.«

Grohn drückte die Stopptaste und sagte mehr zu sich: »Das ist nicht ungewöhnlich, da der Knorpel noch elastisch und das Zungenbein noch nicht vollständig verknöchert ist.« Dann fragte er in den Raum hinein: »Wie alt war das Mädchen?«

»Siebzehn Jahre«, sagte der Kripobeamte.

»Die Kehlschleimhaut ist ödematös geschwollen«, ergänzte Grohn und führte die lange, schmale Klinge an die Innenseite des Unterkiefers heran und entnahm das gesamte Halspaket inklusive Luftröhre, wobei die Speiseröhre abgesetzt wurde und im Magen verblieb.

Weiter setzte er einen gekonnten flachen Schnitt an der Zungenspitze an, zog diesen bis hinten durch und klappte die Zunge auf.

»Einblutungen im Zungengrund auf Höhe des Gaumenbogens, des Pharynx und der Epiglottis.«

Wieder schmunzelte er.

Und zu Hause kann er nicht einmal ein Hähnchen filetieren, scherzte seine Frau oft.

Als würde er mit dem Messer Geige spielen, entnahm er durch Absetzen des Zwölffingerdarms bei gleichzeitigem Absetzen des Darmgekröses, weiter über Dickdarm bis hin zum Rektum den Darm aus dem Bauchraum.

Aufgrund des Sexualdeliktes wurde eine große Genitalsektion durchgeführt. Hierzu wurde das Schambein und das Sitzbein neben und unter der Schambeinfuge durchtrennt, um Vulva, Anus, Rektum, Vagina, Harnblase mit den inneren Geschlechtsorgangen als Ganzes zu entnehmen und genau präparieren zu können.

»Flohstichartige Blutungen auf dem Lungenfell. Die Lungen sind überbläht. Die Oberfläche weist Abdrücke der Rippen auf. Das Opfer stand unter Atemnot. Erschwerte Atmung mit Zunahme der Atemtätigkeit. Inspiratorische Dyspnoe. Gefolgt von Erstickungskrämpfen. Beschleunigter Puls. Bluthochdruck. Bewusstlosigkeit. Unwillkürlicher Abgang von Urin und Stuhl. Präterminale Atempause. Atemstillstand. Bewusstlosigkeit. Niedriger Blutdruck und anhaltend hohe Herzfrequenz. Anschließend terminale Apnoe mit Schnappatmung ohne effektive Atembewegungen von Atemluft. – Hier sieht es so aus, als sei der Täter in Panik geraten. Vermutlich dachte er, das Opfer würde wieder aufwachen. Dies führte seinerseits zu scharfer, stumpfer Gewalteinwirkung, um das Opfer *richtig* zu töten. Erwürgung und Erstickung hat zu hoher Wahrscheinlichkeit über einen sehr langen Zeitraum stattgefunden. Es deutet vieles darauf hin, dass zunächst versucht wurde, durch Bedeckung der Atemwege den Tod des Mädchens herzustellen. Das schien nicht so funktioniert zu haben, wie sich der Täter dies vorgestellt hat. Anschließend scheint er den Druck über die Halsgefäße ausgeübt zu haben. Hierbei hat er jedoch den Druck zu früh aufgehoben und mehrmals neu angesetzt. Ich gehe nicht davon aus, dass der Täter zu schwach war. Eher vermute ich, dass er nicht davon ausging, sein Opfer würde sich dermaßen wehren und unerwartete Kräfte im Todeskampf freisetzen. So ist er zunächst unbeherzt an die Sache herangegangen. Das schließt darauf, dass der Täter kein Serienmörder ist. Er wird zum ersten Mal gemordet haben. Wie auch immer. Letztlich folgte der endgültige Atemstillstand.«

Schilling entnahm weitere DNA-Abstriche.

»Schleimhauteinrisse, Schleimhauteinblutungen«, sagte Grohn und entfernte Nieren, Hohlvenen und Bauchschlagader.

Nachdem sämtliche Organe untersucht waren, legten sie sie zurück in Brust und Bauchhöhle, die Schilling mit Sattelgarn zunähte.

Es folgte die Präparation der Arme. Die Schnitte setzte Grohn beidseitig von der Schulterhöhe, durch die Ellenbeugen bis an die Handgelenke.

Da die KTU anwesend war, achtete er darauf, die Sehnen der großen Fingerbeugemuskeln am Unterarm beugeseitig zu durchtrennen, damit es die Techniker trotz Totenstarre leichter hatten, im Anschluss an die Sektion die Fingerabdrücke des Leichnams für Vergleichszwecke zu entnehmen.

»Okay. Drehen wir sie«, sagte er, und gemeinsam packten sie an und legten den Leichnam auf den Bauch.

»Kopfschwartenverletzungen am Hinterkopf, vermutlich durch Anschlagen auf einen festen Untergrund oder Gegenstand«, dokumentierte er. »Wiederlagerverletzungen am Rücken durch ein Pressen gegen einen harten Untergrund. Einblutungen in der Atemhilfsmuskulatur bei Erstickung. Äußerlich sichtbare Hautunterblutungen und Einblutungen in das Unterhautfettgewebe und die Muskulatur an den Oberschenkelinnenseiten als Spreizverletzungen.«

»Das heißt, er hat die Beine bei noch erhaltenem Blutkreislauf auseinandergedrückt«, sagte Schilling.

»Das bedeutet, das Schwein hat sie bei vollem Bewusstsein brutal vergewaltigt«, bewertete Grohn.

In Form eines weit geschwungenen S setzte er den Schnitt am Rücken.

8

Cecilias dauernde Angst und Sorge, ihre Tochter zu verlieren, hätte sie selbst in ihren düstersten Albträumen nicht auf diese Art vorgestellt.

Der Notarzt hatte ihr noch direkt ein Beruhigungsmittel gespritzt, während sie nun unter psychologischer Betreuung stand.

Währenddessen war der brutale, bestialische Mord an Lara Meyer das Gesprächsthema im Dorf.

9

Der Mann, der das tote Mädchen gefunden hatte, berichtete den Beamten, einen Herrn Peter Posch am Tatort gesehen zu haben. Während der Übermittlung der Daten zu dem Genannten stellte sich schnell heraus, dass jener Herr Posch bereits vor Jahren aktenkundig war, und das in Sachen der Ermordeten und deren Mutter.

Die Polizisten konfrontierten den nervös die Tür öffnenden Pepo mit dem Fund der Leiche.

Bereits mit wenigen Sätzen verstrickte sich der Befragte in derlei Widersprüche, dass sein gesponnenes Lügengerüst direkt zusammenfiel.

Nur wenig später saß Peter Posch in dem kahlen Raum auf dem Polizeipräsidium und wurde ins Kreuzverhör genommen.

»Ich war's nicht«, wiederholte der Befragte mit brüchiger Stimme. »Wie oft denn noch?«

»Die Ergebnisse der Gerichtsmedizin sind eindeutig. Sämtliche Fingerabdrücke stimmen mit den Ihren überein.«

»Ich wollte sehen, ob sie noch lebt«, rechtfertigte sich Posch.

»Ich weiß ja nicht, wie Sie überprüfen, ob jemand noch lebt. Ich würde den Hals bevorzugen. Wahlweise auch das Handgelenk. Da das Mädchen allerdings nackt vor ihnen lag, könnte ich ihnen beispielsweise noch die Kniekehle anbieten. Doch wieso – frage ich sie – fand man ihre Fingerabdrücke auch auf ihren Brüsten, an den Beinen, ... Soll ich weitermachen?«

Pepo wurde rot und schwieg.

»Ich sage Ihnen, was passiert ist. Sie haben das Mädchen abgefangen. In den Graben gezogen. Ihr die Klamotten vom Leib gerissen. Sie vergewaltigt und missbraucht. Und als Sie mit ihrem perversen Spiel fertig waren, haben Sie sie erwürgt.«

Pepo schüttelte hilflos den Kopf. Dann fragte er: »Warum?«

»Sie fragen nach dem Motiv?« Der Kommissar grinste breit. »Kannten Sie das Mädchen?«

Peter Posch zögerte. Überlegte. Schwieg.

Der Kommissar griff hinter sich und knallte eine Akte auf den Tisch.

Pepos Herz schlug immer stärker und Schweiß sammelte sich auf seiner Stirn.

»Die Mutter des Mädchens hat Sie vor sechs Jahren angezeigt.«

»Ich ...«

»Sie haben sich vor der Kleinen entblößt.«

»Das war ein Missverständnis. Ich musste so dringend pinkeln. Dabei hat sich mein Hund losgerissen und ...«

»... und kurz darauf waren sämtliche Reifen am Auto der Familie zerstochen.«

»Ich weiß«, stammelte Pepo, »dass das falsch war.«

»Fassen wir nochmal zusammen«, fuhr der Beamte unaufhaltsam fort. »Ihr Hund hatte sich an jenem Tag losgerissen und war über die Straße gerannt. Dort wurde er von einem Auto erfasst und überfahren. Der Fahrer des Wagens war der Vater des Mädchens. Nicht wahr?«

»Ja«, nuschelte Pepo.

»Ich habe Sie nicht verstanden«, spie der Kommissar.

»Ja.«

»Der Vater des Mädchens, das Sie ermordet haben. Und somit haben wir auch das Motiv.«

»Ich war's nicht.«

»Sie sind dem Jugendamt bekannt. Seit dem Tag stehen Sie unter Beobachtung und unter Verdacht der Pädophilie.«

»Das ist ihre Mutter, die diese Gerüchte über mich in die Welt gesetzt hat. Dieses Mistst...« Er hielt sie die Hand vor dem Mund.

»Ja, bitte, Herr Posch. Sprechen Sie doch weiter.«

Es folgte Stille.

»Geben Sie auf«, unterbrach der Kommissar das Schweigen. »Die Beweislast ist erdrückend. Sie haben sich auf die altmodischste aller Arten gerächt. Auge um Auge.«

Das ganze Dorf war erstarrt. Was in Berrenrath geschehen war, trug sich wie ein Lauffeuer durch ganz Hürth.

Schon das kurzfristige Verschwinden des kleinen Jungen im Sommer hatte für viel Aufsehen gesorgt. Doch mit dem Mord an der siebzehnjährigen Lara Meyer überschlug sich die Presse, und die Menschen taten ihr Möglichstes, die Gerüchte weiter anzuheizen.

Warum hat das Jugendamt wieder einmal versagt?, fragte man sich.

Alle wussten um die Gerüchte um Peter Posch, der nur als Pepo bekannt war und als ,Der Spinner' bezeichnet wurde. Ein Eigenbrötler, der Tag um Tag durch die Gegend streifte und mit seinem verstorbenen Hund sprach. Ein Wahnsinniger, der es auf Kinder abgesehen hatte. Sie auf dem Spielplatz beobachtete. In die Gärten spähte.

Sie alle waren sich einig. Viel früher hätte man ihn wegsperren und nie wieder aus der Irrenanstalt lassen sollen.

Jetzt war passiert, was alle längst vorhergesehen hatten. Die arme Lara. So ein liebes Kind, das es nicht leicht im Leben gehabt hatte. Der Vater gestorben. Eine Mutter, die sich nicht um ihre Tochter kümmerte. So hatten sie das Mädchen Tag für Tag ganz allein durch die Gegend ziehen sehen, während zu Hause bei ihrer Mutter die Männer ein- und ausgingen.

Hinter vorgehaltener Hand wurde getuschelt, dass Cecilia von der Hinterbliebenenrente ihres Mannes nicht leben und allein davon das Reihenhaus nicht halten konnte. Es schien klar, wie sie ihr Geld verdiente.

»Geschieht ihr ganz recht«, hieß es bereits nach kurzer Zeit nach dem Ableben ihrer Tochter.

Cecilia hatte sich mit nahezu allen angelegt. Nicht einmal aus Bosheit. Es war schon immer ihre Art gewesen, Dinge anzusprechen, die ihr nicht passten.

Wenn jemand falsch parkte, rief sie gleich das Ordnungsamt. Wusch man in der Einfahrt seinen Wagen, raunzte sie rum. War die Mittagsruhe noch nicht ganz vorbei und der Rasenmäher sprang zwei Minuten zu früh an, stellte sie den Nachbarn zur Rede. Fuhr man rückwärts in seinen Carport, brüllte sie, die Abgase kommen in ihren Garten und sie ordnete an, gefälligst vorwärts zu parken.

Cecilia hatte sich mit ihrer Art nicht viele Freunde gemacht und bekam nun hinter ihrem Rücken die Quittung.

So waren die Menschen. Auch nach dem Tod eines jungen, unschuldigen Mädchens.

II

»Wie geht's?«, fragte ich über den Gartenzaun.

»Ach, hi«, bemerkte mich Torben, unser Dorf-Sheriff. »Und bei euch?«

»Soweit okay. Unglaublich, was passiert ist.«

Torben nickte.

»Ich meine, ich wusste zwar, dass Pepo nicht ganz klar ist. Das wussten wir alle. Doch dass so etwas ...« Mir fehlten die Worte.

»Die haben die Ergebnisse der Obduktion«, sagte Torben und sah mich ernst an. »Die Sperma-Spuren stimmen nicht mit denen von Peter Posch überein.«

Mir wurde heiß und kalt zugleich.

»Was bedeutet das?«, fragte ich.

12

Pepo war frei.

Zumindest aus Sicht des Gesetzes. Dies galt jedoch nicht für das Dorf. Sie brauchten einen Schuldigen und hatten ihn als Täter ausgemacht.

Die ersten Begegnungen liefen zurückhaltender. Doch schnell sank die Schamgrenze und Pepo wurde mit wüstesten Beschimpfungen übersäht. Sahen sie ihn auf der Straße oder beim Einkaufen, rempelten sie ihn an. Man bewarf ihn mit Dreck und Steinen.

Schon bald wagte Peter Posch sich nicht mehr auf die Straße. Doch sie ließen ihm keine Ruhe. Nachts fuhren sie zu seinem Haus. Klingelten ihn aus dem Bett. Warfen die Fensterscheiben ein und besprühten sein Haus mit *MÖRDER!* und *KINDERSCHÄNDER!* Sie tyrannisierten ihn nächtelang.

Es war der Nachbarsjunge, der ihn an jenem Nachmittag fand. Da Pepo das Haus nicht mehr verließ, hatte er den Jungen bezahlt, für ihn die nötigsten Besorgungen zu erledigen.

Als dieser mit der Einkaufstüte vor der Tür stand und auf sein Klingeln keine Reaktion kam, drückte er die Türklinke.

Später gab er zu Protokoll, das Haus sei nicht abgeschlossen gewesen. Also war er eingetreten und im Türrahmen stehengeblieben. Dort hatte er nach Pepo gerufen. Und als dieser nicht geantwortet hatte, wollte der Junge die Tasche im Flur abstellen und wieder gehen.

Doch er hatte auch Wurst und Käse eingekauft und dachte, es wäre besser, sie in den Kühlschrank zu stellen. Also war er in die Küche gegangen und hatte den Einkauf ausgepackt.

Als er wenig später das Haus wieder verlassen wollte, meinte er etwas gehört zu haben. Er ging durch den Flur und als er im Wohnzimmer ankam, sah er es.

Schreiend hatte er daraufhin das Haus verlassen und war um sein Leben gerannt.

Die Polizisten hatten den alten Mann wenig später von dem Strick befreit.

Peter Posch, den alle als Pepo kannten und als pädophilen Kinderschänder verurteilt hatten, hatte sich in seinem Wohnzimmer erhängt.

Viele waren geschockt und schämten sich im Nachhinein, wie sie die letzten Wochen mit ihm umgegangen waren. Fragten sich, ob sie eine Teilschuld traf.

Einige empfanden Genugtuung und fühlten Gerechtigkeit.

Alle vergaßen schnell und waren sich einig, dass der Spuk damit vorbei war.

Wenige Tage nach seinem Freitod wurde Peter Posch beerdigt. Niemand kam zu seiner Beerdigung.

13

Auch ich nicht.

Ich fühlte mich mitschuldig. Erst durch mich war die Polizei auf Pepo aufmerksam geworden. Meine voreiligen Schlüsse hatten sie auf ihn gehetzt. *Und doch war es meine Pflicht gewesen*, meinte ich. *Oder nicht?* Ich hatte die Polizei doch nur informiert, dass ich ihn am Tatort gesehen hatte.

Hätte es etwas geändert, wenn ich geschwiegen hätte?, fragte ich mich.

Wie auch immer die Antwort ausfiel. Es ließ mich nicht los und der Whisky milderte meine Schuldgefühle.

Zur Beerdigung von Lara war das ganze Dorf auf den Beinen. Entlang der Birkenallee ging ich mit Jenny. Wir hielten einander die Hand. Wobei sie es besser gesagt war, die meine Hand hielt.

Ein Ort der Stille. Der Ruhe.

Die letzten Sonnenstrahlen hatten sich für diesen Tag aufgehoben. Ein letzter Abschiedsgruß an das kleine, zarte Wesen.

Die Glocken läuteten eindringlich, als wir durch das offenstehende Tor traten, das nichts Einladendes hatte. Hinter uns die kleine weiße Kapelle. Vor uns der Trauerzug. Der Priester. Die Sargträger. Dahinter Cecilia – ganz allein. Alle Köpfe gesenkt.

Kraftlos schlurfte ich – wie ich es als Kind geliebt hatte – durch die bunten Blätter. Rötlich-schimmernd, wie Laras

Haar, das sich an jenem Tag, an dem ich sie fand, mit dem Herbstlaub vermischt hatte.

Alles hatte von jenem Tag an seine Magie verloren.

Vorbei an Kriegsgräbern. Den schmalen Weg hinauf. Links und rechts gesäumt von Gräbern. Alles grau, schwarz. Marmorplatten. Ewiges Licht. Rosen. Engelsfiguren. Madonna. Verwilderte Gräber. Pflanzenreiche, prunkvolle Grabstätten mit bunt-beladenem Blumenmeer. Buchsbäume, die die Müllcontainer halbwegs verdeckten. Vorbei an Urnengräbern. Kindergräbern. Rosen. Betenden Händen. Maria mit Jesus im Arm. Liebevoll und sorglich. Grüne Friedhofsvasen. Zwischendurch Bänke und in der Ferne das Motorengeräusch eines Rasenmähers.

Je weiter der Weg, umso aufgeräumter schien es. Das Laub an den Wegesrand gekehrt. Um die Grüfte gesammelt. Bis hin zum Familiengrab.

Bedächtige Totenstille im Schmerz der Traurigkeit. Der Wind trug den Klang der Kirchenglocken aus der Ferne herüber und der Priester sprach den Psalm.

Lara, die im Sarg – in den kein Kind gehört – zu Boden gelassen wurde. An die Seite ihres Vaters.

Meine Gedanken zogen zu Emma, die in dieser Stunde im Kindergarten war und vielleicht ein Bild malte. Von einer Blumenwiese, einem Regenbogen. Einem Schmetterling.

Während draußen die Sonnenstrahlen hinter den Bäumen versiegten und Lara um alle Schönheit beraubt wurde.

Kein neuer Morgen. Kein Frühling. Keine Schmetterlinge im Bauch. Keine Liebe, wie sie sein sollte. Zart, lieb, sanft. Unschuldig. Nie das Gefühl zu erleben, Mutter zu werden. Mutter zu sein. Ihr eigenes Kind im Arm zu halten. Zu spüren, zu fühlen, zu riechen. Zu küssen. Lieben. Lachen. Leben.

»Tut mir leid, Schatz«, sagte ich und drehte mich weg.

Jenny nahm mich von hinten in die Arme. Streichelte über meine Brust und glitt tiefer, bis ... Ich zog ihre Hand weg.

»Heute wäre perfekt«, sagte sie und griff erneut zu. »Ich habe meinen Eisprung.«

»Sei mir nicht böse«, sagte ich und nahm ihre Hand. Hielt sie ganz fest. »Ich kann nicht.«

Wir blieben noch lange so liegen und irgendetwas Unaussprechliches lag zwischen uns. Irgendwann ließ Jenny los und wand sich von mir ab. Kurz darauf schlief sie ein.

Ich blieb noch lange wach. Die Bilder verfolgten mich nicht nur in meinen Träumen.

Immer wieder dieselben Szenen.

Da lag sie vor mir. Das weiche Gesicht und dieser zerschundene Körper. So fing es immer wieder an. Dann setzte die Rückblende ein.

In meiner Phantasie war es immer derselbe Ablauf.

Er hockte schon seit geraumer Zeit im Gebüsch und immer die stille Hoffnung in mir, er würde aufgeben. Sie würde nicht kommen. Und ja. Gerade wollte er aufstehen und gehen – da bog sie um die Ecke und er duckte sich wieder. Wartend. Voller Ungeduld.

Und Lara kam näher. Meter um Meter.

»NEIN!«, brüllte ich, doch sie hörte nicht. Ging weiter. Schritt um Schritt.

Dann hielt sie inne. Blickte zurück.

»Ja, mein Kind. Lauf! Dreh dich um und lauf zurück. Lauf nach Hause. Deine Mutter wartet auf dich. Lauf nach Hause und alles wird gut.«

Doch Lara lief nicht nach Hause. Sie setzte ihren Weg fort und passierte die Stelle, an der er saß.

Als sie einen knappen Meter vorbei war, sprang er mit einem Satz auf sie zu. Packte sie, die eine Hand auf ihr Gesicht gepresst, und zog sie mit unbändiger Kraft zurück.

Schlug auf sie ein. Drückte ihr die Luft ab.

Riss ihr die Bluse vom Leib und leckte ihre zarten Brüste mit seiner labbrigen Zunge. Hob den blumigen Rock und striff erst die Strumpfhose und dann den Slip herunter. Befingerte sie, während sein Penis erigierte. Getrieben von der Geilheit darüber, wie sie gegen ihren Willen feucht wurde. Dann steckte er seinen Finger rein. Weitete ihre Enge mit dem zweiten, dann einem dritten. Zog die Finger, als sie feucht genug war, raus und drang mit seinem Penis ein. Zerstörte die junge Unschuld. Hechelte. Schwitze und stieß zu. Wieder und wieder und wieder.

Ich sprang aus dem Bett, die Treppe runter und kam gerade noch rechtzeitig im Badezimmer an und kotze mir die Seele aus dem Leib.

Nachdem ich mir eiskaltes Wasser ins Gesicht gespritzt hatte, trocknete ich mich ab und ging in die Küche. Ich griff nach der Flasche. Drehte den Verschluss auf und goss mir einen doppelten Whisky ein. Kippte das braune Zeug in einem Zug runter.

Meine Kehle brannte und ich hustete auf. Gleichwohl setzte die wohlige Wärme im Bauch ein und ich atmete wieder durch.

Ich schenkte mir ein weiteres Glas ein und leerte es genauso schnell. Wieder brannte es, um kurz danach seine gewünschte Wirkung zu erzielen.

Ich schloss die Flasche und stellte sie zurück. Ging an dem Bücherregal vorbei und verharrte.

Wem die Stunde schlägt

Die Beine sackten mir weg. Ich hielt mich reflexartig am Regal fest, fand meinen Stand wieder und fiel aus meiner Trance.

Wieder oben angekommen ging ich ins Kinderzimmer. Sah Emma, wie sie friedlich schlief. Hielt ihr meine Hand auf die Brust. Fühlte sie. Spürte ihre Atmung und war etwas erleichtert.

Ihr war eine Strähne ins Gesicht gefallen. Ich wischte sie fort und Emma runzelte die Stirn. Sie rümpfte ihre Nase und spitzte den Mund.

Ich lächelte und fühlte diese bedingungslose Liebe, die ich am Tag ihrer Geburt, in der Sekunde, als sie das Licht der Welt erblickte, zum ersten Mal gespürt hatte.

Vorsichtig legte ich meine Arme unter ihren Oberkörper und ihre Beine. Packte sie mit einem schnellen, festen Griff und drückte sie ganz nah an mich. Meine Tochter fest im Arm haltend ging ich ins Schlafzimmer. Legte sie in die Mitte zwischen Jenny und mich und schlief irgendwann ein.

14

Der Traum ließ mich nicht los. Er wiederholte sich. Immer und immer wieder aufs Neue. Alles so echt, so bildhaft, so klar. Nur ein Detail, das entscheidende, lag im Nebel.
Wer war ER?

An jenem Tag war Jenny auf der Arbeit. Ich hatte frei und nutzte die letzten warmen Sonnenstrahlen des Jahres aus. Emma war auf dem Spielplatz hinter unserem Haus. Für gewöhnlich durfte sie mittlerweile allein spielen. Die Tatsache, dass ein Mörder frei herumlief, ließ mir jedoch keine Ruhe. Also schnappte ich mir ein Buch und setzte mich auf die Bank in ihrer Nähe. Anfangs sah ich ihr noch beim Spielen zu und bewunderte ihre Kreativität. Wie aus kleinen Ästen Menschen wurden. Aus Blättern Bäume und aus Sand ganze Wohnlandschaften entstanden. Ich fragte mich, wann wir unsere kindliche Phantasie verloren. Diese Leichtigkeit. Unbekümmertheit. Unbeschwertheit.
Ich fiel aus meinen träumerischen Gedanken. Öffnete das Buch und begann zu lesen. Schnell tauchte ich in fremde Welten ein. Die Geschichte zog mich so dermaßen in ihren Bann, dass ich schon bald ein Teil von ihr wurde. Mein Zeitgefühl verließ mich und so saßen wir da. Ich auf der Bank, Emma im ...
Als ich aufsah, war der Sandkasten leer und Emma verschwunden.
Ich sprang auf – das Buch fiel zu Boden.

Die Schaufel, der Eimer, die Harke – alles war noch an seinem Platz. Ich sah mich hektisch um. Scannte den Spielplatz ab. Rutsche, Wippe, Schaukel, Drehscheibe – auch drüben an der Tischtennisplatte war sie nicht.

Um die eigene Achse drehend setzte ich mich in Bewegung. Und da sah ich sie, wie sie gerade auf das Klettergerüst stieg, während ein Mann auf sie einredete.

»HEY!«, rief ich und rannte auf sie zu. Noch von weitem schnauzte ich den Kerl an: »Lass meine Tochter in Ruhe!«

Ich schubste ihn weg.

»Geht's noch!«, rief der Mann entrüstet. »Was soll das? Bleiben Sie mal locker.«

»Sieh du lieber zu, dass du Land gewinnst.«

Emma begann zu weinen.

»Alles gut, Schatz«, sagte ich und streckte meine Arme nach ihr aus. Sie ließ sich fallen und als ich sie hielt, sah ich den Jungen. Er hatte oben im Kletterturm gesessen.

»Komm, Frederick. Wir gehen«, sagte sein Vater.

»Oh. Ich, Ihr ...«, stammelte ich. »Ihr Kind habe ich nicht gesehen.«

Doch die beiden stampften ab und drehten sich nicht mehr um. Ich sah nur noch, wie der Vater rücklings abwinkte.

»Was war denn?«, fragte Torben, der die Situation scheinbar aus der Ferne beobachtet hatte, als ich mit Emma vom Spielplatz kam.

»Ein Missverständnis. Alles okay.«

Emma rannte schnurstracks ins Haus.

»Hör mal. Ich kann ja verstehen, dass dich das alles sehr mitnimmt und du dir Sorgen machst. Doch das geht so nicht. Du kannst nicht irgendwelche Fremden anpflaumen.«

»Ich weiß. Du hast ja Recht. Nur wir müssen doch etwas unternehmen«, sagte ich.

»Das ist Aufgabe der Polizei«, sagte Torben. »Wir sind dran.«

»Ich kann doch nicht einfach tatenlos abwarten. Hier rennt ein Mörder frei rum. Was ist mit unseren Kindern? Was ist mit Emma? Sie ist hier nicht mehr sicher.«

»Wir werden ihn finden.« Torben klang überzeugt. »Vertrau uns.«

15

Einen Tag vor Halloween waren wir gemeinsam mit Familie Winter auf dem Getrudenhof.

Früher liebte ich den Erlebnisbauernhof mit all seinen regionalen, saisonalen und nachhaltigen Produkten. Doch seit er zu einem Eventplatz samt Kinderkarussell, Hüpfburgen, Schifferschaukeln und Schlemmerstationen mutiert war, wurde mir der zuvor so beschauliche Ort zu kommerziell und überfüllt, dass ich ihn mit meiner Tochter kaum mehr aufsuchte.

»Der hier ist schön«, rief Emma begeistert und versuchte den Riesenkürbis hochzuheben.

»Warte, Schatz«, rief ich und kam ihr zur Hilfe.

Nachdem ich den Kürbis im Auto verstaut hatte und zurückkam, fütterten Toni und Emma die Ziegen. Rolf war bei den Kindern geblieben und kümmerte sich liebevoll um die zwei. Ich war erstaunt. Er wirkte längst nicht so lethargisch wie früher.

Jenny schien recht zu haben. Die abgewandte Tragödie um den kleinen Toni und vielleicht auch der Tod von Lara schienen Eva und Rolf wieder zueinander geführt zu haben.

»Was ist das für ein Tier, Mama?«, fragte ein Mädchen und zeigte auf eines der Alpakas.

»Ein Lama«, antwortete die Mutter.

»Was meint ihr? Wollen wir zu den Kaninchen?«, fragte ich und die Kinder bejahten fröhlich.

Auf unserem Weg gingen wir an Eva und Jenny vorbei und ich bekam ein paar Gesprächsfetzen mit.

»Schrecklich«, sagte Eva. »Ich kann es noch immer nicht glauben.«

»Und das bei uns um die Ecke«, hörte ich Jenny.

Es ließ mir keine Ruhe. Wie sollte ich nachts ruhig schlafen? Wie konnte ich Emma jemals wieder allein durch die Nachbarschaft gehen lassen? Geschweige denn sie im nächsten Jahr allein dem Schulweg überlassen? Nicht solange das gesichtslose Monster nicht geschnappt war.

»Wir müssen doch irgendwas machen«, sagte ich und wusste nicht, ob Rolf mir überhaupt zuhörte.

16

»Eva und ich gehen morgen Abend ins Kino«, sagte Jenny, als wir wieder zu Hause waren. »Emma übernachtet bei Toni. Dann hast du sturmfrei.«

Sie zwinkerte mir zu.

»Toni kann doch auch bei uns schlafen«, widersprach ich. »Ich passe auf die zwei auf.«

»Emma freut sich schon so drauf. Und ich glaube, dir tut die Ruhe mal gut. Und Rolf geht mit den beiden von Haus zu Haus. Auf der Jagd nach Süßem und Saurem.«

»Das halte ich für keine gute Idee.«

»Wie meinst du das?«

»Ich meine, die Kinder sollten lieber zu Hause bleiben. Gerade abends. Immerhin läuft hier ein Killer frei rum.«

»Jetzt hör aber auf. Findest du nicht, dass du dich ein klein wenig zu sehr da reinsteigerst?«

»Das finde ich nicht!«

»Ich kann dich ja verstehen. Doch das Leben geht weiter. Und ich erkenne dich nicht mehr wieder.«

»Was soll das denn heißen?«

»Seit Laras Tod holst du Emma jede Nacht zu uns. Sie ist schon groß und sollte in ihrem Bett schlafen. Abgesehen davon, dass wir über ein Geschwisterchen für sie gesprochen haben. Und das bringt nicht der Storch.«

»Das weiß ich selbst!«

»Schön. Dann weißt du ja auch, wie es geht, hm? Weißt du, wie lange wir schon nicht mehr miteinander geschlafen haben?«

»Tut mir leid, aber ich kann das gerade nicht!«

»Was kannst du nicht? Mit mir schlafen? Findest du mich nicht mehr attraktiv? Ist es das? Hast du eine Ahnung, wie es sich für mich anfühlt, Abend für Abend abgelehnt zu werden?«

»Es tut mir leid.«

»Es tut dir leid! Dann ändere es!«

»Ich kann es nicht. Ich kann es gerade einfach nicht«, sagte ich.

»Ich werde auch nicht jünger«, herrschte Jenny mich an. »Meine biologische Uhr tickt. Und wenn du kein zweites Kind mehr möchtest, dann sag es. Aber rede mit mir.«

»Das ist es nicht.«

»Was ist es dann?«

»Bitte. Lass mich einfach.« Ich winkte genervt ab.

»Nein! Ich lass dich nicht! Ich sehe mir das nicht mehr länger an. Auch dein Alkoholkonsum. Bekommst du eigentlich mit, wieviel du momentan trinkst? Und seit wann trinkst du überhaupt so harte Sachen? Oder denkst du, ich krieg das nicht mit?«

»Du hast doch keine Ahnung«, raunzte ich.

»Wovon habe ich keine Ahnung?«, fragte Jenny nun ruhiger. »Dann sag es mir, verdammt nochmal.« Und schlimmer als unser Wortwechsel war ihr Blick aus mitleidiger Wut. »Rede mit mir!«, forderte sie.

»Du hast Toni nicht gesehen, wie er im Auto saß! Wie ich ihn rausgezogen habe. Den kleinen zerfallenen Körper. Du hast Lara nicht gesehen, wie sie dort lag. Im Gras. Zerschunden. Die toten Augen. Offen. Wie sie ins Leere starrten. Ich kann nicht mehr! Ich bekomme die Bilder einfach nicht mehr raus. Und wenn ich dann mal ein Glas trinke ...«

»Schatz. Komm mal her.« Jenny nahm mich in den Arm. »Vielleicht solltest du dir Hilfe suchen.«

»Ich brauche keine Hilfe!«, wehrte ich sie ab und löste mich aus ihrer Umklammerung.

»Mami?«

Wir drehten uns beide um.

Emma stand in der Küchentür.

»Liebes«, sagte Jenny. »Haben wir dich geweckt?«

Sie war als erste bei unserer Tochter und nahm sie auf den Arm. Drückte sie fest an sich und ich wischte Emma eine Träne aus dem Gesicht.

»Warum streitet ihr?«, fragte Emma.

»Es tut mir leid, Maus«, sagte ich. »Es ist alles gut.«

»Komm, Schatz«, beruhigte Jenny sie. »Ich bringe dich ins Bett und lese dir noch eine Geschichte vor. Okay?«

Emma nickte.

Ich blieb allein zurück und goss mir den letzten Schluck Whisky ein.

Die Nacht verbrachte ich auf dem Sofa.

17

In der Küche breiteten sich die süßlichen Gerüche von Kürbis gewürzt mit Curry aus. Gemischt mit frischgepresstem Orangensaft und Kokosmilch. Die Suppe köchelte und ich schnitzte mit Emma ein gruseliges Gesicht in den ausgehöhlten Kürbis.

»Der soll heute Nacht die Geister fernhalten«, erklärte ich ihr.

»Aber Papa«, sagte sie. »Geister gibt es doch gar nicht.«

Ich streichelte ihr über den wilden Schopf.

»Haben wir noch eine Kerze?«, fragte ich.

Jenny sah von der Kürbissuppe auf, nicht ohne weiter zu rühren.

»Im Wohnzimmerschrank«, sagte sie.

»Ich hol sie«, rief Emma begeistert und rannte los.

»Langsam, Schatz«, doch Emma hörte ihre Mutter schon nicht mehr.

»Meinst du, das ist wirklich eine gute Idee? Toni kann gerne hier übernachten, wenn du mit Eva im Kino bist. Ich mache uns Popcorn und wir lesen und hören CDs.«

»Das hatten wir doch schon.« Jenny sah mich verständnislos an.

»Ich meine ja nur«, rechtfertigte ich mich.

»Ich glaube, dir tut mal etwas Ruhe gut. Nur versprich mir bitte, nichts zu trinken.«

»Was soll das denn?«

»Die Flasche Whisky ist leer«, sagte sie und ihr Blick wechselte zu vorwurfsvoll.

18

Der Geruch von süßem Popcorn schwirrte durch die Luft. Filmplakate säumten die Wand. Pappaufsteller warben für die kommenden Highlights. Auf den Bildschirmen über den Kassen flimmerte das aktuelle Programm. Neonreklame priesen all you can eat an.

Menschen reihten sich in Schlangen. Ein Gemisch aus Geraschel und Gemurmel. Sie alle waren hier für diese besondere Atmosphäre.

Jenny hielt dem Mann am Eingang zum Kinosaal ihr Handy vor. »Roman hat für uns reserviert. Ich bin in der digitalen Welt noch nicht ganz angekommen«, sagte Jenny und Eva nickte ihr stumm zu, während die Tickets gescannt wurden.

»Viel Spaß«, wünschte der Mann am Einlass.

»Danke«, antwortete Jenny und zog mit Eva weiter. »Und Toni geht es wieder richtig gut?«, fragte sie.

Eva strahlte. »Gott sei Dank. Er hat das alles super weggesteckt. Manchmal wird er zwar nachts noch wach. Doch er macht nicht mehr ins Bett und schläft auch schnell wieder ein. Aber jetzt vergessen wir mal alles um uns herum und machen uns einen schönen Abend.«

»Abgemacht«, stimmte Jenny bei.

»Oh Gott«, deutete Eva auf die lange Schlange. »Und ich muss auch noch aufs Klo.«

»Dann geh. Ich stell mich schon mal an und besorge uns Popcorn. Süß oder salzig?«

»Süß.« Eva wandte sich bereits ab. »Und eine Diät-Cola«, schob sie noch hinterher.

19

Ich hatte keine Ahnung, wie ich den freien Abend sinnvoll und sorgenfrei nutzen sollte. Mir war nicht nach Lesen. So warf ich einen Blick in die Fernsehzeitung. Es wurde ein *Jack-Taylor*-Marathon gezeigt. Ich sah auf die Uhr und dachte:

Noch Zeit genug.

Ich packte Geld und Handy, schlüpfte in die Schuhe und verließ das Haus.

Rückblickend sollte ich mir wünschen, dass ich es nicht getan hätte. Doch wie heißt es so schön ... Du kannst die Vergangenheit nicht ungeschehen machen.

20

»Meinst du, die Kinder schlafen heute zeitig?«, fragte Jenny.

»Ich denke eher, die zwei tanzen Rolf auf der Nase herum«, lachte Eva süffisant und fragte: »Was war denn vorhin mit Roman? Er wirkte etwas angespannt.«

»Ach, der macht sich gerade ganz verrückt. Er fürchtet, dass Emma etwas zustoßen könnte und möchte sie gar nicht mehr aus den Augen lassen. Seitdem das mit Lara geschehen ist, holt er sie jede Nacht zu uns ins Bett. Er lässt sie nicht mehr allein auf den Spielplatz. Und dass sie bei euch schläft, wollte er auch nicht. Er wird immer paranoider.«

»Ich weiß nicht«, sagte Eva. »Irgendwie kann ich ihn schon verstehen. So vieles, was zuletzt passiert ist. Erst Toni. Jetzt Lara. Dann der Verrückte. Hat die Polizei denn schon eine Spur? Was sagt denn euer Nachbar?«

»Bisher gibt es wohl noch nichts Neues.«

»Okay.« Eva nickte und die Lichter im Saal gingen aus.

Die Gespräche verstummten und es wurde – bis auf das Popcorngeraschel – still. Die Werbung begann und eine fröhliche Stimme sang vom Eis im Sonnenschein.

»Vielleicht«, sagte Eva, »ist es jemand, von dem man es gar nicht erwartet.« Dann lehnte sie sich zurück und nahm einen Schluck Cola Light.

21

Mit Einsetzen der Dunkelheit füllten sich die Straßen. Vom Frischemarkt zurück nach Hause lief ich vorbei an Zauberern, Gespenstern, Werwölfen, Zombies, Clowns, ...

Die kleinen Kinder wurden von ihren Eltern begleitet. Die älteren waren in Gruppen ohne Erwachsene unterwegs. Einige von ihnen – so schien es mir – waren bereits zu groß für Süßes oder Saures.

Sie alle klingelten an Türen mit davorstehenden Kürbissen. Manche mit gruseligen, die meisten mit fröhlichen Gesichtern. In den Fenstern hingen schwarze Pappkatzen, fliegende Hexen und leuchtende Skelette.

Kinder liefen zurück auf die Gehwege. Ganz aufgeregt bestaunten sie ihre Beute.

Ich bog um die Ecke. Vorbei an Rolfs Haus. Beunruhigt blickte ich über den Gartenzaun. Im Wohnzimmer brannte Licht. Von den dreien nichts zu sehen. Doch oben im Badezimmer sah ich Schatten hinter dem Strukturglas.

Ich verharrte einen Augenblick und freute mich auf die lange Fernsehnacht und hatte mich eingedeckt. Eine Tüte Chips, der 4er-Pack Guinness in den Händen und – ...

Es war die Flasche Jameson, die zuerst zu Boden fiel und in tausend Scherben zersprang. Die braune Flüssigkeit spritzte auf meine Schuhe und die Hose. Doch all das bemerkte ich nicht, als der Blitz einschlug und sich mit einem Mal alles vor mir aufklarte.

Vor mir öffnete sich der Schlund zur Hölle und das Böse offenbarte seine grässlichste Fratze.

Ich sah und wollte meinen Augen nicht trauen. Ich war wie benommen und konnte mich nicht bewegen. Steif und angewurzelt spürte ich die Tiefe unter mir. Den harten Asphalt. Dann drangen die Bilder langsam zu mir vor und ich begriff in dieser Sekunde alles.

Wie konnte ich nur so blind gewesen sein? Lag die Antwort doch all die Zeit ganz klar vor mir. Wie hatte ich es nur übersehen können?

In dem Moment, als ich begriff, riss es mir den Boden unter den Füßen weg. Ich kam ins Straucheln und wäre beinahe gestürzt. Mein Blick wanderte weiter, über den Garten, hinein durchs Wohnzimmerfenster.

Wie von der Tarantel gestochen kam meine Tochter die Treppe hinuntergerannt. Sprang von Sofa zu Sofa. Landete dann auf dem Teppich. Rannte quer durch den Raum. Mit den Armen rudernd. Ich hörte nichts, doch ihr Mund war weit geöffnet. Sie schrie!

All das war mehr, als ich ertragen konnte. Doch es war etwas anderes, das meinen Körper für eine schmerzhafte Ewigkeit lähmte.

Meine Tochter war splitterfasernackt. Wie sie durch die Wohnung rannte und jetzt wieder die Treppe hinauf verschwand. Die ganze Zeit ihren Peiniger im Nacken, der sie jagte und immer näherkam. Rolf war ihr bereits dicht auf den Fersen und gleich würde er sie packen!

Da verschwanden die beiden aus meinem Blickfeld.

Alles Weitere geschah wie in Trance.

Ich erreichte die Terrassentür. Zog sie auf, trat ein und lief durch den Raum. Erreichte die Treppe und übersprang Stufen, so weit und so schnell ich konnte, und betrat das Kinderzimmer.

Dort lag sie. Emma. Nackt auf dem Bett. Das Schwein über ihr gebeugt. Drückte sie an Armen und Beinen auf die Matratze. Emma wehrte sich mit all ihrer Kraft. Sie wand sich. Streckte sich. Drückte ihren Rücken durch und versuchte sich mit all ihrer Energie von einer auf die andere Seite zu winden. Doch sie war machtlos gegen dieses Ungeheuer.

Und das Unheimlichste war, dass sie nicht schrie. Sie schrie nicht um ihr Leben. Es war ein anderes, viel angsteinflößenderes Geräusch, das ihre zarten Lippen formten.

Sie lachte.

Ich zögerte keine Sekunde. Holte aus und schlug mit voller Wucht auf den Koloss über ihr ein.

Winter

I

Dieser wunderschöne Himmel. Eine Farbenpracht, ein Gemisch aus orange und rosa mit einem Hauch von Lila, kündigte den Sonnenaufgang an.

»Die Engel backen Plätzchen«, sagten sie uns früher, und als Kind liebte ich die Vorstellung, dass sie sich dort oben für uns richtig ins Zeug legten und den Ofen zum Glühen brachten.

Doch wo war mein Engel hin, der all die Jahre seine schützenden Flügel über mich gehalten hatte und über mir wachte? Zuletzt schien an dessen Stelle immer häufiger der Teufel zu sein, bis mein Engel mich letztlich ganz verlassen hatte.

So schien es an jenem Tag, als ich in das fremde Kinderzimmer stürmte und mit der Rechten ausholte, um den vermeintlichen Peiniger meiner Tochter niederzustrecken.

»Was haben Sie gefühlt, als Sie auf Herrn Winter eingeschlagen haben?«, hörte ich ihre Stimme.

Mein Blick wanderte im Raum umher. Doch egal wohin ich auch sah, alles um mich herum bündelte sich in der Summe aller Farben. *Unschuld, Reinheit, Freude, Unsterblichkeit, Unendlichkeit, Friede, Offenheit, Jungfräulichkeit.*

Weiß. Alles war so weiß! Und ich fragte mich, ob die Frau, die mir gegenübersaß, wusste, dass die Farbe Weiß in den fernöstlichen Kulturen mit Tod und Trauer in Verbindung gebracht wurde.

Die Flut der Grelle brannte mir in den Augen. Ich schloss sie.

Was habe ich getan?

Und als ich sie wieder öffnete, stand die Frage noch immer im Raum.

»Was haben Sie gefühlt, als Sie auf Herrn Winter eingeschlagen haben?«

GENUGTUUNG – BEFRIEDIGUNG – ERLÖSUNG,

wollte ich sagen und fragte mich, ob es letztlich nicht nur Wut und Schock waren, die mich handeln ließ?

Ich schwieg. Vor allem, da ich um den Ausgang der Geschichte wusste und bereits die Anschlussfrage kannte.

»Und wie fühlten Sie sich, als Sie erfahren haben, dass es ...«

... sich um einen Irrtum handelte.

Rolf war mit Emma und Toni von Haus zu Haus gezogen und die Kinder hatten ordentlich Beute gemacht. Die Taschen waren bis zum Anschlag mit Süßkram gefüllt. Der anschließende Deal war: Wenn wir zurück sind, dürft ihr noch etwas von eurer Beute vernichten. Und das hatten sie auch getan und sich über den Süßkram hergemacht.

Als Kompromiss sollte es danach in die Badewanne gehen. Das hatte Jenny, die Emma mit ihren gesamten Make-up-Künsten bemalt hatte, mit Rolf abgesprochen.

Emma wusste Bescheid. Doch der Zucker hatte die Kinder derart aufgeputscht, dass Emma sich einen Spaß draus gemacht hatte, Rolf zu entbüxen. Das quirlige Mädchen – vom anfeuernden Toni noch weiter angestachelt – hatte den doch eher behäbigen Rolf durchs Haus getrieben, und dieser hatte alle Mühe, den Wirbelwind einzufangen. Die Kinder hatten einen Mordsspaß gehabt. Zumindest bis zu dem Punkt, als ich aus dem Nichts auf Rolf losging.

Ich hatte Rolf nicht vollends ausknocken können.

Zum einen hatte ich Rolf nicht voll erwischt. Zum anderen war er mir körperlich deutlich überlegen. Und das Überraschungsmoment war zu kurz auf meiner Seite gewesen, sodass er schon bald über mir lag und mich mit unmenschlichen Kräften auf den Boden drückte, bis ich irgendwann keine Kraft mehr hatte und erschöpft zur Ruhe kam.

Nachdem sowohl Emma als auch der kleine Toni aufgehört hatten zu heulen, bestätigten mir beide die Geschichte.

»Ich weiß, dass dich das alles sehr mitnimmt«, hatte Rolf gesagt, als die Kinder endlich eingeschlafen waren.

Wir saßen im Wohnzimmer. Er in seinem Sessel. Ich in weitester Entfernung am Ende der Couch.

Das Feuer flackerte im Kamin.

Die grellgelben Flammen – jede von ihnen orange-rot umrahmt – flackerten im Kamin. Tanzten wild umher und füllten knisternd und knackend den Raum mit einer wohligen Wärme aus.

Doch mir war kühl und ich fühlte mich völlig fehl am Platz.

»Von dem, was ich gesehen habe, musste ich doch vom Schlimmsten ausgehen«, rechtfertigte ich mich. »Was hättest du an meiner Stelle gedacht und wie hättest du reagiert?«

Rolf atmete tief aus und griff sich an die Stirn. »Du brauchst Hilfe«, sagte er dann. »Ich kenne da jemanden ...«

»Du meinst ... vergiss es!«

»Seit der Sache mit Toni bist du nicht mehr wiederzuerkennen. Dann das mit Lara. Und Eva sagt, du hättest mit dem Trinken angefangen.«

»Was soll denn der Scheiß jetzt! Kümmert euch um eure Angelegenheiten!«

»Wenn du in mein Haus kommst und mit den Fäusten auf mich zugehst, ist das meine Angelegenheit!«

»Soll ich jetzt zu den Anonymen Alkoholikern gehen, oder was? Ihr spinnt doch!«

»Ich kenne eine Psychotherapeutin«, sagte Rolf. »Sie ist gut. Mit ihr solltest du mal reden.«

»Ich bin doch nicht verrückt.«

»Das sage ich auch nicht. Doch du bist dabei, Grenzen zu überschreiten.«

»Die Tür stand offen und du hast meine Tochter ...«, versuchte ich mich zu rechtfertigen. Doch Rolf unterbrach mich.

»Du kannst nicht einfach in andere Häuser gehen und wild um dich schlagen. Ich kenne mich im deutschen Strafrecht zwar nicht allzu gut aus, doch der Tatbestand der schweren Körperverletzung ...«

»Willst du mich etwa anzeigen?«, fragte ich und klang nicht so selbstsicher, wie ich wollte.

Eine Stille setzte ein.

Die Luft war zum Zerschneiden und die Flammen loderten drohend auf. Das Scheit hielt der gewachsenen Spannung im Inneren nicht mehr stand und zerplatzte im Ganzen.

Laut knackte es auf und hallte durch den Raum.

Ein Funken flog und ich sah ihm lange nach. Wie er aus dem Kamin glitt, Kreise in der Luft zog und schließlich auf den Fliesen landete, um dort schnell zu verglühen.

Ich weiß nicht, ob ich anders gehandelt hätte, wenn ich bereits hier gewusst hätte, was ich Wochen später erfahren sollte.

Zwar hatte ich den Tatbestand der schweren Körperverletzung erfüllt, wie Rolf sagte. Allerdings hätte ein Anwalt den Rechtfertigungsgrund der Notwehr eingebracht. Ich hatte schließlich die berechtigte Vermutung, er würde sich an meiner Tochter vergreifen und sah – objektiv betrachtet – darin einen Angriff.

Hätte Rolf mich angezeigt, wäre der Prozess höchstwahrscheinlich zu meinen Gunsten ausgefallen. Dies alles wusste ich zu dem Zeitpunkt jedoch nicht und hatte in dem Moment einfach nur Angst, dass sich eine Anzeige bewahrheiten würde.

Viel schlimmer war, dass ich wusste, dass Rolf recht hatte. So konnte es nicht weitergehen und ich willigte ein.

2

Die Kinder freuten sich. Viel zu lange war es her, dass es richtig geschneit hatte. Für viele war es gar der erste weiße Winter. Und der trieb sie raus.

Es schien, als wären alle Kinder der Nachbarschaft auf den Beinen. Dick eingemummelt in bunten Schneeanzügen zogen sie ihre Schlitten den kleinen Hügel hinauf und bretterten hinunter.

Sie lachten und kreischten. Hatten Spaß und fanden kein Ende.

Ich passierte sie und beneidete jedes einzelne Kind für seine Unbekümmertheit.

Frost und Schnee hatten die letzten Farben der Natur vertrieben. Über dem Otto-Maigler-See lag eine dünne Eisschicht. Eine gespenstische Stille ruhte über allem. Die Zugvögel waren längst in wärmere Gebiete gezogen. Andere Tiere hatten sich bereits zurückgezogen und ihren Unterschlupf in Baum- und Wurzelhöhlen gefunden.

Was zurückblieb, war die Kälte – vor allem in mir. Und die Leere.

Ja. Ich hatte mich geirrt. Und mein Irrtum blieb nicht lange verborgen. Natürlich nicht. In einem kleinen Dorf sprach sich alles schnell rum. Zwar sprach mich niemand darauf an. Man grüßte mich und ich grüßte zurück. Doch da waren die Blicke der Menschen. Und wenn ich nickend an ihnen vorbei ging, merkte ich, wie sie begannen zu tuscheln.

Mit einem Mal wurde aus dem lieben Nachbarn von nebenan ein Schläger. Und ich hatte weder eine Ahnung, wie ich darauf reagieren, noch wie ich damit umgehen sollte.

Ich kniete mich hin und sammelte ein paar Kieselsteine auf. Warf sie auf das Eis und die dünne Schicht zerbrach gleich darauf. So stand ich am Ufer. Ohne jegliches Zeitgefühl. Bis die Dämmerung einsetzte.

Die Tage wurden kürzer.

Zu Hause angekommen empfing mich Jenny mit ängstlichem Blick.

»Wo warst du?«, fragte sie. »Ich habe mir Sorgen gemacht.«

»Ich war noch am See«, antwortete ich kurz und knapp.

Was hätte ich auch sagen sollen? Dann schob ich hinterher: »Tut mir leid. Ich hätte anrufen sollen.«

»Emma hat nach dir gefragt. Sie schläft jetzt.«

Ich ging schweigend in die Küche. Nahm eine Flasche Bier aus dem Kühlschrank und ging ins Wohnzimmer. Vorbei an Jenny, die noch immer im Türrahmen stand. Ich sah sie nicht an. Konnte ihr nicht in die Augen sehen. Doch ich spürte, wie ihre Blicke mir folgten.

Das Sofa fing mich auf und ich zappte mich durchs Abendprogramm. Nahm einen tiefen Schluck aus der Flasche und starrte auf den Fernseher, ohne zu sehen, was lief.

Meine Gedanken kreisten in Dauerschleife.

Was hätte ich sagen sollen? Dass ich vor der morgigen Therapiesitzung Angst hatte? Dass alles ein großer Fehler war? Ein Irrtum? Das es mir leidtat? Dass dort draußen noch immer ein Mörder herumlief und ich Angst um meine Tochter hatte? Ich nicht wusste, wie es weitergehen sollte? Dass ich heute Abend nicht für meine Tochter da war? Dass ich mich nicht traute, meiner eigenen Tochter in die Augen zu sehen? Meiner Tochter, die ansehen musste, wie ihr Papa aus dem Nichts auftauchte und auf den Vater ihres Freundes einschlug. Dass ich mich heute Abend, wie die letzten Nächte, die letzten Wochen, mit Alkohol betäuben würde? Dass ich einfach nur mal eine gottverdammte Nacht wieder einmal durchschlafen wollte?

Irgendwann sah ich wieder zur Wohnzimmertür. Jenny war längst nicht mehr da.

Ich stand auf, ging in die Küche und holte mir eine weitere Flasche Bier.

3

Obwohl ich nicht hier sein wollte, war ich viel zu früh da. Ein erzieherisches Überbleibsel meiner Mutter.

Sei stets pünktlich, hatte sie mir schon als Kind eingebläut, und so war ich eine halbe Stunde zu früh auf dem Parkplatz der Psychotherapeutischen Praxis in Köln-Porz und wartete im Auto darauf, dass die Uhr auf die nächste volle Stunde umsprang.

Eisblumen zeichneten sich an der Glasscheibe ab und ich sah aus dem Fenster.

Der kleine Parkplatz war von der Straße aus nur schwer einsehbar. Die Linden – je eine an jeder Seite zur Einfahrt – mussten über zwanzig Meter hoch sein.

Es standen noch zwei weitere Autos auf dem engen Parkplatz.

Das kraftvolle Gebäude mit der Hausnummer 305 erschlug mich. Die Unwissenheit, was sich dort hinter den dicken Mauern mit den harten Klinkersteinen verbarg, brachte mich zum Schwitzen. Unbewusst wischte ich meine feuchten Hände an den Hosenbeinen ab.

Und doch war da etwas Beruhigendes.

Die großen Fenster luden zur Offenheit ein. Und tatsächlich, dachte ich mir, kehrt man dort, hinter den Gardinen, sein Innerstes nach außen. So brutal und schonungslos wie es die Welt dort draußen nicht im Geringsten zulässt.

Als wäre das Leben nicht schon schwer genug, stehen wir regelmäßig vor neuen Sorgen und Ängsten. Neuen Wegen, offenen Türen und eigenen Entscheidungen, die wir selbst treffen müssen. Wie und woran soll man sich dabei orientieren? Und wer begleitet uns auf unserem Weg? Wer nimmt uns so, wie wir wirklich sind? Mit all unseren Verletzlichkeiten, die uns selbst nerven und uns immer wieder dazu drängen aufzurüsten, nach außen hin stark zu sein. Gefallen zu wollen. Immer höher, schneller, weiter. Die eigenen Befindlichkeiten zur Seite zu schieben.

Es geht darum zu funktionieren. In der Schule, im Job, bei der Familie ... immer tough sein.

Wer traut sich nein zu sagen? STOP! Es geht nicht weiter. Jetzt und hier ist Schluss. Ich will nicht mehr den Starken spielen.

Es war an der Zeit.

Aus dem Auto heraus. Über den Platz. Die fünf Stufen hinauf.

Vor dem Eingangsportal stützten vier kräftige Säulen den Erker mit abschließendem Zwiebelturm. Dann stand ich davor. Die massive Holztür mit goldenem Knauf und auf dem Plexiglasschild die klare Schrift: *Psychotherapeutisches Institut Köln*. Und daneben: *Bitte kurz vor dem Termin klingeln*.

Noch einmal sah ich auf die Uhr. Es war an der Zeit und ich folgte der Anweisung und klingelte. Wenig später öffnete sie die Tür und ich trat ein.

Sie war jung und hübsch. Einen Kopf kleiner als ich. Und sie versteckte ihre scheinbar schlanke Figur unter einer weiten Strickjacke. Ihre dunkelgelockten Haare fielen ihr auf die Schultern und sie sah mich mit ihren tiefbraunen Augen an.

Mit einem breiten Lächeln begrüßte sie mich und die erste Nervosität wich.

Sie ging die Treppe hoch und ich folgte ihr stumm. Wir liefen ein paar Schritte über den Flur. Ich noch immer hinter ihr her. Dann blieb sie stehen.

»Bitte«, sagte die klare Stimme. »Treten Sie ein.«

Die Psychotherapeutin hielt mir die Tür auf und ich betrat den großen Raum. Ein Schreibtisch. Dahinter ein Stuhl. Etwas weiter zwei Sessel in entsprechendem Abstand zueinander. Dazwischen ein kleiner Tisch. An der Ecke ein Sofa und ein weiterer Stuhl.

»Mein Name ist Lisa Frischbach.« Ihr Lächeln wurde noch herzlicher und ich fühlte mich gleich wohl bei ihr.

»Roman Konkork.«

»Schön, Herr Konkork, dass Sie hier sind. Bitte -«, sagte sie. Sie schloss die Tür und streckte ihre Hand aus. »Nehmen Sie Platz – wo Sie wollen.«

Ich nahm auf einem der Sessel Platz und sie setzte sich mir gegenüber.

»So kurzfristig einen Termin zu bekommen, ist grundsätzlich nicht möglich. Die Warteliste ist leider ewig. Sie haben es der Tatsache zu verdanken, dass sich Dr. Winter so stark für Sie eingesetzt hat.« In ihrer Stimme klang kein Vorwurf mit. »Ich freue mich, dass Sie da sind. Was genau führt Sie zu mir?«

Da saßen wir also. Zwei Fremde in diesem hellen, weißen Raum. Und zwei ehrlich neugierige Augen sahen mich an und ihr warmes Lächeln drang zu mir hinüber.

Was führt mich zu ihr?, dachte ich und fragte mich, ob die Wahrheit, die Tatsache, dass Rolf mich ansonsten angezeigt hätte, das war, was sie hören wollte.

Ich rang noch nach Worten, als sie den peinlichen Moment des Schweigens brach.

»So eine erste Sitzung ist nie ganz leicht. Sie kommen hierher, in einen fremden Raum, zu einer fremden Person und wissen nicht, was auf Sie zukommt. Das ist ganz normal. Wir fangen einfach ganz klassisch an. Die erste Frage, die ich prinzipiell stelle, ist: Nehmen Sie Drogen?«

»Nein«, antwortete ich schnell und bewusst.

»Trinken Sie Alkohol?«

»Gelegentlich«, sagte ich und ertappte mich dabei, dass ich mich fragte, ob das stimmte, und ergänzte: »Am Abend mal ein Bier oder ein Glas Wein.«

Frau Frischbach kritzelte etwas auf ihren Notizblock und mir wurde etwas flau.

4

»Ich glaube, du hast genug!«, sagte Yanis mit Nachdruck und sah mich mit seinen dunklen Augen ernst und zugleich mitleidig an. Und das war das Schlimmste. Mitleid zu spüren, mit dem Wissen, er hatte Recht.

Ich sah auf die Uhr und erschrak. Bereits vor drei Stunden hatte ich die Praxis verlassen. Völlig ausgelaugt, müde, platt und schwer.

Fünfzig Minuten Seelenstriptease hatten mich geschafft. Ja, die Therapeutin war nett und einfühlsam. Ihre warme, ruhige Stimme hatte gleich für ein vertrautes Fundament gesorgt. Und doch war ich froh, als ich endlich draußen war.

Was hat das jetzt genützt?, hatte ich mich gefragt und überlegt, wie es dieser fremden Person gelungen war, mich dazu zu bringen, von mir zu erzählen. Mehr als ich wollte.

Ja, ich trank. Und in letzter Zeit sicherlich etwas vermehrt. Doch was war schon dabei? Das konnte ich getrost zugeben. Ebenso, dass es zwei oder drei Bier am Abend waren. Selbst wenn mir klar war, dass ich es eher auf vier bis fünf Flaschen brachte. Und dann war da noch der Whisky, den ich gekauft hatte, nachdem ich die erste Flasche vernichtet hatte.

Ja, ich hielt ihn vor Jenny versteckt. Davon musste sie nichts wissen. Ebenso wenig wie Frau Frischbach.

Natürlich hätte ich es ihnen sagen können. Doch sie hätten mich nicht verstanden. Weder Jenny noch Frau Frischbach.

Niemand konnte verstehen, was es bedeutete, in solch einer Angst um seine eigene Tochter zu leben. Niemand konnte verstehen, wie es mir ging, nachdem ich den völlig ausgelaugten Toni gefunden hatte. Und Lara. Ihre zerschundene Unschuld. Bestialisch ermordet.

Niemand konnte begreifen, was für eine Last auf mir lag, Pepo auf dem Gewissen zu haben.

Hätte ich der Polizei gegenüber nicht seinen Namen erwähnt, wäre er noch am Leben. Diesbezüglich war ich mir mittlerweile ganz sicher.

Was also wussten sie schon? Nichts! Überhaupt nichts! Wie sollten sie mich folglich verstehen?

Ja, ich trank. Ich trank etwas zu viel. Das wusste ich selbst. Und dieses Wissen war das Entscheidende. Zu wissen, es war nur eine Momentaufnahme. Es ging ausschließlich darum, das Jahr rumzukriegen. Den *Reset*-Knopf zu drücken und dann neu zu starten.

Ich hatte kein Problem, und umso mehr ärgerte es mich, dass ich Frau Frischbach überhaupt erst von dem Trinken erzählt hatte.

So war ich nach der Sitzung – wütend über mich selbst – aus der Praxis gestürzt, in meinen Wagen gesprungen und vom Parkplatz gerast.

Ich fuhr wie in Trance, das Auto lenkte sich wie von selbst durch die Kölner Stadt zurück nach Hause, und ich bemerkte nicht, dass ich im Kreisverkehr eine Ausfahrt zu früh nahm, um die nächste Ecke bog und direkt vor dem *Kölschen Eck* parkte.

Wie oft waren wir gemeinsam hier. Wie viele romantische Stunden hatten Jenny und ich hier verbracht.

Diese Zeit, in der alles so einfach war. Ohne Sorgen, ohne Ängste. Eine Zeit, in der wir einfach nur waren und das Leben genossen. Einfach nur in den Tag lebten. Ohne die Gedanken an ein Gestern und ein Morgen. All das schien mit einem Mal so fern und gehörte der Vergangenheit an.

Nun saß ich hier allein am Tresen. Starrte in mein Bier und wich dem Blick des Mannes aus, der vom Alter her mein Vater sein konnte.

Lange bevor ich mit Jenny nach Hürth gezogen war, hatte Yanis das Lokal eröffnet.

Nach Emmas Geburt hatten Jenny und ich hier unseren ersten kinderfreien Abend bei Cevapcici und Djuvec Reis, und diese Abende wurden zur Tradition.

Nun saß ich hier zum ersten Mal allein am Tresen und blickte mich in der Kaschemme um.

Die gedrückten Ziegelsteinwände. Die gepolsterten Stühle mit dem bunten Muster. Die hellblauen Tischdecken, auf denen flackernde Kerzen brannten. Das vergilbte Schild am Ende des Saals, das zur Toilette zeigte. Darüber der Lautsprecher an der Decke, aus dem seit Jahr und Tag ausschließlich alter Schlager dudelte.

Wie anders, wie fremd einem ein Raum erscheint, wenn die Person, die man liebt, nicht bei einem ist. Erst recht, wenn man sie am nötigsten braucht und gleichzeitig nicht an sich heranlässt. Im Gegenteil – sie eher auf Abstand hält und ausschließt.

Schon immer hatte ich meine Sorgen mit mir selbst ausgemacht. Allein aus dem Grund, niemanden zu belasten; niemanden zur Last fallen zu wollen.

Und gerade in letzter Zeit schienen meine Gedanken bei Nacht oft so klar. Wie als würde sich der Sinn des

Lebens vor mir öffnen und sich erschließen. Wenn mit einem Mal alles so deutlich wird und man das Gefühl hat, man hätte endlich das große Ganze verstanden. Wenn man ahnt, vielleicht sogar weiß, wohin einen der nächste Morgen führen wird, an dem man all seine Sorgen über Bord wirft und sich von seinen Ängsten zu lösen vermag.

Doch nach jeder hellen Nacht kam der dunkle Morgen und ich fiel in ein noch tieferes Loch und wusste auf nichts mehr eine Antwort.

»Was ist denn los?«, fragte Yanis und riss mich aus meinen Gedanken.

Yanis, ein toller Typ.

In Nächten, in denen es im Lokal nicht zu voll war, hatte er sich oft zu Jenny und mir an den Tisch gesetzt, und wir hatten über das Leben gesprochen, und wie er 1992 als junger Mann sein Heimatland verließ und aus dem damaligen Jugoslawien nach Hürth kam.

Dann erzählte er von malerischen Küsten und endlos langen Sandstränden. Von einsamen Felsbuchten und der Reinheit und Tiefe des kristallklaren Meeres. Und meine Gedanken flogen und wir lachten und tranken und lagen einander in den Armen. Dann, spätestens zur zweiten Runde Julischka aufs Haus, schweifte Yanis' Blick wehmütig in die Ferne und er schwärmte von seinem schwarzen Haar, das mittlerweile ergraut war und von seiner schönen Frau, die über die Jahre nur noch hübscher geworden war und seine dunklen Augen leuchteten, wenn er von seiner Liebe zu ihr sprach.

Nun sahen mich finstere Augen mich an.

Yanis trat hinter dem Tresen hervor und setzte sich zu mir. Erneut frage er: »Was ist los?«

»Ich will noch was trinken«, stammelte ich und spürte die Schwere meiner Zunge.

»Es gibt nichts mehr!« Er klang bestimmt und ich fühlte mich zu müde, um zu diskutieren.

»Dann halt nicht«, nuschelte ich sauer und dachte an die Flasche Whisky zu Hause. »Dann gibt's aber auch kein Trinkgeld.« Ich griff in die Hosentasche und knallte einen Fünfziger auf den Tresen.

In der Jackentasche kramend fand ich mein Handy und stand auf. Ich legte das Telefon neben dem Schein auf die massive Holzplatte. Das Display zeigte mir eine Anzahl von eingegangenen Anrufen an, die ich nicht bestimmen konnte. Dafür vermischten sich die zwei Ziffern zu sehr und bewegten sich abwechselnd aufeinander zu und stießen sich im nächsten Moment voneinander ab, wie gleichgepolte Magnete.

Ich suchte weiter meine Taschen ab und fand endlich die Schlüssel.

»Bis nie mehr!«, spie ich Yanis an, der meine Drohung ignorierte und mir stattdessen mein Schlüsselbund aus der Hand riss.

»Hee!«, brüllte ich auf. »Was soll das?«

»Du kannst so nicht mehr Autofahren«, wies er mich an.

»Das ist mein -«, sagte ich und versuchte die Schlüssel zurückzubekommen. Da lag ich auch schon am Boden.

Mit schneller Bewegung hatte ich mich nach vorne gebeugt, um mir mein Eigentum zurückzuholen. Dabei hatte ich das Gleichgewicht verloren und war gestürzt.

Yanis half mir auf die Beine und fuhr mich nach Hause.

Die kurze Fahrt über schien ich eingeschlafen zu sein und wurde in dem Moment wach, als Yanis meinen Wagen in der Einfahrt parkte. Die Erinnerung kam zurück, wie ich mir beim Fallen den Kopf gestoßen hatte. Gleichzeitig ahnte ich, dass mir am nächsten Morgen noch mehr schmerzen würde und mir einiges schrecklich leidtun sollte.

Doch der nächste Tag war noch weit entfernt, und so riss ich die Autoschlüssel aus dem Zündschloss, gerade als Yanis die Handbremse zog. Im selben Moment stieß ich die Beifahrertür auf und knallte sie versehentlich gegen die Hauswand. Egal. Ich sprang aus dem Auto und taumelte zur Haustür.

Draußen brannte Licht. Jenny schien es eingeschaltet zu haben, damit ich in der Dunkelheit das Schloss besser fand.

Ihre fürsorgliche, warme Geste rührte mich sogleich und vermischte sich mit einem Gefühl der furchtbaren Wut auf mich selbst. Ich fühlte mich elendig und mies.

Die Lampe hatte nichts genützt. Ich bekam den Schlüssel nicht reingesteckt.

»Warte«, hörte ich die Stimme von hinten. »Ich helfe dir.« Yanis war ebenfalls ausgestiegen und näherte sich mir.

»Ich schaff schon«, wehrte ich ihn ab und stocherte weiter am Türschloss.

»Komm, das bringt doch nichts.« Yanis versuchte mir ein weiteres Mal den Schlüssel abzunehmen. Doch diesmal ohne Erfolg.

»Lass mich!«, brüllte ich.

»Was ist denn hier los?« Wie aus dem Nichts war die Haustür aufgesprungen und Jenny stand vor mir. Sie trug ihr helles Nachthemd, das ich so an ihr liebte. Ihr prallen Brüste zeichneten sich ab. Durch die kalte Luft, die schnell an ihr vorbei ins Hausinnere zog, wurden ihre Brustwarzen hart. Und ich spürte, wie noch etwas anderes hart wurde.

Mein Engel, dachte ich, wie sie so vor mir stand. *Ich liebe dich.* Ich trat einen Schritt auf sie zu und nahm sie in meine Arme.

»Du bist betrunken«, hörte ich sie sagen und spürte, wie sie mich wegschubste.

Ich knallte gegen den Türrahmen und sah sie entgeistert an.

»Liebst du mich denn nicht mehr?«, hörte ich mich fragen, und ein Stich fuhr mir mitten durchs Herz.

»Hast du eine Ahnung, was ich mir für Sorgen gemacht habe? Weißt du, wie spät es ist? Stundenlang habe ich versucht dich zu erreichen.«

»Es – ich – ich – ich war ...«

»Ich weiß, wo du warst!« Jenny sah mir über die Schultern. »Tut mir leid, Yanis.«

»Schon okay«, hörte ich ihn.

»Danke, dass du meinen Mann nach Hause gebracht hast.«

»Gerne«, sagte er und ich stand wie ein kleiner Schuljunge zwischen den beiden. »Kann ich sonst noch etwas tun?«

»Ich komme klar«, hörte ich die mir so vertraute Stimme meiner Frau, die mit einem Mal doch so fremd klang.

»Gut. Wenn noch was ist, ruf mich gerne an«, sagte Yanis, drehte ab und lief den knapp einen Kilometer nach Hause.

Ich hörte, wie die Tür ins Schloss fiel und ich wünschte mir auf der anderen Seite zu stehen.

»Das geht so nicht weiter«, zischte Jenny mich an. »Ich kann so nicht mehr! Und ich will das auch nicht mehr! Du rutschst immer tiefer ab und ich kann dir nicht helfen. Du lässt mich ja gar nicht mehr an dich ran. Und ich sage dir nur noch eins: Wenn du nicht aufhörst zu saufen, dann bin ich weg und Emma nehme ich mit.«

»Du nimmst mir nicht meine Tochter weg!«, schrie ich sie an. »Das werde ich nicht zulassen.«

»Dann lass dir helfen.«

»Mir kann keiner helfen! Du hast doch keine Ahnung! Du weißt doch nicht, wie es mir geht!«

»Verdammt! Dann rede endlich mit mir.«

»Das hat doch alles keinen Sinn. ICH KANN NICHT MEHR!«

»Schatz, ich bin für dich da.« Jenny trat einen Schritt auf mich zu und nahm mich in die Arme.

»NIEMAND IST DA!«, brüllte ich und schubste sie weg. »VERPISS DICH EINFACH!«

»Mami?« Die sanfte Stimme. So zart, so leise, ließ mich zusammenzucken.

Blitzartig sah ich die Treppe hinauf.

Dort oben im Dunkeln stand unsere Tochter. Barfuß, in ihrem niedlichen rosafarbenen Frotteeschlafanzug. So klein und hilflos. Sie sah mich ängstlich an.

Jenny reagierte sofort, rannte die Stufen zu ihr hoch und hielt sie bereits fest in ihren Armen.

Und ich sackte in mich zusammen, ging zu Boden und kauerte mich auf die kalten Fliesen im Flur.

Was hatte ich getan? Was hatte ich meiner Tochter angetan? Was meiner Frau?

»Mami?«, hörte ich wieder die Stimme des kleinen Menschen, den ich mehr liebte als mein Leben. »Was ist mit Papa?«

»Papa geht es gerade nicht so gut. Aber Papa hat dich sehr, sehr lieb, mein Schatz. Er liebt dich so sehr. Sei ihm bitte nicht böse. – Wollen wir mal zu ihm gehen?«

Das folgende zarte und zugleich ängstliche »Ja« brach mir mein Herz und brachte alles in mir zum Einstürzen, dass ich heulte wie ein Schlosshund.

Sämtliches Gefühl für Raum und Zeit hatte ich längst verloren und ich weiß nicht, wie lange ich auf dem Boden lag. Doch ich spürte meine Tochter und meine Frau, wie sie mich mit all ihrer Liebe in den Armen hielten, was alles nur noch schlimmer und unerträglicher für mich machte und sich gleichzeitig so warm anfühlte. Mit all ihrer bedingungslosen Liebe weinte ich immer weiter, und je mehr ich weinte, umso fester hielten sie mich. Und endlich, als ich wieder Luft bekam, schluchzte ich mit letzter Kraft: »Ich liebe euch. Ich liebe euch so sehr.« Und ich drückte meine Tochter so nah ich nur konnte an mich heran und sah meiner Frau tief in die Augen. »Es tut mir leid. Es tut mir so leid, Spatz. – Es wird alles gut. Ich werde mir helfen lassen. Es wird alles gut. Versprochen.«

5

Vor der ersten Therapiesitzung hatte ich mir so viele Gedanken gemacht. Wer würde mich empfangen? Wie sind die Räumlichkeiten? Wie würde es ablaufen? Und die größte Frage von allen: Worüber sollte ich reden?

Ich hatte absolut keine Ahnung.

Und dann hatte ich der Frau gegenübergesessen, die sich als Lisa Frischbach vorgestellt hatte, und ihr ein paar Brocken hingeworfen. Gleichzeitig war ich darauf bedacht, stets alles unter Kontrolle zu haben. Was und wie viel ich von mir preisgab. Wie ich saß und was ich ihr an Gestik und Mimik anbot.

Beim zweiten Mal war sämtliches Unbehagen gewichen. Nach der Begrüßung setzten wir uns und ich ließ mich fallen. Und auf ihre erste Frage, wie es mir nach unserer letzten Sitzung ergangen sei, antwortete ich erst einmal gar nicht. Ich fing hemmungslos an zu weinen. Ohne dass ich es aufhalten konnte. Ohne es aufhalten zu wollen, ließ ich es einfach geschehen und es tat gut.

Und sie war da. Lisa Frischbach saß schlichtweg dort und sah mich an. Und es machte mir nichts aus.

Irgendwann fand ich zurück und setzte mich wieder auf. Befreit und gelöst begann ich zu erzählen. Ich legte einfach los und sprach über alles. Alles, was in den letzten Monaten geschehen war, sprudelte nur so aus mir heraus.

Hin und wieder fing sie mich ein, wenn ich zu weit ausholte. Sie führte mich und fragte gezielt nach. Doch die meiste Zeit hörte sie nur zu und machte sich Notizen.

Als ich von der Nacht und der Geschichte mit Rolf zu Ende erzählt hatte, hielt ich inne.

Ich sah mich im Raum um und erst jetzt nahm ich meine Umgebung wahr. Das gefüllte Bücherregal. Die beiden Bilder an den Wänden. Ich hatte von Pflanzen wenig Ahnung, doch den *Ficus Benjamini* in der Ecke erkannte ich und musste schmunzeln. Mein Blick jedoch schien etwas anderes auszudrücken. Denn die Therapeutin fragte: »Woran denken Sie gerade?«

»Ich frage mich, wann es begonnen hat«, sagte ich und machte eine kurze Pause.

Lisa Frischbach schwieg und wartete ab.

»Wann genau hat der Stress die weihnachtliche Vorfreude abgelöst? Als Kind war es für mich die schönste Zeit des Jahres. Viel zu lang, bis endlich der Tag der Tage da war. Und dann, am Heiligen Abend, wenn ich mit meinen Eltern aus der Kirche gekommen bin, wollte ich den Augenblick so lange wie möglich festhalten und hinauszögern. Wir sind ins Haus gegangen, und als ich ins Wohnzimmer durfte, brannten am Weihnachtsbaum die Lichter. Aus dem Kassettenrekorder lief Musik und über den Boden verteilt lagen all die Geschenke. Ich stand einfach nur da und habe innegehalten. So lange es eben ging.« Ich spürte eine wohlige Wärme in mir aufsteigen. Und gleichzeitig stach es mir kalt ins Herz. »Und heute«, sagte ich, »Plätzchen backen, Lebkuchenhaus bauen. Baum kaufen. Schmücken. Feststellen, dass die Lichterkette nicht mehr funktioniert. Zum Baumarkt fahren, eine neue holen. Geschenke besorgen. – Du gehst morgens im Dunkeln aus dem Haus. Kratzt die Autoscheibe frei. Startest mit frostigen Händen den Motor. Fährst zur

Arbeit und kommst im Dunkeln wieder nach Hause. Vorbei an Häusern und Gärten. Weihnachtlich leuchtend. Du trittst durchgefroren endlich ins Haus. Wirst empfangen von grünen Tannenzweigen und glänzenden Kugeln am Adventskranz, von brennenden, duftenden Kerzen, die flackernd Schattenspiele an die Wand werfen. Unter der Begleitung von melancholischen Weihnachtsliedern. Und dann kommen sie für einen ganz kurzen Augenblick. Erinnerungen an die eigene Kindheit. Wo alles so friedlich war. Alles so leicht schien. Selbst noch kein Vater, sondern einfach nur Kind.«

Ich verharrte und kämpfte erneut mit den Tränen. Hielt sie diesmal zurück.

»Vorgestern habe ich für unsere Tochter wieder den Nikolaus gespielt.« Ich lächelte. »Sie hat mich auch diesmal nicht erkannt. Wobei – irgendetwas in ihrem Blick hat mir gesagt, dass sie es bemerkt hat. Vielleicht wollte sie mich nicht erkennen. Vielleicht wollte sie auch nicht, dass ich es merke. Doch was mich so traurig gemacht hat ... Dieses Jahr habe ich in ihrem Blick nicht das freudige kindliche Lachen gesehen. Ich habe das Gefühl, ich habe es ihr genommen.«

6

Müde, abgebrannt und leer, und doch ein Stück weit schwebend verließ ich die Praxis.

Die letzten Jahre hatte ich zum Winterbeginn bereits gemerkt, dass ich häufiger schlechte Laune hatte, lustlos war und gereizter wurde.

Nach dem Joggen ging es immer ganz gut. Doch die Stimmungstiefs kamen zuletzt immer häufiger.

Vor der Sitzung hatte ich nicht gewusst, worüber ich hatte reden sollen. Doch dann war es aus mir herausgesprudelt, dass ich kein Ende fand. Und Lisa Frischbach? Sie hörte einfach zu und fragte ab und zu konkret nach. Es war so viel, von dem ich selbst überrascht war, welche Last sich scheinbar die letzten Jahre auf meinen Schultern gelegt hatte. Offenkundig schon mit Emmas Geburt, um deren Leben ich mir so große Sorgen machte. Woher diese kamen, ließ sich nach ein, zwei Sitzungen natürlich noch nicht sagen. Doch Frau Frischbach gab mir den Raum, darüber zu reden. Loszulassen und aufzuarbeiten. Und war an meiner Seite. Das schien das Wichtigste zu sein. Ich war nicht mehr allein.

Die Euphorie hielt die Fahrt über an und ich öffnete nach langer Zeit wieder lächelnd die Haustür und trat ein.

Von oben hörte ich Kindertoben und im Wohnzimmer saßen Jenny und Eva.

Eva, die Ellbogen auf den Tisch abgestützt, die Hände ihren Kopf haltend. Jenny blickte sie apathisch an. Beide hatten mich nicht bemerkt.

»Was ist los?«, fragte ich besorgt.

»Rolf«, sagte Jenny und sah mich an. »Er ist im Gefängnis.«

Eva löste sich aus ihrer Starre und hob den Kopf. Sie wischte sich mit dem Handrücken über die verheulten Augen und räusperte sich. Schluckte. Atmete tief ein und aus.

Ich spürte, wie sie all ihre Kraft bündelte. Dann begann sie zu erzählen.

»Ich konnte nicht anders«, schluchzte sie. Doch ihre Stimme wurde fester. »Ich habe Rolf angezeigt.«

Sprachlos sah ich sie und anschließend Jenny an. Dann setzte ich mich zu den beiden an den Tisch und hörte zu.

»In seiner Schublade habe ich die Bilder entdeckt. Es war Zufall. Eigentlich hatte ich nach Unterlagen gesucht. Unter den Socken habe ich den Umschlag gefunden. Es war ein ganzer Packen Fotos mit einem dicken Gummiband zusammengehalten. Darauf ...« Evas Stimme wurde brüchig. Sie japste nach Luft. »Auf jedem Bild war Lara zu sehen. Wie sie an der Haltestelle sitzt und auf den Bus wartete. Beim Spazierengehen. Lara, die in den Supermarkt geht und mit einer vollen Einkaufstasche wieder rauskommt. Beim Bäcker. Vor dem Kino. Im Wald, sich durchs Gebüsch schlagend. Rolf hat sie anscheinend überallhin verfolgt. Er hat sogar vor ihrem Zimmer gestanden und sie durch das Fenster fotografiert. Wie sie vor dem Spiegel steht. Sich auszieht. Ihre nackten Brüste im Spiegelbild. Bei all dem dachte ich noch, dafür wird es eine logische Erklärung geben. Keine, die mir gefällt, aber eine, mit der ich leben kann und die noch einen Funken Hoffnung für uns bereithält. Dabei hat Rolf sich die letzten Monate schon so merkwürdig verhalten. Ich meine positiver. Er war liebevoller, familiärer. Zumindest zu Toni. Wie er sich plötzlich um Toni gekümmert hat. Zeit mit ihm verbracht hat. Mit ihm gemeinsam etwas unternommen hat. Und zu mir war er auch nicht mehr so gemein. Er hat mir sogar Blumen mitgebracht. Zwar ist aus sexueller Sicht weiterhin so gut wie nichts zwischen uns gelaufen. Doch ich habe allen Ernstes gedacht, jetzt wird alles wieder gut. Ich war so naiv. Dann war da das letzte Bild.« Eva stockte. Sie zitterte am ganzen Körper. »Das letzte Bild«, wiederholte sie. »Er hat sie fotografiert, nachdem er sie ... Sie liegt einfach da. Im Gestrüpp. Die geschundene Leiche.« Dann brach Eva zusammen.

Ich sah das Bild wieder direkt vor mir. Lara.

»Ich war mit einem Monster zusammen. – Ich wusste nicht, was ich machen sollte. Hätte ich Rolf darauf ansprechen sollen? Was hätte er gesagt oder mir gar angetan? Oder Toni? Ich hatte Angst. Furchtbare Angst.«

»Du hast genau richtig gehandelt«, sprach Jenny ihr zu und nahm sie in die Arme.

»Und was ist dann passiert?«, fragte ich Eva und Jenny sah mich böse an.

Sie war anscheinend der Meinung, ihre Freundin bräuchte Ruhe. Doch Eva löste sich aus Jennys Umarmung und sprach weiter.

»Ich bin zur Polizei und habe denen die Fotos gezeigt und meinen Verdacht geäußert, Rolf – er könne Lara ... er könnte es gewesen sein. Sie sind dann mit mir zu unserem Haus gefahren. Ich saß in einem der anderen Wagen. Ich hatte Angst, in seine Nähe zu kommen. Eine Polizistin war die ganze Zeit über bei mir und wir haben beobachtet, wie sie mit ihm in Handschellen aus dem Haus gekommen sind. Dann sind sie ins Auto gestiegen und losgefahren.«

»Was ist als Nächstes passiert?«, fragte ich.

»Rolf steht unter dringendem Tatverdacht und sitzt momentan in der JVA Köln in Untersuchungshaft. Sie haben irgendetwas von Fluchtgefahr oder Wiederholungsgefahr gesagt. Aller Wahrscheinlichkeit nach wird er verurteilt. Für zwei Wochen ist er jetzt zunächst in U-Haft. In der Zwischenzeit werden die Beweise ausgewertet. Je nachdem, wie lange es dauert, kann er dort bis zu zwei Jahre bleiben. Alle paar Monate würde der Haftrichter dann entscheiden. Doch bei der Beweislast ...«

7

Es war offiziell.

Die Untersuchung der Blutprobe stimmte mit den DNA-Spuren des am Tatort sichergestellten Spermas überein.

Rolf Winter war der Vergewaltiger und Mörder der jungen Lara Meyer.

Ich dachte zurück an den Abend, als ich Emma nackt in seinem Wohnzimmer hatte rumlaufen sehen. Wieder wurde mir schlecht. Und während sich eine Mischung aus Wut und Abscheu in mir ausbreitete, atmete ich gleichzeitig und zum ersten Mal nach sehr langer Zeit wieder richtig auf.

Wir waren erlöst. Der Mörder war geschnappt und es gab keinen Grund mehr, Angst zu haben.

Emma war in Sicherheit.

8

Die Tage vergingen. Die geöffneten Törchen am Advents-
kalender wurden mehr. Die ersten Kerzen am Adventskranz brannten und an jenem Sonntag kam die dritte
hinzu.

An Vormittag baute ich mit Emma im Garten einen
riesigen Schneemann. Das Gesicht gestalteten wir mit
Augen aus Nüssen. Die Nase mit der klassischen Möhre
und sein Lächeln formten wir aus kleinen Steinen. Für
die Arme hatten wir zwei lange Stöcke mit kleinen Ver-
ästelungen als Finger gefunden. Zum Schluss gab es einen
Eimer als Hut auf den Kopf und einen Schal, der vor einer
Erkältung schützen sollte.

Zurück im Haus empfing uns Jenny mit heißem Punsch
und warmem Gebäck.

»Aber esst nicht alles auf. Die heutige Ladung ist für
das Straßenfest.«

Es war seit jeher Tradition, dass sich die Nachbarn am
dritten Adventssonntag auf der Straße trafen. Die Car-
ports wurden geräumt. Und statt geparkten Autos gab es
nun Tische und Bänke. Punsch und Kekse. Und gegen
Abend wurde der Grill angeschmissen. Zuletzt gab es
noch ein Lagerfeuer und Stockbrot für die Kinder und
eine abschließende Nachtwanderung.

Für mich gab es Entschuldigungsbekundungen. Man
hätte letztlich nur nicht gewusst mit der Situation umzu-
gehen. Doch insgeheim hätten sie ja alle vermutet, dass
etwas mit Rolf nicht gestimmt hatte.

Jenny zwinkerte mir zu und ich zuckte nur mit den Schultern.

Der Abend klang aus, die Tage vergingen.

9

»Der Weihnachtsmarkt am Heumarkt wird auch jedes Jahr größer.« Jenny strahlte mich an.

»Mir ist das mittlerweile schon etwas zu groß«, gab ich zurück. »Aber es war ein sehr schöner Tag.«

»Das finde ich auch. Schön, dich endlich mal wieder lachen zu sehen«, sagte Jenny und hielt meine Hand, während ich den Rückwärtsgang einlegte.

Den Blick nach hinten parkte ich den Wagen in der Einfahrt. Sah die schlafende Emma. Sagte: »Unsere Tochter ist auch geschafft.«

Jenny drehte sich um.

»Unsere kleine Maus«, schwärmte sie. »Trägst du sie rein? Dann sehe ich nach der Post.«

Vorsichtig packte ich unsere Tochter und brachte sie ins Wohnzimmer. Legte sie behutsam auf die Couch und versuchte sie nicht zu wecken, während ich sie von ihrem dicken Parker befreite und ihr die Schuhe auszog.

»Für dich«, sagte Jenny und reichte mir den Brief.

Riegel vor! Sicher ist sicher, prangte am oberen Rand.

Daneben ein Stempel: *JVA Ossendorf*

Den an mich adressierten Brief hielt ich lange in den Händen, bevor ich ihn öffnete.

Lieber Roman,

ich kann mich nicht genug bei dir entschuldigen. Welche Sorgen ich dir bereitet habe. Ich hoffe, du bist mir deswegen nicht mehr böse.

Hattest du dich damals auch getäuscht, hoffe ich, dass du nun keine Bestätigung in der Lüge findest.

Wie gerne möchte ich mich persönlich bei dir entschuldigen. Ich hoffe sehr, dass wir zwei irgendwann die Möglichkeit dazu haben werden, uns wiederzusehen.

Ich bin mir sicher, wenn es nach David ginge, wäre der 26.06. ideal. Matthäus würde eher den 27. vorschlagen. Vielleicht auch den 24.

Auch wenn es noch lange hin ist und gerade weil wir keine Zeit haben:

Pass gut auf Emma und Jenny auf. Das ist momentan das Wichtigste.

Und erinnere Lisa daran, dir den Schlüssel zu geben. Grüß sie bitte lieb von mir.

Alles Gute

Rolf

Noch in der Begrüßung hatte ich ihr den Brief gegeben, und sie hatte angefangen zu lesen, noch bevor sie die Tür zu dem Therapieraum geschlossen hatte. Lesend ging Lisa Frischbach zu ihrem Sessel. Ich hatte bereits gegenüber Platz genommen und sah sie an. Beobachtete, wie sie weiterlas. Bis sie zum Ende kam.

»Können Sie damit etwas anfangen?«, fragte ich.

Sie sah nicht auf. Ihr Blick klebte noch immer an dem Blatt Papier. Sie schien ihn nochmals zu lesen. Diesmal ließ sie sich noch mehr Zeit. Las Wort für Wort. Dann stand sie auf und ging an das Bücherregal hinter ihr, den Brief noch immer in ihren Händen.

Sie zog ein Buch heraus. Blätterte. Las. Warf einen flüchtigen Blick in den Brief. Blätterte weiter im Buch und las erneut. Dann kam sie zurück. Setzte sich mir gegenüber und legte die Bibel auf den kleinen Beistelltisch, die Grenze zwischen uns.

»Und?«, fragte ich nochmals. »Mit Lisa sind doch Sie gemeint, oder?«

»Rolf, ich meine Dr. Winter, musste davon ausgehen, dass sein Brief gelesen wird, bevor er abgeschickt wird. Aus diesem Grund musste er subtil vorgehen, um Ihnen mitzuteilen, Sie zu gegebener Zeit sprechen zu wollen. Es scheint ihm jedenfalls sehr wichtig zu sein.«

»Ich möchte ihn nicht sehen!«, fuhr ich die Therapeutin barsch an.

»Das kann ich sehr gut nachempfinden. Nach allem, was Sie erzählt haben. Jedoch – als Ihre Therapeutin möchte ich Ihnen dazu raten, Kontakt mit ihm aufzunehmen. Ich bin mir sicher, eine Konfrontation würde Ihren Heilungsprozess beschleunigen.«

Irritiert sah ich sie an.

»Sie meinen allen Ernstes, ich soll diesem widerlichen Schwein gegenübertreten?«

»Er hat Ihnen etwas Wichtiges zu sagen«, meinte sie.

»Wie dringend kann es schon sein, wenn er mir den Juni vorschlägt. Und wer zum Teufel sind David und Matthäus?«

»Ich war mir nicht ganz sicher«, sagte sie. »So bibelfest bin ich nicht mehr. Doch ich hatte Recht. Dr. Winter schreibt, David schlägt den 26. Juni vor. Unter Psalm 26,6 geht es im Alten Testament um den Goliath-Bezwinger David. Zu jener Zeit musste dieser harte Angriffe über sich ergehen lassen und war oft auf der Flucht. Da bat er Gott, ihm zu seinem Recht zu verhelfen. Unter anderem schreibt David: *Ich wasche meine Hände in Unschuld.* Im Neuen Testament erklärt Pontius Pilatus beim wohl bekanntesten Gerichtsfall der Geschichte, dass er nicht für den Tod von Jesus Christus verantwortlich gemacht werden möchte. Er erkennt, dass der Sohn Gottes sich keines Verbrechens schuldig gemacht hat. Zum Zeichen, dass er mit dem Urteil nichts zu tun hat und dieses nicht bestätigt, lässt er sich eine Schüssel Wasser bringen und wäscht seine Hände in Unschuld. Wörtlich: *Ich bin am Blut dieses Menschen nicht schuldig.* Matthäus 27,24.«

»Will er mir mit diesem Bibel-Gelaber etwa sagen, er sei unschuldig? Ernsthaft? Dieser Mistkerl hat ein hilfloses Mädchen missbraucht und kaltblütig ermordet.«

»Aus seinem Brief schließe ich jedenfalls, dass er Sie sehen möchte, und zwar so schnell wie möglich. Die Frage nach dem Warum kann ich Ihnen nicht beantworten. Finden Sie es heraus. Und nochmals. Als Ihre Therapeutin empfehle ich Ihnen, seine Einladung anzunehmen.«

»Einladung ist gut.« Ich schüttelte den Kopf und lehnte mich zurück. Atmete tief ein und wieder aus. Holte erneut Luft und pustete ein »Okay« heraus. »Nur gesetzt den Fall, ich würde mich tatsächlich darauf einlassen und diesem Schwein gegenübertreten. Am liebsten würde ich nachholen, was ich damals versäumt habe. – Ich kann mir jedoch nicht vorstellen, dass man mich zu ihm lassen wird.«

»Da haben Sie Recht. Grundsätzlich dürfen nur Verwandte und der Rechtsbeistand zu den in U-Haft-Sitzenden. Und auch bei Verwandten ist dies am Anfang eher schwierig und es kommt auf das Delikt an.«

»Somit hat sich das also erledigt.«

»Nicht ganz«, schmunzelte die Therapeutin.

»Wie meinen Sie das?«, fragte ich.

»Nun«, sagte sie. »Hier komme dann wohl ich ins Spiel.«

Ich sah sie fragend an.

»Der Schlüssel«, sagte sie geheimnisvoll. »Mir scheint, dass ich ihn habe.«

»Wie? Was?«, stammelte ich überrascht.

»Lassen Sie das meine Sorge sein«, lachte sie mich nur an.

»Staatsanwaltschaft Köln, Becker. Wie kann ich Ihnen weiterhelfen?«

»Lisa Frischbach. Schönen guten Tag Frau Becker. Ich möchte bitte den Staatsanwalt sprechen.«

»In welcher Angelegenheit?«

»Das würde ich Dr. Reda gerne persönlich sagen.«

»Ohne Ihr Anliegen zu kennen kann ich Sie leider nicht durchstellen.«

»Hören Sie, Frau Becker. Sagen Sie Dr. Reda bitte, dass ich ihn dringend sprechen muss.«

»Frau Frischbach, ich verstehe …«

»Das scheint mir nicht so, Frau Becker. Also. Wenn Sie nun bitte so lieb sind und ihm sagen, dass es dringend ist.«

Ein schweres Atmen. Dann: »Okay. Ich versuche es. Bleiben Sie bitte in der Leitung.«

Lisa Fischbach nickte stumm und lauschte den digitalen Klängen von Beethovens *Für Elise*.

Mit ihrem Kugelschreiber kritzelte sie Wolken in ihr Notizbuch und summte nach der dritten musikalischen Wiederholung mit.

»Frau Frischbach, ich stelle Sie durch.«

Die Leitung schwieg. Dann meldete sich eine sonore Stimme.

»Lisa?«

»Daniel. Schön, dass du mich empfängst.«

»Dich doch immer. Was kann ich für dich tun?«

»Ich brauche einen Besucherschein für die JVA Köln-Ossendorf.«

»So kenne ich dich. Gleich mit der Tür ins Haus.«

»Ja? Und ich dachte, das wäre deine Spezialität!«

»Autsch. Ganz schön bissig«, bemerkte er.

»Lass uns beim Thema bleiben.« Sie gab ihm die wichtigsten Fakten durch. »Wann kann ich mit dem Schein rechnen?«

»Tut mir leid. Da kann ich dir nicht weiterhelfen.«

»Daniel. Komm. Du kannst und das weißt du.«

»Wie stellst du dir das vor? Ich komme in Teufelsküche.«

»Ach, da bekommst du moralische Bedenken. Doch mit mir ins Bett zu springen, während deine Frau und deine Kinder beim Abendessen sitzen und auf dich warten, das ist okay für dich?«

»Lisa, das ist …«

»Was? Nötigung? Dann verklag mich doch. Ich rechne also mit einer Antwort von dir. Und denk dran. So schnell wie möglich.« Noch bevor Dr. Reda irgendetwas erwidern konnte, sagte Lisa Frischbach: »Ich danke dir!«, und legte auf.

12

An jenem Morgen lag der Winterzauber über allem.

Jenny stand schon früh morgens in der Küche. Aus dem alten CD-Player klangen alte Weihnachtslieder und drangen durch das ganze Haus.

Emma half mir mit den letzten Vorbereitungen am Tannenbaum. Erst am Heiligen Abend hingen wir einen kleinen Engel und eine Glocke an, und der große Stern an der Spitze krönte den Abschluss.

An diesem Tag lief das Fernsehprogramm rauf und runter. Wir drängten uns gemeinsam auf das Sofa und kuschelten uns unter die warme Decke. Emma sprang immer wieder auf und hüpfte aufgeregt durch das Wohnzimmer.

Irgendwann war es Zeit und wir fuhren zur Kirche. Der Kindergottesdienst begann und Emma wurde mit jeder Minute hibbeliger.

Als sie es endlich geschafft und gut durchgehalten hatte, die letzten Klänge von *O du Fröhliche* verklungen waren und die Glocken laut klangen, fuhr ich mit dem Auto vor. Ich legte die Geschenke unter den Weihnachtsbaum, und gerade fertig – das letzte Päckchen platziert – klingelte Emma, die mit ihrer Mutter den Heimweg zu Fuß angetreten hatte, an der Haustür. Ich startete die weihnachtliche Musik und unsere Tochter trat mit riesigen funkelnden Augen ins Wohnzimmer.

Wie ich früher als Kind hatte sie nun keine Eile mehr. Langsam trat sie an den Baum und betrachtete die Geschenke. So lange hatte sie gewartet und sich auf die Bescherung gefreut, die nun endlich da war.

Jenny und ich sahen uns beide tief in die Augen.

»Ich liebe euch«, flüsterte ich ihr zu.

»Ich liebe euch auch«, hauchte Jenny.

Wir hatten alles überstanden.

13

Die Stadt war gerappelt voll. Von überall kamen sie her und hetzten durch den Tag. Tauschten Geschenke um, lösten Gutscheine ein.

Die Wintermärkte verbreiteten die letzten Düfte von Bratapfel, Glühwein, Zimt und Plätzchen, die ihren Zauber schon nicht mehr trugen.

In den Supermärkten brach erneut das Chaos aus. Die engen Gänge zwischen den Regalen zerplatzten im Ansturm. Es wurde gedrängelt, gestoßen, geschubst, laut gerufen, und man stritt sich um den letzten Fondue-Käse. All das untermalt mit leiser Begleitmusik aus dem Marktradio, gemischt mit dem lauten Dauergepiepe der Scanner an den Kassen.

Dieses Jahr hatte ich mit alldem nichts zu tun. Wir waren an Silvester bei Eva eingeladen.

Doch vorher hatte ich noch einen Termin.

14

Noch am Silvestermorgen hatte ich gezögert ins Auto zu steigen. War es reine Neugierde auf die Frage, was Rolf von mir wollte oder brauchte ich die Genugtuung, ihn hinter Gittern zu sehen?

In einem unbeschreiblichen Gefühl starker Wut war mir klar: Diesem Monster wollte ich noch einmal gegenübertreten. Ihm noch einmal in die Augen sehen und ihm sagen, was ich von ihm hielt. Dem Mörder. Dem Kinderschänder

Um endlich mit ihm abzuschließen. Auch wenn ich seine Tat nie vergessen würde.

Wieder sah ich Lara vor mir, wie sie dort im Gebüsch lag. Ich dachte an Emma, wie sie nackt vor ihm lag. In Tonis Kinderzimmer. Er über sie gebeugt.

Ich fragte mich, ob ich nochmals zuschlagen würde, wenn ich ihm gegenübertrat. Oder ob ich mich zurückhalten konnte. Vermutlich würde ich dazu keine Gelegenheit bekommen und das wäre gut so. Für ihn – und für mich sicherlich auch.

Ich knallte die Autotür fest zu und fuhr los.

Um Viertel vor elf fuhr ich in die Rochusstraße. Hausnummer 350. »Sie haben ihr Ziel erreicht«, flötete die weibliche Navistimme. Ich parkte, verließ den Wagen und trat durch die Glastür zur Justizvollzugsanstalt.

Nachdem ich mich angemeldet hatte, musste ich nicht lange warten.

Schon von weitem hörte ich den Wärter kommen. Sein monotones Stampfen auf dem Linoleumboden im Rhythmus mit dem Schlüsselbund, den er dem Klang nach an seiner Hose trug und der mit jedem seiner schweren Schritte rasselte. Dann bog er um die Ecke. Einen Kopf kleiner als ich, dafür doppelt so breit.

Quadratisch, kompakt, schoss es mir durch den Kopf.

Er sah mich ernst an. So lachte ich nicht. Betrachtete den erwartungsgemäß prallgefüllten Schlüsselbund an der einen und die Knarre im Halfter an der anderen Seite seiner Gürtelschnalle.

Dann erst sah ich in sein Gesicht.

Alt, grau, tiefe Falten. – Körperlich war er sicherlich fit, als er jünger war, dachte ich. So vor hundert Jahren. Doch sein Blick war hellwach. Die Augen blitzen und musterten mich genau.

»Willkommen im Klingelpütz«, begrüße er mich, und da ich ihn nur fragend ansah, fügte er hinzu: »Auf geht's.« Er drehte sich um und stiefelte den Weg entlang, den er gekommen war.

Ich folgte ihm.

»1969 wurde der Bums hier fertiggestellt«, begann er ungefragt seine Rundführung. »1968 bereits kamen die ersten Besucher.«

Er blickte sich um und zwinkerte mir zu. Glaubte wohl, er musste mir erklären, wen er mit Besuchern meinte.

»Das alte Gefängnis war in der Kölner Innenstadt. Zehnmal kleiner. Heutzutage ist einfach viel mehr los. Wir haben hier Platz für mehr als tausendeinhundert Insassen. Sind gerade aber nicht ausgebucht, wenn Sie verstehen, was ich meine.« Er spie ein Lachen aus.

Wir verließen den Verwaltungstrakt und traten auf den Hof.

»Ich bin seit 1973 hier. Gehöre zum Inventar, wenn Sie verstehen, was ich meine«, er lachte. »Habe sie alle gehabt. Betrüger, Spione, Terroristen, Kinderschänder, ...«

Beim letzten Wort zuckte ich unweigerlich zusammen.

»Hier«, deutete er auf die Kirche. »Da können sie alle beichten.«

Nicht ganz der Kölner Dom, dachte ich und betrachtete das unscheinbare Gebäude mit den drei Treppenstufen zum Eingang hinauf. Daneben die Buchsbäume.

Nach beiden Seiten zog sich der Stacheldraht entlang der angrenzenden Mauer.

»Die Mauer ist 1,3 Kilometer lang. Von innen fünf Meter hoch.«

»Von innen?«, fragte ich aus Reflex, dabei wollte ich doch nur, dass der Kerl seine Klappe hielt, und wusste nicht, warum ich so gereizt war.

»Ja. Von außen sind sie zwischen drei Meter fünfzig und vier Meter fünfzig. Schön bepflanzt. So ein Gefängnisklotz ist nun mal kein optisches Highlight. Nicht zu vergleichen mit den Villen in Rodenkirchen, wenn Sie verstehen, was ich meine.«

Wieder dieses nervige Lachen.

»Und dort drüben ...«

Ich blickte auf die Kirchturmuhr. Fünf vor elf.

»... sind die Arbeitsräume. Wir bieten hier Berufsausbildungen an. Friseur, Schneider, Textilreinigung, ... nicht zufällig Interesse?«

Diesmal blieb ihm sein Lachen im Hals stecken. Er blieb stehen. Hustete. Keuchte. Schlug sich mit der dicken Faust kräftig gegen die Brust. Dann hatte er sich wieder gefangen. Stampfte weiter. Ich zog mit und genoss die Ruhe, die jedoch nicht lange anhielt.

»Drüben«, er deutete nach links, »ist ein Fußballfeld. Früher habe ich auch gekickt. War ganz ordentlich im Zentrum. Hab den Ball gut abgeschirmt und dann die Stürmer gefüttert, wenn Sie verstehen, ...«

Verdammt, nein! Ich wollte nicht verstehen und fragte mich, ob sie mich gleich hierbehielten, wenn ich ihm mit einem Kinnhaken das dämliche Lachen unterband.

Ich ballte meine Faust in der Hosentasche und atmete tief durch.

»Und hier«, er zeigte nach rechts, »ist die Bibliothek. Wissen Sie, was das meistgelesene Buch hier drinnen ist?«

Warum hältst du nicht einfach deine Klappe?

»Keine Ahnung«, antwortete ich genervt. »*Der Graf von Monte Cristo*«.

Da prustete er laut aus. Speichel spritze aus seinem Mund. Er blieb stehen und krümmte sich. Dann schlug er mir mit seiner Pranke auf die Schulter, dass ich einen Satz nach vorne machte.

»Klasse. Sie sind mein Mann.«

Minuten später die Erleichterung, als er zielsicher einen der Schlüssel griff und in das Schloss steckte. Er öffnete die Tür und wir traten in den Vorraum.

»Nehmen Sie dort im Besucherzimmer Platz. Wenn etwas ist, ich bin hier draußen. Ihr Kumpel kommt gleich. Und denken Sie dran. Keine Berührungen ...«

Ich hörte nicht mehr zu. Ballte erneut die Faust in meiner Tasche, doch diesmal galt sie Rolf Winter – dem Schwein.

Ich trat durch die Tür, die hinter mir sofort ins Schloss fiel, und setzte mich hin. Legte die Arme auf den Tisch und trommelte leicht mit den Fingern auf die Holzplatte. Wenig später ging die gegenüberliegende Tür auf und da stand er – direkt vor mir.

15

»Die beiden spielen so schön«, sagte Eva, die gerade aus dem Kinderzimmer kam.

»Emma ist ganz vernarrt in Toni. Stell dir mal vor, aus den beiden wird mal ein Paar.« Jenny strahlte in vorfreudiger Erwartung.

»Geküsst haben sie sich ja schon«, erinnerte Eva und lachte mit.

»Schön, dass wir heute hier feiern.« Jenny nahm ihre beste Freundin in den Arm. »Du solltest nicht alleine sein.«

»Ich bin nicht alleine«, sagte Eva. »Ich habe doch Toni.«

»Du weißt, was ich meine.« Jenny reichte ihrer Freundin ein Glas Wein. »Auf einen schönen Tag und einen phantastischen Abend.«

16

Er hatte sich mir gegenübergesetzt. Lehnte sich entspannt nach hinten und sah mir tief in die Augen.

Ich konnte seinem Blick nicht standhalten.

Wie kannst du?, dachte ich. *Nach alldem, was du getan hast?*

Mein gesamter Körper spannte sich an. Jeder einzelne Muskel, jede einzelne Faser. Meine Fäuste geballt. In völliger Angriffsstellung musterte ich ihn. Diesen Kerl, den ich so lange kannte und von dem wir all die Zeit nicht wussten, wer er wirklich war.

Nun war die Katze aus dem Sack, und vor mir saß der Mann, der ein kleines, unschuldiges Mädchen vergewaltigt und ermordet hatte.

Ich musste diesem Bastard ins Gesicht sehen. Sein kühler Blick. So eiskalt. Keinerlei Regung.

Ich hatte es stets für ein Stilmittel in Filmen gehalten. Doch er saß dort in einer unfassbaren Selbstgefälligkeit. Mit einer Ruhe und beinahe schon Bedrohung, die er auf mich ausstrahlte, dass ich das Gefühl hatte, ich säße Hannibal Lecter gegenüber.

Mir gefror das Blut in den Adern.

So viele Stunden hatte ich mir vorgestellt, wie es sein würde. Wie es hier ablaufen würde. So vieles, was ich ihm sagen wollte. Ihm ins Gesicht schreien. Ich hatte mir jegliche Situation ausgemalt und mich gefragt, wie lange ich die Kontrolle über mich haben würde und wann der Zeitpunkt war, an dem ich wie in alten Kriminalfilmen über den Tisch springen würde, um ihm an die Gurgel zu gehen.

Doch als ich ihm nun gegenübersaß, war ich wie gelähmt und wir saßen einfach nur da.

Bis er das Schweigen brach.

»Um sechs Uhr werden wir morgens geweckt«, sagte er. »Es gibt Frühstück. Jeden Morgen Brot, Butter, Wurst. Manchmal auch Käse. Mittags gibt es eine warme Mahlzeit und abends wieder Brot mit Belag.« Rolf machte eine Pause und sah aus dem Fenster. »Die ersten Nächte sind die schlimmsten.«

Ist das ein Ansatz von Tränen in seinen Augen?, fragte ich mich. *Und wenn schon. Er soll leiden!*

Dann sprach er gewohnt monoton weiter.

»43 Tage bin ich nun hier.« Dann sackte seine Stimme ab und füllte sich mit melancholischem Schmerz. »Es stimmt, was man so hört. – In dem Moment, wo du reinkommst, nehmen sie dir alles. Deine Klamotten, deine Wertsachen. – Deine Würde.«

Etwas wandelte sich. In diesem Augenblick war er nicht mehr die große, starke Person, die ich kannte und die er noch schien, als er vorhin durch die Tür gekommen war und sich zu mir an den Tisch gesetzt hatte. Nun war dort ein in sich zusammengefallener Mann, der gebrochen wirkte.

Kurz sah er zu mir auf. Konnte den Augenkontakt jedoch nicht halten und senkte seinen Kopf.

»Mit einem Mal sitzt du alleine in deiner Zelle. Nicht viel größer als unser Gästebad. Ein Eisenbett mit dünner Matratze und harten Sprungfedern. Wenn du auf dem

Bett sitzt, lehnst du fast schon auf dem Schreibtisch auf der anderen Seite. Dort steht ein kleiner Fernseher. Daneben ein Regal mit drei Fächern. Die sind für das Wenige, was du hast, schon zu viel. In der Ecke die Toilette, und wenn die Wärter gerade reinkommen, während du am ... – Und dann starrst du den ganzen Tag nur durch die Gitterstäbe aus dem Fenster.«

Nun war ich es, der sich abwendete, und ich verfluchte ihn dafür, dass ich hier war.

»Weißt du«, sprach er weiter und sah mich traurig an. »Ich heule nicht mehr jede Nacht.«

»Halts Maul!«, rief ich ihm entgegen und war von meiner Aggressivität selbst überrascht. »Ich möchte diesen Scheiß nicht hören! Du hast Lara umgebracht. Du hast sie vergewaltigt und umgebracht!«

Und am liebsten wäre ich aufgestanden und gegangen. Doch dann geschah etwas, womit ich nicht gerechnet hatte.

17

»Ich war mit Toni vorhin noch unterwegs. Wir haben Blei-gießen besorgt.«

»Oh, wie schön«, sagte Jenny. »Bei mir kommt zwar immer dasselbe raus. Entweder ein Klumpen oder ein Klumpen. Doch irgendwie gehört es dazu.«

»Das finde ich auch.«

»Oh, da fällt mir ein, ich muss noch den Sekt in den Kühlschrank stellen. Schenkst du uns schon mal einen Schluck Wein ein?«

Jenny nahm zwei Gläser aus dem Schrank.

»Meinst du, unsere Kinder halten bis zwölf Uhr durch?«, fragte sie.

»Toni bestimmt nicht. Wie sieht es bei Emma aus?«

»Für dieses Jahr hat sie es sich fest vorgenommen. Ich bin gespannt.«

»Ihr knallt auch nicht oder bringt Roman noch was mit?«

»Nein. Mir ist das zu laut und zu gefährlich«, sagte Jenny und gab Eva ihr Glas.

»Das finde ich auch«, sagte diese und prostete Jenny zu.

18

Rolf beugte sich nach vorne. Er legte seine Hände flach auf den Tisch. Suchte meinen Blick und holte tief Luft, als hätte er vor minutenlang unter Wasser zu gehen. Dann begann er zu erzählen:

»Weißt du eigentlich, dass Eva immer dachte, ich würde sie betrügen? Es begann vor einigen Jahren. Laras Vater war gerade gestorben und wir alle waren auf dem Straßenfest. Cecilia stand alleine am Lagerfeuer und ich bin zu ihr. Wir haben uns lange unterhalten. Über den Tod von Frank. Über Lara. Das Leben. Die Zukunft. Irgendwann kam Eva zu uns herüber und stellte Cecilia zur Rede. Sie machte ihr eine Szene. Von da an gab sie keine Ruhe mehr. Immer wieder unterstellte sie mir, ich würde sie betrügen.«

Rolf schüttelte den Kopf.

»Anfangs las sie meine Handynachrichten. Später öffnete sie meine Post. Bei alldem hatte ich mir nichts gedacht. Natürlich fand ich es nicht gut. Doch letztlich dachte ich: Soll sie doch. Ich habe ja nichts zu verbergen. Das war sicher mein Fehler. Ich hätte es gleich unterbinden sollen. So lief es weiter. Über Jahre hinweg. Es ging so weit, dass sie mir hinterhergefahren ist. Eines Nachmittages habe ich sie zufällig vom Golfplatz aus gesehen. Sie versuchte gerade hektisch auf dem Parkplatz zu wenden, nachdem sie meinen Wagen entdeckt hatte. Doch da hatte ich sie schon gesehen.«

Rolf knetete seine Hände.

»Zu Hause habe ich sie zur Rede gestellt. Sie wollte kontrollieren, ob ich tatsächlich Golf spiele. Eva hat sich sofort entschuldigt. Sie hatte die Befürchtung, ich könnte sie betrügen und verlassen. Wir haben den ganzen Abend geredet und alles schien wieder okay. Sie hat mir gesagt, dass sie selbst wüsste, dass es unsinnig sei. Doch manchmal hat sie sich einfach so tief in ihre Eifersucht reingesteigert, dass sie keine anderen Gedanken mehr zugelassen hat.

Nach diesem Gespräch wurde es besser. Eine ganze Zeit lang. Nur irgendwann ist sie zurück in ihr Muster gefallen und es wurde immer schlimmer. Ganz egal was ich gesagt habe. Sie hat jedes Wort verdreht. Sie hat gehört, was sie hören wollte und hat mich nicht mehr an sich rangelassen. Ich wollte nicht noch mehr Öl ins Feuer gießen und habe mich zurückgezogen. Wir haben kaum mehr miteinander gesprochen. Wenn ich mal den Versuch unternommen habe und vorgeschlagen habe zur Eheberatung zu gehen, ging es richtig zur Sache. Was mir einfiel. Ich sei der, der sich ändern müsse, hat sie geschrien und hat aufgezählt, was für ein betrügender, belügender Polygamist ich sei.«

Rolf fasste sich an die Stirn.

»Es hat alles keinen Sinn gemacht und ich habe mich damit abgefunden. Habe dabei an Toni gedacht und wollte für ihn die Familie zusammenhalten. Nur irgendwann habe ich begriffen: Sie liebt mich nicht mehr. Vielleicht hat sie mich nie wirklich geliebt. So absurd es vermutlich klingt. Nach all ihrem Misstrauen war es die Sicherheit, die ich ihr gegeben habe. Das Haus. Der Garten. Das Geld. Ich meine, du kennst ihre Klamotten. – Sie ist eine Meisterin im Verstellen. Auch nach dem heftigsten

Streit hat sie mich zu Veranstaltungen begleitet und hat es immer genossen an meiner Seite zu stehen. Die Frau des Doktors. Der Champagner. Der Kaviar. Dieses ganze Schickimicki-Zeug. – Auf der anderen Seite hat sie mich gedemütigt. Meinst du, ich wusste nichts von dem, was sie erzählt hat?«

Rolf sah mir direkt in die Augen und ich konnte seinen Blick nicht halten.

»All ihre Lügengeschichten über mich? Ich habe nie was dazu gesagt. Ich bin immer ruhig geblieben. Habe mich stattdessen zurückgezogen. Toni zuliebe.

Ich weiß nicht, ob Jenny dir von Evas Familie erzählt hat. Sie kommt aus ärmlichen Verhältnissen und hatte keine schöne Kindheit. Sie wurde ständig von ihren Eltern belogen und betrogen.

Anfangs, als wir uns kennengelernt haben, war Eva so glücklich. Sie war so dankbar, dass ich sie dort herausgeholt habe und sie hat jeglichen Kontakt zu ihren Eltern abgebrochen. Und es hat ihr gutgetan. Wir haben uns gutgetan und hatten eine so schöne Zeit.

Auch da bin ich sicher mit schuld.

Ich wollte ihr so vieles ermöglichen und sie einfach nur glücklich machen. Bis dahin war sie ein einziges Mal in ihrem Leben im Urlaub. Lange hatte sie davon gezehrt, wie schön es war, mit ihrer damaligen Freundin und deren Eltern im Wohnmobil an der Côte d'Azur gewesen zu sein. Und nun wollte ich ihr die Welt zeigen. Letztlich habe ich ihr einen Luxus ermöglicht. Ich meine, ihr wisst, wo wir überall im Urlaub waren. Nur irgendwann hat sie begonnen zu glauben, dass sie das ist. Das wir das sind. Doch das bin ich nicht. Ich weiß, wie hart ich für das Geld arbeite und was es bedeutet, dass wir uns einen schönen Urlaub leisten können. Doch da muss ich nicht jeden Abend auch noch teuer Essen gehen.

Das hat sie anders gesehen. Und nicht nur das.«

Rolf hielt kurz inne.

»Sie hatte ihre eigene Art, mir mitzuteilen, was sie davon hielt. Wenn ich zuletzt von der Arbeit nach Hause gekommen bin, hat sich das schmutzige Geschirr in der Küche aufgetürmt. Im ganzen Haus hat sich immer mehr Staub und Schmutz angesammelt. Die Wäsche blieb liegen. Stattdessen hat sie sich und Toni neu eingekleidet. Schließlich habe ich eine Putzfrau eingestellt. Während sie sich ausgeruht oder das Geld ausgegeben hat.«

»Eine wirklich traurige Geschichte«, unterbrach ich endlich.

Wenn Rolf etwas konnte, dann war es reden. Seinen gesamten Monolog lang hatte ich mir immer die eine Frage gestellt:

»Ist das der Grund, warum ich herkommen sollte? Weil du dir alles von der Seele reden musst? Sieht so dein Verständnis von Hände reinwaschen aus? Was genau willst du mir eigentlich mit all dem sagen? Dass du allen Grund dazu hattest, deine Wut, deinen Ärger, deinen Frust rauszulassen und dich an einem jungen Mädchen zu vergehen? Das macht alles keinen Sinn. Und ich tu mir diesen Scheiß nicht weiter an. Such dir Hilfe, oder noch besser: Verrotte hier drin!«

Ich war gerade im Begriff aufzustehen, da überraschte er mich mit seiner Frage.

19

»Wann läuft heute überhaupt *Dinner for One*?«, fragte Eva.

»Die eigentliche Frage ist wohl, wann es nicht läuft«, antwortete Jenny und lachte. »Wollen wir schon mal alles fürs Raclette vorbereiten? Roman müsste gleich auch kommen. Er möchte sich dann bestimmt wieder *Ekel Alfred* ansehen. Vielleicht kannst du mir dabei helfen, dass er es sich heute nur einmal ansieht.«

»Mit Männern vor dem Fernseher kenne ich mich aus«, seufzte Eva. »Aber das ist ja jetzt vorbei.«

20

»Wann hattet Jenny und du das letzte Mal Sex?«

Ich sah Rolf irritiert an.

Was? Erwartete er darauf ernsthaft eine Antwort.

Anscheinend nicht. Denn er sprach weiter: »Eva und ich schlafen seit Jahren nicht mehr miteinander. – Zu Beginn, als wir uns kennengelernt haben, natürlich schon. Da lief auch einiges. Doch schon nach der Hochzeit, als wir uns für ein Kind entschieden haben ... Du weißt, wie Toni entstanden ist?«

Von Jenny wusste ich, dass Toni durch künstliche Befruchtung gezeugt worden war.

»Ich dachte, ihr hättet euch für diesen Weg entschieden, weil es anders nicht geklappt hat.«

»Eva wollte es so. Sie konnte mir nicht erklären, warum. Doch sie hat darauf bestanden. In-Vitro-Fertilisation. Befruchtung, die im Reagenzglas durchgeführt wird. Ich wollte mich mit dem Gedanken nicht abfinden. Doch ihr zuliebe habe ich es letztlich getan.

Seit dem Tag hatten wir die ganze Schwangerschaft über keinen Sex mehr. Sie sagte, sie hätte Angst, das Kind zu verlieren. Was natürlich völliger Quatsch war. Doch auch seit Tonis Geburt haben wir kaum mehr miteinander geschlafen.

Ich weiß es nicht mit absoluter Sicherheit. Nenn mich arrogant, doch ich bin absolut überzeugt, dass sie mich nie betrogen hat. Es ist eher so, dass sie kein Verlangen, kein Interesse an Sex hat. Das erklärt, was sie mir von ihrer Vergangenheit erzählt hat. Sie war einunddreißig, als wir uns kennengelernt haben und ich war erst ihr Zweiter. Und ihre erste Beziehung ging nur ein paar Monate.

Ich bin davon überzeugt, dass sie ohne sexuelle Gefühle geboren ist. Zumindest geht die Medizin davon aus, dass Asexualität angeboren ist und dauerhaft bestehen bleibt.

Bei Eva ist es diese Abwesenheit des Verlangens nach sexueller Interaktion. Was nicht gleichbedeutend mit einer fehlenden Libido ist. Es kann zu spontan auftretender sexueller Erregung kommen, die dann allerdings meist das Bedürfnis nach Masturbation weckt.

Zu Beginn habe ich nichts bemerkt, da wir häufig miteinander geschlafen haben. Für Asexuelle ist das nichts Ungewöhnliches. Sie haben manchmal einvernehmlichen Sex, wobei die Gründe dafür sehr unterschiedlich sind. Am häufigsten beim Wunsch nach Kindern. Das ist es, was mich so lange hat zweifeln lassen.

Bei Eva war es eher die Pflege, die Festigung, gerade zu Beginn unserer Beziehung. Nur ließ der Sex immer mehr nach, bis so gut wie gar nichts mehr lief. Viele Asexuelle wünschen sich eine Beziehung. Halt nur auf einer rein platonischen Basis.

Das würde erklären, warum Eva in ständiger Angst lebt, alles zu verlieren. Ihre krankhafte Eifersucht.

Sie wusste, sie konnte mir körperlich nicht geben, was ich brauchte. Gleichzeitig wollte sie natürlich nicht, dass jemand anderes es mir gab.

All die Jahre habe ich sie nie betrogen, obwohl ich jeden Grund dazu hatte, sie zu verlassen. Und ihre ständigen Unterstellungen, ich hätte es doch getan. Weißt du, wie zermürbend es war? Jeden Tag die Streitereien und die ständigen Vorwürfe, ich würde mich durch die Welt ficken? Und dann natürlich mein Job. Als Gynäkologe lässt es sich nun mal nicht vermeiden, Frauen nackt zu sehen. Was meinst du, was das täglich für ein Theater zu Hause war. Ich würde fremde Frauen betatschen und mir später zu Hause darauf einen runterholen. So ein Blödsinn. Dass meine Arbeit ihren ganzen Luxus finanziert hat, war natürlich okay.

Immer wilder und immer heftiger wurden ihre Wahnvorstellungen und irgendwann konnte ich nicht mehr.

Heute glaube ich, es war keine Kurzschlusshandlung von mir. Nach all den Jahren wollte ich es. Ich wollte sie bewusst betrügen. Einmal wollte ich das, was sie mir ständig vorgeworfen hat. Einmal das Gefühl haben: Ja. Du hast verdammt Recht! Ich habe dich betrogen! Und du hast mich da hingebracht!

Und so habe ich den Wald ausgekundschaftet und habe eine Stelle gefunden, wo ich mit dem Wagen durchkam und unentdeckt blieb. – Dort, wo du Toni gefunden hast.

Man muss zwar noch eine ganze Zeit laufen, doch es gibt Schleichwege, auf denen man unentdeckt bleibt und dann kommt man relativ unbemerkt zu dem Wohnwagen. – Du weißt, wovon ich rede?«

Ich dachte zurück an meine Joggingrunde im Sommer. An dem Tag, als Toni verschwunden war. In Erinnerungen rief ich mir das Bild zurück. Die Frau in kurzem Slip und viel zu engem BH, der ihre Brüste herauspresste.

Rolf bemerkte, dass ich wusste, was er meinte, und sprach weiter.

»Die Tür stand offen und da war sie. Nur in Reizwäsche. Nun. Sie ist nicht gerade attraktiv. Aber ihre Vorzüge waren eindeutig. Wir kamen kurz ins Gespräch. Dann bin ich eingetreten und sie hat die Tür hinter sich geschlossen und das rot leuchtende Neonherz im Fenster ausgeknipst. Ich habe es in dem Moment bereut, als ich in sie eingedrungen war. Es ging alles sehr schnell und der Orgasmus war nichts. Ich wusste gleich, dass ich einen Fehler gemacht hatte. Wie sehr, spürte ich noch intensiver, als ich zu Hause angekommen war und Toni vor mir stand. Ich konnte ihm nicht in die Augen sehen.

Doch das wahre Ausmaß habe ich da noch nicht geahnt.

Am nächsten Abend, als ich von der Arbeit kam, lag ein Umschlag im Briefkasten. Von einer Anwaltskanzlei.

Eva wollte die Scheidung und ihre Ansprüche waren enorm. Sie wollte das Haus, Toni und Unterhalt.

Ich habe sie gefragt, was das soll, und sie sagte mir, sie wüsste alles.

An jenem Tag war sie mir gefolgt und hatte alles mit ihrer Handykamera aufgenommen.

Wie du zu der Hure in den Wagen steigst und später mit rotem Kopf wieder rausgehst. Das Hemd in die Hose steckst ...

Sie hatte mir gedroht, damit an die Öffentlichkeit zu gehen. In einer Panik-Reaktion habe ich ihr das Handy aus der Hand gerissen und auf den Boden geworfen. Doch auch nachdem ich mehrmals drauf eingetreten hatte, stand sie vor mir und hat mich nur ausgelacht. Sie hatte eine Sicherheitskopie gemacht und den USB-Stick gut versteckt, wie sie mir versichert hat.

Kannst du dir die Konsequenzen vorstellen? Ein Gynäkologe, der zu einer Prostituierten geht. Wenn das rausgekommen wäre.

Ich musste Zeit gewinnen und dann kamst du. Der Wellnesstag, den du Jenny geschenkt hattest. Was meinst du, wie erleichtert ich war, dass ich Eva ein Wochenende los war.

Ich hatte ihr versprochen, dass, wenn sie wiederkommt, ich meine Sachen gepackt hätte und weg wäre. Stattdessen habe ich das ganze Haus auf den Kopf gestellt.«

»Warum erzählst du mir das alles?«, fragte ich.

»Ich habe mich gefragt«, sagte Rolf, »wer ein Interesse daran hatte, Lara zu töten.

Eva war am Ziel ihrer Träume. Mit dem Video hat sie mich gehabt. Nachdem ich ihr das genommen habe, hat sie alles verloren.

All die Jahre hat sie in der Vorstellung gelebt, ich hätte eine Affäre mit Cecilia. Wie konnte Eva sich am besten rächen? Ihr die Tochter zu nehmen und mir den Mord unterzuschieben.«

»Okay!«, rief ich dazwischen. »Jetzt wird es sehr kurios. Du bist doch völlig durchgeknallt! Ich habe jetzt echt genug.«

»Hör mir kurz zu«, flehte Rolf.

»Nein. Schluss! Ich fahre jetzt und …«

»Es passt alles zusammen, und Eva hat zwei Fliegen mit einer Klappe geschlagen«, setzte Rolf noch einmal nach.

»Okay. Du hast das echt gut gemacht. Deine intimsten Gefühle offenbart und dann im großen Showdown mit dem Finger auf andere gezeigt. Doch du machst dich gerade lächerlich. Oder ist das dein Versuch, deine Hände in Unschuld zu waschen? Ernsthaft? Und es ist völlig egal, welche Märchen du noch auftischst. Welche Verschwörungstheorien du dir noch zusammenspinnst. Du vergisst bei alldem eine Kleinigkeit, mein Lieber.«

Ich hatte versucht jegliches Gefühl von Abscheu in die letzten Worte zu packen.

Rolf zappelte unruhig auf seinem Stuhl.

Dann holte ich zum finalen Schlag aus.

»Sie haben dein Sperma sichergestellt, du Schwein!«

Treffer und versenkt, dachte ich, doch Rolf überraschte mich ein allerletztes Mal.

Langsam beugte er sich vor. Stütze seine Ellbogen auf die Tischplatte. Formte seine Hände, als wolle er beten, und stützte seinen Kopf drauf ab.

Da war dieses Glänzen in seinen Augen, als hätte er nur darauf gewartet.

Er vergewisserte sich, dass er meine ganze Aufmerksamkeit hatte.

Dann flüsterte er: »Kennst du Angela Ermakova?«

21

»Sieht schön aus.« Jenny sah über den gedeckten Tisch. Die Blumen, die Kerzen. »Roman hat für so etwas nichts übrig.«

Eva, die gerade dabei war, die Servietten zu falten, sah kurz auf und schmunzelte. »Holst du noch die Saucen?«, fragte sie.

Jenny ging in die Küche. Öffnete den Kühlschrank. Sah die große Auswahl und rief: »Alle?«

»Ja. Ach, und im Froster habe ich noch eine Limetten-Sahne-Sauce. Kannst du die noch eben auf dem Herd auftauen? Die passt super zu den Garnelen. Sie ist im Topf mit dem blauen Deckel.«

»Blauer Deckel«, wiederholte Jenny und sah nach. Dann lachte sie. »Und du meinst, das lohnt sich noch?«

Jenny nahm die winzige Schüssel heraus und öffnete sie. Bis auf einen kleinen Klecks war nichts mehr drin. *Sahne mit Limettensaft*, dachte sie schmunzelnd und schloss die Tür zum Gefrierfach, drehte sich um und zuckte zusammen.

»Hast du mich erschreckt«, sagte sie zu Eva, die plötzlich neben ihr stand.

»Hach«, seufzte diese. »Du Dummerchen.« Eva öffnete das Fach und zog einen großen Topf hervor. Ebenfalls mit dunkelblauem Deckel. »Ich meinte doch den hier, Liebes.«

»Und ich hab mich schon gewundert«, lachte Jenny. Doch sie lachte zum letzten Mal.

»Nun, ich schätze, jetzt ist es wohl zu spät«, sagte Eva und ihre Augen begannen auf seltsame Art zu glänzen.

»Weißt du, was du da in den Händen hältst?«, fragte Eva und konnte sich ein breites Lächeln nicht verkneifen.

Jenny sah ihre Freundin irritiert und verwundert an.

Evas Gesicht hatte sich verändert. Es glich nun vielmehr einer Fratze und Jenny lief es eiskalt den Rücken herunter.

Es war die Stimme – so kalt – die Jenny mitten ins Mark traf. Sie fröstelte und ließ den Behälter fallen.

Was passiert hier?, fragte sie sich noch, da schlug die Schüssel auf die kalten Fließen.

»Aber nicht doch«, sagte Eva. Bückte sich danach, hob sie auf und stellte sie zurück auf den Küchentisch. »Vielleicht brauche ich den Rest nochmal. – Es wäre doch zu schade, wenn der ganze Aufwand umsonst gewesen wäre.«

Sie griff – ohne von Jenny abzusehen – nach dem Messerblock und fasste nach dem Küchenmesser. Hielt es fest umschlossen in ihrer Hand und ging einen Schritt auf ihre Freundin zu.

Jenny wich zurück.

»Eva«, sagte sie erschrocken. »Was ist mit dir? Was hat das alles zu bedeuten?«

»Ach, Kindchen. Hast du noch immer keine Ahnung? – Wie auch. Du in deiner heilen Welt.« Evas Stimme klang metallisch.

»Was meinst du?« Jenny ging einen Schritt zurück. »Was Rolf getan hat ...«, stammelte sie. »Doch du bist nicht alleine. Eva. Wir sind für dich da.«

»Sag mal, bist du so naiv? Was Rolf getan hat. Glaubst du allen Ernstes, Rolf wäre zu so etwas fähig? Dieser Waschlappen kann doch noch nicht mal einer Fliege was zuleide tun.« Evas Lachen hallte durch die Küche. »Gott. Ich hatte ihn schon so weit. Doch dann findet der Knallkopf das Video. Da war ich wohl etwas zu sicher. Sei's drum.«

»Was denn für ein Video?«, fragte Jenny, doch Eva reagierte nicht darauf.

Wie im Wahn sprach sie einfach weiter. »Und plötzlich hat dieser Schlappschwanz Oberwasser bekommen. Hat erstmals davon gesprochen, sich scheiden zu lassen. Er wollte mich allen Ernstes verlassen. Er mich, verstehst du?«

Doch Jenny verstand nichts.

»Und dazu wollte er mich mit einer mickrigen Abfindung abspeisen und mir meinen Sohn wegnehmen. Er hat gesagt, ich sei gestört und hätte den Blick für die Realität verloren. Und er würde seine Kontakte spielen lassen und sich den besten Anwalt nehmen, den man mit Geld kriegen kann.

Ich habe Zeit gebraucht, sein Vertrauen wiederzuerlangen. Und erstmal musste ich mich um meinen Sohn kümmern. Dass es ihm wieder besser ging. Und auch Rolf hat sich Sorgen und riesige Vorwürfe gemacht. Das war meine Chance. Gleichzeitig musste ich euch allen die heile Welt vorgaukeln. Hast du eine Ahnung, wie abartig und schmierig das ganze Theater für mich war?

Doch dann hatte ich einen Plan. Er lag im Grunde die ganze Zeit vor mir. Rolf hat mich betrogen. Mit dieser Nutte. Und all den anderen. Doch die Erste. Die allererste Fotze, mit der er mich betrogen hat, war Cecilia. Und ich habe einen Weg gefunden, mich an beiden zu rächen und Rolf im Gefängnis sitzen zu sehen.«

»Ich verstehe noch immer nicht. – Willst du damit sagen, du hast Lara -« Jenny verschluckte sich beinahe an ihren eigenen Worten.

Eva grinste noch breiter. »Na, siehst du. So schwer war es doch nicht.«

Jenny zuckte zusammen. »Das ist doch Irrsinn. Wie kannst du ...« Sie versuchte die Puzzleteile zusammenzusetzen. »Sie haben Rolfs ...«

»Was?«, fragte Eva mit leuchtenden Augen. »Sein Sperma sichergestellt? Aber natürlich haben sie das, Schätzchen. Ich frage dich also nochmal. Was glaubst du, was hier drin ist?« Eva winkte mit dem im Licht reflektierenden und aufblitzenden Messer zu dem kleinen Gefäß auf dem Küchentisch, ohne Jenny dabei aus den Augen zu lassen.

Jenny dachte an das milchig trübe Gefrorene. Zuckte zusammen. Trat noch weitere Schritte zurück, bis sie an den Schrank stieß. Sie war in die Enge gedrängt.

»Nun, ich würde sagen, das war der eklige Teil an der ganzen Geschichte. Doch am Ende war es das wert. Ich habe mich anfangs allen Ernstes gefragt, wie ich Rolfs Vertrauen wiedererlangen kann, dass er sich sicher fühlt. Die Antwort war so banal und simpel. Er kann mir einfach nicht widerstehen. Oder soll ich sagen, meinem Körper? Verdammt, er ist ein Kerl. Zwar hätte ich kotzen können, seinen Schwanz in den Mund zu nehmen. Ihn stöhnen zu hören. Zu spüren, wie er abgespritzt hat. Wie sich sein warmer Saft angesammelt hat. Und es wurde immer mehr und schien gar nicht mehr aufzuhören. Doch dann war es vorbei. Tja. So bekommt Samenraub eine ganz neue Bedeutung, schätze ich.« Eva lachte laut auf.

»Hätte er gewusst, dass ich Lara sein Sperma in die Fotze schiebe, hätte er sich sein Ding wohl lieber abgeschnitten.« Schrill schallte ihr Lachen heraus.

»Das heißt ... Du sagst ...« Jenny hielt inne und fragte sich, ob sie die Frage laut aussprechen sollte. »Du hast Lara umgebracht?« Sie hörte, wie ihre Gedanken zu Worten wurden und verstand noch immer nicht.

»Kindchen, worüber reden wir denn die ganze Zeit?«

»Aber Lara ... sie ... Ich meine, ihre ... Sie war komplett zertrümmert.«

»Hast du eine Ahnung, was man mit einem Vibrator so alles anstellen kann?« Eva zwinkerte ihr zu.

Du bist doch völlig durchgeknallt!, dachte Jenny.

»Ich habe ihn ihr reingerammt. In ihre kleine, enge Fotze. Immer und immer wieder. Gestoßen und gedreht. – Und da du jetzt alles weißt ...«

Eva trat näher an sie heran und zum ersten Mal dachte Jenny an die Kinder. Emma und Toni spielten nebenan. Während ihre ehemals beste Freundin mit dem Messer immer näher auf sie zukam.

Was konnte sie tun? Wie bekam sie sich und die Kinder hier raus und in Sicherheit?

Die Antwort lautete: Gar nicht.

Sie sah sich um. Nichts, was ihr helfen konnte. Sie stand in der Ecke zwischen Ofen und Mikrowelle. Nichts Greifbares, was ihr helfen konnte wie das Messer in Evas Händen.

Jenny konnte nicht mehr reagieren, als ihre Gegnerin sich mit einem Mal und ohne weitere Vorwarnung auf sie stürzte. Die spitze Klinge voran.

22

Von Köln-Ossendorf bis nach Berrenrath sind es sechsundzwanzig Minuten. Unter den winterlich erschwerten Bedingungen eher eine halbe Stunde. Ich hatte es in neunzehn Minuten geschafft, trat durch die nicht verschlossene Terrassentür, rannte in das Haus und war doch zu spät.

In dem Moment, als Eva mit dem Messer bewaffnet auf Jenny sprang, trat ich in die Küche, und sie hätte ihr es direkt ins Herz gerammt.

Ich kann nur vermuten, dass sie mein plötzliches Erscheinen aus dem Augenwinkel gesehen hatte und dadurch kurz abgelenkt war, dass sie ins Straucheln kam und gegen den Kühlschrank prallte.

Ich sah, wie sie sich gerade noch abfangen konnte und erneut ansetzte. Erst da bemerkte ich, wie sich ihre Finger fest um das Küchenmesser krallten. Die Knöchel ganz spitz und weiß. Bereit es zu Ende zu bringen.

Doch diese Sekunden hatten mir Zeit verschafft, nah genug heranzukommen, und ich zögerte keine Sekunde.

Das 7er-Eisen, das ich willkürlich und ohne zu überlegen aus Rolfs Golfbag genommen hatte, traf Eva frontal am Kopf.

Alles, was dann geschah, lief wie in Zeitlupe.

Blut strömte aus der klaffenden Wunde auf ihrer Stirn. Färbte ihre blonden Haare purpurrot ...

Unterbewusst hörte ich die Kinder, wie sie angelaufen

kamen. Doch bevor sie in die Küche liefen, fing Jenny sie ab und führte die zwei ins Wohnzimmer.

Ich hörte nur noch Toni, wie er rief: »Mami! – Ich will zu meiner Mami.«

Frühling, heute

Rolf wurde aus der JVA entlassen.

Wenn wir uns über den Weg laufen, nicken wir uns grüßend zu. Für mehr sind wir beide wohl noch nicht bereit. Doch was ich sehe, ist, dass er sich liebevoll um seinen Sohn kümmert. Toni wirkt recht befreit. Von jener Silvesternacht hat er nicht viel mitbekommen und weiß noch nicht, was mit seiner Mutter ist. Wo sie ist und ob er sie wiedersieht.

Oft frage ich mich, was in diesem kleinen Menschen vor sich geht. Natürlich vermisst er seine Mutter. Ganz sicher, und besonders nachts, wenn er einschläft und sie nicht an sein Bett kommt. Sie ihn nicht zudeckt und keine Gutenachtgeschichte vorliest. Ihm keinen Kuss auf die Stirn drückt, das Licht im Zimmer löscht und die Tür offenlässt.

Fragt er sich, ob seine Mami ihn noch liebhat, und weint sich still und leise in den Schlaf?

Bevor mich die Gefühle einholen, denke ich dann schnell an Emma. Wie viel Glück ich doch habe. Die Liebe meines Lebens immer bei mir zu wissen. Emma und Jenny. Und ich bin dankbar für alles, was ich habe.

Emma geht es gut und sie spielt oft mit Toni. Jetzt, wo es endlich wieder wärmer wird, sind die beiden viel auf dem Spielplatz.

Wenn ich im Garten liege, höre ich die zwei, und es freut mich, wenn der Wind das Kinderlachen zu mir herüberträgt. So leicht und befreit.

Ich kann es noch gar nicht glauben, dass meine kleine Maus in diesem Jahr schon eingeschult wird.

Wo fliegt nur die Zeit hin.

Manchmal möchte ich den Augenblick einfach nur festhalten. Doch er zerrinnt mir zwischen den Fingern. Wie der puderige Sand auf dem Spielplatz. Ich kann es nicht aufhalten, und doch wird sie immer mein kleines Mädchen bleiben, und ich muss lernen sie loszulassen. Stück für Stück.

Jenny hat den Schock schnell überwunden. Und doch fragt sie sich, warum sie nichts bemerkt hatte. Eva war ihre beste Freundin. So viele Stunden hatten sie miteinander verbracht. Sie hatte sich dabei so täuschen lassen.

Ich glaube, das ist eine der Fragen, auf die es keine Antwort gibt.

Ich bin für sie da, wie sie für mich. Seite an Seite.

Gemeinsam versuchen wir für Emma ein Geschwisterchen zu bekommen. Nochmal so einen kleinen Wurm im Arm zu halten, vielleicht einen Sohn. Das wäre schon schön.

Eva wurde ärztlich versorgt und befindet sich seither in der geschlossenen psychiatrischen Klinik, wo man sich um sie kümmert.

Rolf hat sie bislang einmal besucht. Der Besuch hat nicht lange gedauert. Eva soll ihn angeschrien haben. Er hätte ihr Kind entführt und sie würde ihn umbringen, wenn er Toni nicht freilassen würde.

Mehrere Pfleger haben gemeinsam versucht sie zur Ruhe zu bewegen. Doch erst das Beruhigungsmittel hat Wirkung gezeigt.

An jenen Silvesterabend, so heißt es, kann sie sich nicht mehr erinnern.

Von einer unbändigen Eifersucht getrieben hatte sich Eva in einen Wahn reingesteigert, der nicht mehr aufzuhalten war.

Das Leben einer heranwachsenden Jugendlichen fiel dem zum furchtbaren Opfer.

Ich kann es noch immer nicht glauben. So eine zarte unschuldige junge Frau, die noch ihr ganzes Leben vor sich hatte. Dem Wahnsinn zum Opfer gefallen.

An Tagen wie heute, wenn ich im Garten liege – ein gutes Buch zur Hand – denke ich noch oft an Lara zurück. Ich sehe sie, wie sie über die Blumenwiese läuft. Ihr wehendes Haar. Die wachen Augen. Mit all diesen Fragen und einer unbändigen Neugierde auf das Leben.

Und ich.

Die Staatsanwaltschaft ermittelt. Das muss sie tun, sobald irgendwo ein Gewaltverbrechen passiert. Sie wird ein Verfahren gegen mich einleiten. Doch mein Anwalt macht mir Mut.

Aller Wahrscheinlichkeit nach wird es in einem Freispruch enden. Notwehr im Sinne von Nothilfe.

Weiterhin gehe ich zur Therapie.

Die Leute in meinem Umfeld wirken überrascht, dass ich mit der Thematik so offen umgehe.

Doch die Stunden in der Praxis tun mir gut, und ich sehe es nicht als Schwäche, sondern als Stärke an.

Frau Frischbach ist großartig.

Ich rede weiterhin viel und sie hört sehr gut zu.

Der Tag, an dem ich dachte, Rolf würde Emma vergewaltigen, war nur die Spitze des Eisbergs. Gemeinsam mit Frau Frischbach erkunde ich den unteren, weitaus größeren Teil.

Wir alle haben unser Paket zu tragen, doch kennen wir uns selbst nicht so gut, wie wir meinen. Vieles liegt unter der Oberfläche verborgen. Unser Unterbewusstsein. Und in meinem Fall ist es Frau Frischbach, die mir zur Seite steht und mit mir gemeinsam auf Tauchgang geht, wie sie es nennt.

Und sie meint, ich bin auf einem guten Weg. – Hoffen wir, dass sie Recht hat.

Anderenfalls hören wir uns möglicherweise bald wieder. Doch das wollen wir doch nicht hoffen. – Oder?

ENDE

Nachwort, Danksagung

Mein allererster Dank geht an die beiden großartigsten Menschen meines Lebens. Mit all meiner bedingungslosen Liebe. Für immer. Meine Tochter, mein Sohn. Ihr zwei seid riesig und ich bin unsagbar glücklich, euer Vater sein zu dürfen.

Jetzt sind Sie dran.

Ist dieser Zeitsprung nicht verrückt, den wir beide nehmen? Während mein Manuskript aktuell noch bei meiner Lektorin liegt, sende ich Ihnen diese Zeilen. Heute, wo Sie die Worte lesen, schreibe ich vermutlich an einem weiteren Thriller und doch sind wir zwei beieinander. Telepathie nennt es Stephen King in seinem Buch *Das Leben und das Schreiben.*

Hat es Ihnen bis hierher gefallen?

Schön, dass Sie noch da sind. So kann ich mich bei Ihnen höchstpersönlich bedanken. Und ich meine es todernst. Sie haben mir das Wertvollste geschenkt, was Sie besitzen. Ihre Zeit. Und dieses Geschenk möchte ich auch Ihnen gerne machen. Wenn Sie Lust haben, schreiben Sie mir gerne Ihre Meinung zum Buch. Besuchen Sie mich auf Instagram: Manuel.Konsik.Autor, auf Facebook: Manuel Konsik, auf meiner Homepage: www.Manuel-Konsik.de oder schreiben Sie mir gleich eine Mail an: Konsik@Manuel-Konsik.de.

An dieser Stelle bedanken sich Autoren häufig bei denen, ohne die Ihr Buch gar nicht entstanden wäre. Ich muss gestehen, dass ich dies stets für eine Art der Koketterie hielt. Was soll ich sagen? Da habe ich mich deutlich getäuscht.

So kam ich an den Punkt, dass ich medizinischen Rat brauchte, und bin sehr glücklich, Daniela Sieger an meiner Seite zu wissen, die – während ich an diesem Buch schrieb – so oft kurze Sprachnachrichten von mir bekam und Fragen beantwortete wie: »Würde ein Gynäkologe zum Joggen raten?«

Du hast mich nicht nur mit deinem medizinischen Wissen versorgt, sondern gleichzeitig dazu beigetragen, dass die Schockraumszene entstanden ist, die ich gar nicht eingeplant hatte und die zu einer meiner Lieblingsszenen wurde.

Sehr herzlich möchte ich mich bei Andreas »Andi« Glahn bedanken. Exam. Gesundheits- und Krankenpfleger, exam. Praxisanleiter, Musiker, Songwriter, selbst Schriftsteller und noch vieles mehr. Doch vor allem bist du ein absolut verrückter Vogel. Du hast mich nicht nur an deinem medizinischen Knowhow teilhaben lassen. Du hast auch den Kontakt zu Dr. med. Philipp Jahnke hergestellt. Ehemaliger Pathologe an der Gerichtsmedizin Hamburg.

Dank euch gibt es die zweite Szene, die ich sehr mag, auch, wenn ich beim Schreiben mehrmals abbrechen musste, bin ich doch tiefer in die Welt der Pathologie eingetaucht, als ich mir vorstellen konnte, und es hat mich selbst unfassbar mitgenommen und sehr bewegt.

Wenn meine Leser die Szenen als zu hart empfinden, schicke ich sie mit ihren Beschwerden zu euch. Ist doch okay, oder?

Bei juristischen Fragen hatte ich Ella Stein an meiner Seite. Juristin, freiberufliche Trainerin in der Erwachsenenbildung und ebenfalls Schriftstellerin.

Als Österreicherin hat sie mich durch das deutsche StGB geführt, und Danke ist so ein kleines Wort, doch das kommt von ganzem Herzen.

Schnell habe ich gemerkt, dass meine geplante Handlung, wie ich sie für das Ende vorgesehen hatte, so nicht durchführbar ist, und du hast mir mögliche Wege aufgezeigt. Darüber hinaus hast du dir unfassbar viel Zeit genommen und immer wieder gut und wichtig bei mir nachgefragt und mich korrigiert, bis ich es endlich hatte.

Ich danke dir sehr.

Ava Blank, Psychologin, Therapeutin, Schriftstellerin und für mich ein absoluter Glücksfall.

Wenn ich auch nur einen Bruchteil einer Sekunde den Gedanken hatte, du könntest bauchpinselnd ein Loblied auf meinen Rohentwurf singen, wurde ich schnell eines Besseren belehrt.

Brutal offen, schonungslos ehrlich. Werte, die ich sehr schätze, und du gabst mir die volle Breitseite. Gut so. Denn es war für die Handlung und meine Protagonisten absolut richtig und nötig.

Es war mir ein Vergnügen, euch Experten in euren jeweiligen Fachgebieten an meiner Seite zu wissen. Einfach nur Danke. Und sollten sich dennoch Fehler eingeschlichen haben, ist dies ganz und gar meine Schuld. Entweder, da ich euch nicht richtig zugehört habe, oder weil ich mir für die Handlung der Geschichte etwas künstlerische Freiheit herausgenommen habe.

Nicht zuletzt möchte ich dir danken, liebe Teresa Vormberg.

Als meine Lektorin hast du jede noch so kleine Ungereimtheit entdeckt und viele offene Fragen an meine Geschichte gestellt, die ich anfangs nicht alle beantworten konnte. Genau bei den Szenen, wo ich wusste, hier klemmt noch etwas, kamst du und wusstest direkt, was es ist.

All dein Input hat die Geschichte nochmals auf ein ganz anderes Level gehoben.

Bei all dem hast du mich und meinen Schreibstil nicht verbogen. Du sprichst meine Sprache und fühlst meine Worte.

Mit dir im Rücken konnte ich mich fallen lassen und einfach weiterschreiben.

Schön, dass du da bist.